거룩한 聖なる
게으름뱅이의
怠け者の冒険 모험

모리미 도미히코 지음 · 추지나 옮김

거룩한 聖なる
게으름뱅이의
怠け者の冒険 모험

RHK
알에이치코리아

목
차

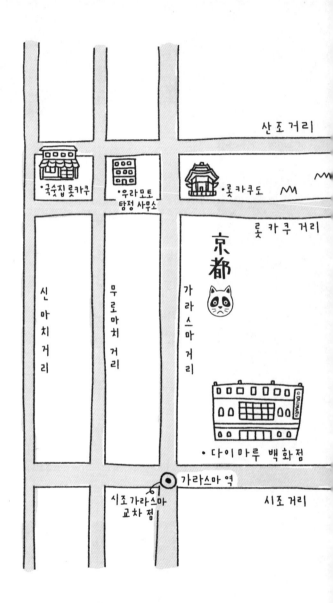

고와다의 대단한
주말 모험 지도

산조 거리

국숫집 롯카쿠

우라모토
탐정 사무소

롯카쿠도

롯카쿠 거리

京都

신
마
치
거
리

무
로
마
치
거
리

가
라
스
마
거
리

DAIMARU

다이마루 백화점

가라스마 역

시조 거리

시조 가라스마
교차 점

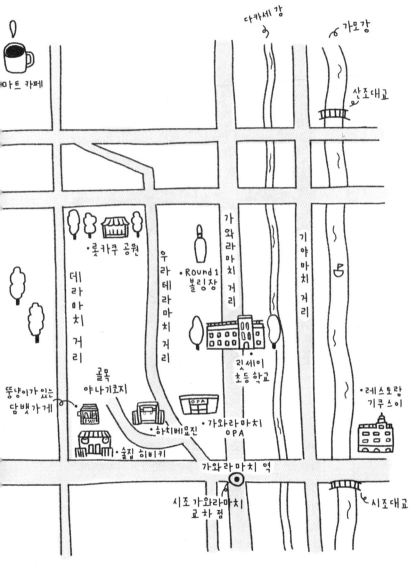

illustration 안다연

게으름뱅이를 둘러싼 열 가지 사정

고와다

교토 교외에 있는 모 화학기업 연구소에서 근무하는 청년. 평일에는 묵묵히 업무에 힘쓰고 주말에는 기숙사에 밤낮 없이 깔아놓은 이부자리에서 이끼 낀 지장보살처럼 빈둥대고 싶어 한다. 그는 엄청난 모험보다도 소소한 모험을 사랑하고, 그 무엇보다 평화롭고 조용한 주말을 꿈꾼다. 골수 게으름뱅이는 과연 모험가가 될 수 있을까?

폼포코 가면

어릴 적 대부분은 '정의의 사도'를 동경한 적이 있을 것이다. 폼포코 가면이야말로 현대 교토 거리에서 그 꿈을 실현한 괴인이다. 수상한 모습 탓에 사사건건 신고당하던 밑바닥 시절은 지나고 이제는 모두의 스타가 되었다. 하치베묘진의 사자를 자칭하지만 정체는 수수께끼에 싸여 있다. 왜냐, 괴인이니까.

우라모토 탐정 사무소에서 조수 아르바이트를 하는 여대생. '주말 탐정'이란 여대생에게 어울리지 않는 직업일까. 유감스럽게도 맹렬한 의욕과 달리 탐정 조수로서의 능력은 애매하다. 미행 실력은 언급할 가치가 없는 데다가 곧잘 길을 잃기 때문이다. 그러나 헤매야 할 때에 헤매는 것도 재능이다.

우라모토 탐정

그는 세계에서 가장 게으른 탐정이다. 조수인 다마가와가 어이없어할 정도로 실속 있는 수단을 전혀 쓰지 않는 인물이다. 그러나 탐정으로서 가장 필요한 영역에서 천재적인 솜씨를 발휘한다. 자, 그의 어떤 점이 천재적인 것일까? 쾌도 난마의 추리력? 귀신같은 조사 능력? 어떤 악당도 한 방에 쓰러뜨릴 완력? 그렇지 않다. 대답은 이 이야기 속에 있다.

온다 선배는 고와다의 직장 선배이고, 모모키는 온다 선배의 애인이다. 그들의 연애에 대해서는 많이 이야기하지 않겠다. 중요한 것은 그들이 휴일을 철저하게 활용하는 데 열을 올리고 있다는 점이다. 이 이야기는 두 사람의 '충실한 토요일'을 둘러싼 이야기이기도 하다.

이 인물이 밤거리를 돌아다니면 중머리가 가로등을 반사해 번쩍번쩍 빛나고, 길 가는 모두가 무시무시한 풍모에 겁을 먹는다고 한다. 그러나 그는 고와다가 근무하는 연구소 소장이며, '인류의 진보와 조화'에 하루하루 공헌하는 인물이다. 설령 대단한 악당으로 보이더라도 사람을 겉모습만으로 판단해서는 안 된다.

5
대

자신이 알파카와 판박이라는 점에 대해 그는 어떻게 생각할까. 그런 의문은 이 이야기의 본줄기와 관계가 없다. 중요한 것은 그가 모 거대 조직의 수령이라는 사실이다. 좋은 조직일 수도 있고 나쁜 조직일 수도 있다. 아무튼 간에 몹시 지치는 일을 한다는 것만은 분명하다.

야마호코

휘황찬란하게 장식한 축제용 수레이자 기온 축제의 상징적
인 존재다. 야마호코 중에는 '쉬는 야마호코'라는 것이 있다
고 한다. 지금은 행진에 참가하지 않고 부활하는 때를 기다
리는 야마호코를 이른다. 그런 이야기를 들으면 기묘하고도
해괴한 야마호코가 어딘가 아무도 모르게 숨어 있지 않나 망
상하지 않고는 배길 수 없다. 이를테면 '너구리 야마'라든가.

시조대교 동쪽에 있는 고풍스러운 빌딩이다. 만약 이 건물이 사라져 버리면 시조대교 부근의 풍경은 상당히 쓸쓸해질 것이다. 옥상 비어가든의 붉은 제등이 밝으면 '여름이 왔구나.' 하고는 했으니 말이다. 그 비어가든에서 탐정들은 엎드려 빌고, 5대 또한 엎드려 빈다. 어찌하여 그곳인지는 알 수 없다.

레스토랑 기쿠스이

야나기코지와 하치베묘진

설령 한 번 발견했더라도 지나치고 나면 어디에 있었는지 알 수 없어진다. 야나기코지도 하치베묘진도 그토록 작은 존재다. 그러나 작은 것이라고 해서 겉모습처럼 작다고 단정할 수 없다. 단 하루의 휴일을 어떻게 지내느냐에 따라 터무니없이 길어지는 날도 있는 것처럼. 그건 그렇고 하치베묘진이란 대체 어떤 신일까?

ぽんぽこ仮面

토요일의 남자

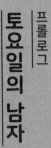

옛날 옛적.

그렇지만 대단히 옛날은 아니다.

교토 거리에 괴인이 나타났다. 그 녀석은 벌레 먹은 구멍이 뚫린 구제고등학교(1950년 이전 교육기관으로, 지금의 대학 교양과정을 담당했다) 망토를 두르고, 지팡이를 들고, 귀여운 너구리 가면을 썼다.

그런 차림을 한 인물이 대낮에 골목에서 꾸물거리는 것을 발견하면, 정의로운 자는 수고를 아끼지 않고 망설임 없이 신고할 것이다. 그 덕분에 교토 경찰은 근면한 시민의 신고로 불이 난 전화에 시달려야 했고, 이 일이 괴인과 경찰 사이에 쉬이 메우지 못할 골을 만들었다. 원래 괴인과 경찰은 사이가 나쁜 법이다.

여러분은 필시 이렇게 생각할 것이다.

"괴인이라면 당연히 나쁜 짓을 할 것이다. 아무렴!"

성급하게 판단하지 말지어다. 진정하라.

겁먹은 시민을 무시하고 괴인은 묵묵히 활약했다. 산조대교 옆에서 울던 미아를 할머니 곁으로 데려다주거나, 늦은 밤 기야마치 거리에서 알몸으로 벨트를 휘두르는 취객을 때

려눕히고, 총격전 일보 직전의 부부 싸움을 중재했다.

괴인은 뜻밖에도 '좋은 놈'이었다.

• • •

괴인이 '좋은 놈'이라고 알려지자 인기는 거칠 것 없이 올라갔다.

아침이면 이노다 커피에서는 상점가 주인들이 괴인의 소문을 숙덕이고 공중목욕탕의 탈의실에는 괴인의 활약을 보도한 신문 기사 스크랩이 걸렸다. 심야의 본토초 거리에서는 괴인의 정체를 둘러싸고 취객들이 격론을 주고받고, 신쿄고쿠 상점가의 선물 가게에서는 가게 앞에 괴인 기념품을 늘어놓고 관광객의 주머니를 노렸다. 괴인은 시민의 적에서 믿음직한 정의의 사도로 화려하게 거듭났다.

아사히신문사 교토총국의 어느 기자는 괴인의 뜨거운 인기를 눈여겨보았다. 기자가 어떻게 손을 썼는지는 모르지만, 신문사에서는 이례적으로 괴인과의 인터뷰를 감행하기로 했다.

괴인이 교토에 나타난 지 약 일 년 후, 날마다 장맛비가 내리는 유월 중순이었다. 괴인이 지정한 인터뷰 현장은 시조 거리 지하 통로이자 다이마루 백화점 지하 쇼윈도 앞이었다.

괴인이 검은 망토를 휘날리며 모습을 드러내자 지하도를 오가던 사람들이 입을 벌린 채 걸음을 멈췄다. 괴인 주변으로 순식간에 인파가 몰려들었다.

괴인은 기자에게 다음과 같이 말했다고 한다.

"이 몸은 하치베묘진의 사자이다."

여러분은 '하치베묘진'을 아는가.

신쿄고쿠 상점가와 '가와라마치'라고 불리는 거리 사이, 좁은 골목이 복잡하게 뒤얽힌 부근에 카레가게와 술집이 줄지어 늘어선 '야나기코지'라는 골목이 있다. 바람이 어린 버드나무 가지를 흔드는 그 골목 안쪽으로 들어가면 도자기로 빚은 크고 작은 갖가지 너구리가 빼곡하게 놓인 사당이 있다. 옛날 이 일대에 너구리들이 많이 살았는데 그 너구리들을 모신 절이라고 한다. 여기에 모신 너구리 신이 바로 괴인이 말하는 '하치베묘진'이다.

기자는 "당신을 뭐라고 부르면 됩니까?"라고 물었다.

괴인은 당당하게 대답했다.

"'폼포코 가면(예부터 일본에서는 너구리를 '인간으로 둔갑하기도 하고 장난을 좋아하는 존재'로 여겨왔다. '폼포코'는 일본어로 북을 둥둥 두드리는 소리를 나타내는 의성어로, 너구리가 자기의 둥그런

배를 둥둥 두드린다고 하여 흔히 '폼포코 너구리'라는 말을 쓴다. 지브리 애니메이션 〈폼포코 너구리 대작전〉으로도 친숙한 단어)'이라 불리기를 희망한다."

들었는가, 여러분. 폼포코 가면이라고!

'하치베묘진의 사자.'

'모두에게 친절한 괴인.'

'사랑스러운 너구리 남자.'

폼포코 가면은 그 이름을 천하에 떨쳤다.

그러나 필자가 생각하건대 절정은 언제나 추락을 동반한다. 그 인터뷰야말로 '폼포코 가면'의 끝을 알리는 서막이었다. 여러분도 시험 삼아 신쿄고쿠 상점가에 가 보라. 기념품 가게 앞 진열대에는 대량의 폼포코 가면 모형을 헐값에 팔고 있을 것이다. 축제는 끝났다.

하기야 이제 와서 폼포코 가면을 희귀하다 아니다 나눌 필요도 없을 것이다.

• • •

인터뷰가 있고 한 달 뒤인 칠 월 십육 일. 기온 축제의 야마호코(산 모양으로 장식한 수레 '야마(산)'와 장대를 꽂아 장식한 수레 '호코(창)'를 합친 말) 행진을 하루 앞둔 토요일 아침이었다.

이십 대 후반의 남녀가 산조대교를 건넜다.

다리에서 북쪽을 보면 먼 곳에 안개 낀 산이 보였다. 크게 날개를 펼친 솔개 한 마리가 푸르게 갠 여름 하늘을 활주한다. 은색으로 빛나는 가모강가에 야외 테라스가 줄지어 있다. 간밤에는 마술 무대처럼 빛나던 야외 테라스도 지금은 텅텅 비었다. 산조대교를 앞서 걷는 남성을 '온다 선배', 뒤에서 느긋하게 따라가는 여성을 '모모키'라 부르기로 하자.

온다 선배는 다리 한가운데에서 돌아보았다.

"토요일이 시작된다!"고 그는 말했다.

"토요일이 시작된다!"고 그녀도 말했다.

온다 선배의 표정이 흐려졌다.

"하지만…… 어차피 또 월요일이 온단 말이지."

모모키는 온다 선배에게 몸을 딱 붙이고 슬쩍 팔짱을 끼었다.

"그런 울적한 생각은 버려."

온다 선배는 수첩을 펼쳤다. 두 사람은 다리 난간에 기대 수첩을 들여다보고 앞으로 시작될 토요일을 상상했다. 그 수첩에는 온다 선배의 넘치는 영감을 바탕으로 면밀하게 짠 토요일 행동 계획이 빼곡하게 적혀 있다.

사실 그들은 이 이야기의 주인공이 아니다.

어째서 그들의 이야기부터 시작하는가 하면, 필자는 이 이야기를 전체적으로 '충실한 토요일'이라는 형태로 만들고자 하기 때문이다. 어떠한가. 이 산조대교에 선 남녀에게서 '충실한 토요일이 약속된 인간'의 오라 같은 것이 뚜렷하게 감돌지 않는가.

모모키는 난간에서 몸을 내밀고 텅 빈 야외 테라스를 바라보았다.

"어제 소장의 송별회를 한 곳은 어디야?"

온다 선배는 야외 테라스 하나를 가리켰다. "저기였던가?" 하고 대답하더니 갑자기 새된 목소리로 말했다.

"충실한 토요일 아침은 뜨거운 커피와 달걀 샌드위치로 시작된다."

"그게 뭐야?"

"소장 흉내."

"이상해!"

"소장은 도대체 어떻게 된 걸까? 어제 송별회도 행방불명자가 속출하는 통에 끝나버렸어. 송별회의 주인공이 멋대로 자취를 감춰버렸는데 별 수 있나. 너구리한테 속아 넘어간 것 같더라니까."

온다 선배는 그렇게 말하고는 느닷없이 난간에서 몸을 일으키더니 "잠깐만!" 그러면서 손을 들었다.

"지금 갑자기 내 머릿속에 좋은 아이디어가 번뜩였어. 들어줄래?"

"말해 봐, 말해 봐."

"하치베묘진에 참배하러 가자."

모모키는 보살 같은 미소를 지었다.

"정말로 멋진 생각을 하는구나!"

온다 선배는 수첩에 '하치베묘진'이라고 적는다.

두 사람은 산조대교를 서쪽으로 건너 가와라마치 거리로 나가 남쪽으로 꺾어서 걸어갔다. 아직 상점 문을 열기 전이라 아침의 거리는 한산했다.

"고와다 씨는 무사히 돌아올 수 있을까."

"고와다는 무슨 일이 있어도 걱정 없어."

"무책임한 소리야. 당신이 두고 돌아가 버렸잖아?"

"고와다가 위험한 일에 휘말릴 것 같아? 고와다 주변은 늘 천하태평이야. 무슨 일에도 동하지 않고 지장보살처럼 견고하고 너구리처럼 게으르고……."

두 사람은 가와라마치 OPA(교토 가와라마치에 있는 패션쇼핑몰) 옆에 있는 골목을 지나 야나기코지를 찾아갔다. 도자기로 된 너구리들이 빼곡하게 늘어선 사당 앞에서 두 사람은 새전함에 새전을 넣고 합장했다. 모모키가 "나무아미타불." 하고 중얼거리자 온다 선배는 "뭘 그렇게 나무나무거리는 거야?" 하고 물었다.

"만능 기도문이야. 나무나무."

"나무나무, 나무나무, 나무나무."

"여러 번 욀 필요는 없어."

눈을 감고 소원을 빈 뒤에 온다 선배는 "가자." 하고 모모키의 손을 끌고 걸었다.

"무슨 소원을 빌었어?"

"코피가 날 만큼 충실한 주말을 보낼 수 있기를."

"멋지다. 나는 말이지, '폼포코 가면을 만날 수 있기를.' 하고 빌었어."

"뭐야, 엄청 멋지네!"

"전에는 사인을 받으려다 실패했으니까 다음에는 꼭 받자. ……사인해 주려나?"

"당연히 해 주지. 폼포코 가면은 누구에게나 친절한 괴인이니까."

온다 선배는 걸음을 멈추고 수첩을 펼쳐 예정표에 '사인지를 산다.'라고 적었다. 그렇게 그들은 야나기코지를 떠났다.

．．．

그럼 충실한 토요일을 지향하는 남녀를 뒤로하고 우리는 야나기코지에 머물도록 하자.

하치베묘진 맞은편에 담뱃가게가 한 채 있다.

그 담뱃가게 이 층에서 한 남자가 세상모르게 자고 있었다. 나이는 서른 살이 넘었고, 화려한 무늬 셔츠를 입었으며 얼굴에는 지저분한 수염이 자랐다. 머리맡에는 '덴구브란'이라는 고풍스러운 상표가 붙은 술병,《명탐정의 조건》이라는 낡은 단행본, 작은 카메라와 검은 가죽 장갑, 담배꽁초가 가득한 재떨이가 있다. 이부자리 주변에는 먹다 남은 빵과 편의점 봉지가 어질러져 있고, 방구석에 있는 검은 선풍기가 끼익끼익 소리 내며 돌 때마다 그것들이 생물처럼 술렁였다.

사실 이 남자도 이 이야기의 주인공이 아니다. 도통 주인공이 나오지 않아서 면목 없지만, 서두르다가는 일을 그르친다. 소설 정도는 천천히 진행하지 않겠는가.

남자는 '우라모토'라는 사립탐정이다.

최근 일주일 동안 우라모토 탐정은 무더위가 기승을 부리는 두 평 남짓한 방에서 줄곧 잠복했다. 폼포코 가면을 잡기 위해서다. 폼포코 가면이 '하치베묘진의 사자'라 자칭한 것은 신문에까지 실렸으니 다들 알고 있는 사실이다. '그렇다면 하치베묘진을 감시하자.'라는 단순한 발상으로 야나기코지가 내려다보이는 이곳에서 잠복하기에 이르렀다. 추리라 부르기도 꺼려지는 넘겨짚기이다. 일주일 동안 멍하니 이 층에서 야나기코지를 내려다보고 있어도 목격한 것이라고는 하치베묘진에게 참배하는 시민들의 모습뿐이었다.

"괜찮아. 때가 되기를 기다리면 된다."

우라모토 탐정은 태연자약했다.

"그래도 의뢰인이 납득할 수 있도록 잠복은 계속해야 해."

우라모토 탐정은 좁은 방에 눌러앉아 큰 바위처럼 버텼다. 일부러 수염을 깎지 않아 '일하는 느낌'을 연출하고 초조하게 주말을 기다렸다. 주말에는 의욕이 넘치는 조수와 교대한다. 탐정은 불규칙한 일이기 때문에 쉴 때는 제대로 쉬자는 것이 그의 방침이다. 그렇게 기다리고 기다리던 금요일 밤이 찾아오자, 담뱃가게 할머니에게 얻은 수상한 술로 고주망태가 되어 오늘 아침에 이르렀다.

그날 아침, 그는 자신의 탐정 사무소가 경영난에 빠지는 악몽을 꾸었다. 재정난을 기회 삼아 조수가 탐정 사무소를 빼앗고 간판을 갈고 그를 무로마치 거리로 쫓아 버리는 장면에서 눈을 뜨자, 넉살 좋은 고양이가 누름돌처럼 가슴 위에

묵직하게 앉아 있었다.

우라모토 탐정은 분통을 터뜨렸다.

"이 뚱뚱한 뚱돼지 고양이 놈! 고양이즙으로 만들어 주마!"

그 순간 낯빛이 달라진 담뱃가게 할머니가 잠옷 바람으로 계단을 두 개씩 뛰어 올라와 탐정의 정수리를 빗자루로 후려 쳤다.

이리하여 탐정은 아침 길바닥으로 쫓겨났다.

며칠이나 내리던 비는 그치고 구름 한 점 없는 하늘은 한 여름의 푸른빛이었다. 탐정은 한껏 기지개를 켜고 휴일 아침 공기를 가슴 가득 들이마셨다. 조수가 오기까지는 시간이 조금 남아 있지만 마음은 이미 휴일 계획으로 가득했다. 탐정은 하치베묘진에게 두 손 모아 인사를 드리고 걸음을 뗐다.

택시가 군데군데 늘어선 가와라마치 거리를 지나고 술집 간판으로 복작이는 골목을 빠져나가 기야마치 거리로 향했 다. 어젯밤 취객들이 자아낸 심야의 광란은 썰물처럼 사라지 고 없었다. 다카세강을 덮을 듯이 가지를 뻗은 나무들에서는 소년 시절 여름방학이 문득 그리워질 법한 매미 울음소리가 들렸다.

"제군, 토요일이다."

탐정은 누구에게라고 할 것도 없이 중얼거렸다.

＊＊＊

우라모토 탐정 사무소는 무로마치 거리를 끼고 롯카쿠 거리 위쪽의 에보시야초 잡거빌딩 삼 층에 있다.

이 주쯤 전에 있었던 일이다.

흐리지만 무더운 대낮, 우라모토 탐정은 길거리 포장마차에서 사온 신푸쿠사이칸(교토에 본점이 있는 유명한 라면가게. 라멘과 볶음밥이 인기 메뉴다)의 볶음밥 도시락을 게걸스럽게 먹고 사무실 창문으로 무로마치 거리를 내려다보고 있었다. 그때, 일 층 이발소 앞에 기분 나쁜 리무진이 섰다. 고급스러운 불단처럼 검게 윤이 나는 열린 문으로는 태평한 하와이풍 노래가 흘러나왔다. 계단을 올라와 사무실 문을 두드린 자는 알파카를 쏙 빼닮은 남자였다.

우라모토 탐정 사무소는 나름대로 유명했다. 단, 이 탐정이 사회적으로 커다란 사건을 해결했다는 이야기는 듣지 못했다. 오히려 어디서 주워 왔는지 모를 별난 사건만 다루면서도 기적적으로 사무소를 꾸려 간다는 점이 관심 대상이다.

기묘한 명성은 기묘한 의뢰를 부른다.

알파카 남자는 하얀 삼베 손수건으로 소파의 먼지를 닦고 앉아 사무실 안을 둘러보았다. 서류 선반에 아무렇게나 기대어 세워 놓은 액자 속 '탐정업 신고증명서'를 흘끔 보았다. 증명서에는 된장국을 흘린 얼룩이 있었다.

자기소개에 따르면 그 남자는 신바시 거리에서 가게를 경영하는 골동품상이라고 했다.

"지인에게 소개를 받았습니다."

골동품상이 말했다.

"기묘한 문제를 해결하는 데에는 타의 추종을 불허한다더 군요."

"아무래도 기묘한 의뢰만 들어와서요."

"좋소."

그 수상한 골동품상의 의뢰가 '폼포코 가면 신원 조사'였다. 별나기는 하지만 법률에 저촉될 걱정은 없을 듯하다. 알파카 남자는 성공 보수를 깎으려고도 하지 않고 조사 위임 계약서를 서둘러 쓰고서 찾아왔을 때와 마찬가지로 급하게 리무진을 타고 돌아갔다.

보고 기한은 오늘, 토요일 밤이다.

"그런데 말이지."

다카세강 주변 가로수 옆에서 탐정은 투덜투덜 푸념을 늘어놓았다.

"열심히 활약하는 정의의 사도 정체를 폭로한다고 해서

대체 누구에게 득이 된다는 거야. 쓸데없는 짓은 하지 말라 이건가."

의뢰인은 어지간히 다급한지 '경과를 보고하라.'며 성화였다. 그때마다 우라모토 탐정은 "본 사무실에서 총력을 다해 노력하고 있습니다."라며 어물쩍 넘겼다. 그러나 사무실에 소속된 탐정은 우라모토 한 사람이고, 한 명뿐인 조수도 주말만 하는 아르바이트생이다. 총력을 다해 봤자 뻔했다. 그 총력마저 아끼고 있다. 뭔가 일하는 듯한 모습만 보여 주면서 때가 무르익기를 기다리는 것이 그의 방식이었다.

강변을 걸어가다 보면 얼마 지나지 않아 릿세이 초등학교가 보인다. 태평양전쟁 전에 세운 학교 건물은 칙칙한 갈색이다. 벽면에 늘어선 세로로 길쭉한 창문은 하나같이 어둡다. 다카세강에 걸린 작은 다리 너머에 교정으로 통하는 문이 보였다.

별생각 없이 교정을 들여다본 탐정은 흠칫했다.

텅 빈 교정 한가운데에는 초등학생용 의자가 덜렁 놓여 있고 한 청년이 옹색하게 앉아 묶여 있다. 연령은 이십 대 중반 정도. 반팔 셔츠도, 바지도 구깃구깃하고 머리카락은 덥수룩하다. 알코올에 현혹되어 하룻밤을 허비했으리라고 짐작이 간다.

그 남자 앞에 기괴한 인물이 서 있었다. 여름인데 새카만 망토를 두르고 너구리 가면을 쓰고 있다. 모래 먼지를 일으키는 바람이 망토 자락을 펄럭인다.

탐정은 한숨을 푹 쉬었다.

"아아, 제기랄. 모처럼의 휴일이……"

그때 휴대전화가 울렸다. 조수다.

"탐정, 지금 어디에 계세요?"

언짢은 기색의 목소리가 들렸다.

"아, 다마가와 양인가. 담뱃가게에 도착했나?"

"왜 멋대로 담당 구역에서 벗어나시는 거죠? 인수인계를 제대로 해주세요."

"할머니에게 쫓겨나서."

"들었어요. 뚱냥이를 괴롭혔다면서요? 탐정이 잘못했어요. 아무튼 말이죠, 잠복을 하자고 했으면 제대로 초지일관 잠복을 해야죠……"

탐정은 교정에 있는 괴인을 흘끔 보고 조수 말을 가로막았다.

"미안하지만 지금부터 기야마치 거리로 오겠어? 릿세이 초등학교 교정인데."

"잠복은 어쩌실 겁니까?"

"그보다도 이쪽으로 오는 편이 빠르겠어. ……여기에 있어."

"네?"

"폼포코 가면이 여기에 있어."

탐정이 그렇게 말하자마자 조수는 아무 대꾸도 하지 않고 전화를 끊었다.

"과연 제때 도착할 수 있을까……."

탐정은 교정을 들여다보고 하품을 하면서 중얼거렸다.

• • •

릿세이 초등학교 교정에서 청년을 꿈을 꾸었다.

꿈속에서 그는 기온 축제 요이야마(기온 축제의 하이라이트인 야마호코 행진 전야제)의 혼잡함 속을 걷고 있다.

길 위에 찬란하게 빛나는 야마호코를 바라보면서 오른손에는 커다란 닭꼬치, 왼손에는 생맥주를 들고 기분이 좋아졌으나, 문득 주변을 둘러보고 경악했다. 축제용 제등에 비친 구경꾼들이 모조리 너구리 가면을 쓰고 있다. 전율할 만한 폼포코 축제, 이루 말할 수 없는 그 공포! 모든 거리에 폼포코 가면이 넘치지 않는가.

'이럴 수가, 폼포코 가면이 아닌 사람은 나뿐이잖아.'

그렇게 생각한 순간, 거리에 가득 찬 폼포코 가면들이 그를 손가락질하며 큰 소리로 외쳤다.

"체포해라! 체포해라!"

그는 해가 저무는 비좁을 골목을 이리저리 도망쳐 다니다 마침내 작은 주차장으로 내몰렸다. 자동차는 한 대도 없었다. 아직 저녁노을이 남은 하늘과는 대조적으로 세 방향이 음침한 빌딩으로 둘러싸인 주차장은 일몰 후처럼 어두웠다. 주차 요금을 투입하는 기계만이 스포트라이트를 받은 것처럼 빛났다.

그곳으로 폼포코 가면들이 탁류처럼 흘러 들어왔다.

곧 그는 폼포코 가면들에 둘러싸였고 불쾌함이 울컥 밀려왔다. 그때 정면 건물 최상층 창문 하나에 불이 켜졌다. 눈부신 빛과 함께 창문을 열고 몸을 내민 이는 젊은 여성인 듯했다. 역광 속 그녀의 아름다운 실루엣이 그를 향해 양팔을 펼쳤다. 그는 폼포코 가면들을 밀어내고 여성의 얼굴을 올려다보았다. 그녀 또한 너구리 가면을 쓰고 있었다.

"어떻게 된 거야!"

그는 외쳤다.

몸이 덜컹 흔들리고 모든 것이 멀어졌다.

쌀쌀한 기운이 느껴졌고 상쾌한 여름 하늘이 펼쳐졌다. 자신이 어디에 있는지 모르겠다. 몸이 움직이지 않는 까닭은 작은 의자에 튼튼한 끈으로 묶여 있기 때문인 듯하다.

그는 눈앞에 서 있는 괴인을 발견했다. 기분 나쁜 검은 망토, 덥수룩한 머리카락, 그리고 너구리 가면. 그 가면은 세쓰분(입춘 전날로 한해의 액막이 행사를 한다)에 마메마키(세쓰분에 악귀를 쫓기 위해 콩을 뿌리는 행사)용 콩을 사면 늘 덤으로 따라오는 싸구려 가면처럼 양쪽 옆에 달린 고무줄을 귀에 걸게 되어 있다.

그는 한숨을 쉬었다.

"또 당신입니까."

"안녕, 고와다 군."

괴인이 당당한 목소리로 말했다.

"어젯밤에는 조금 과음한 것 같군."

• • •

드디어 주인공이 등장했다.

즉, 이야기는 이제부터 시작된다.

제 1 장

폼포코 가면과 주말 탐정

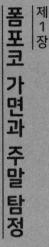

'모험'이란 무엇인가.

사전적인 의미로는 '위험을 무릅쓰고 행하는 일'이다.

그러나 초등학교 시절 필자에게 '모험'이란 《셜록 홈스의 모험》의 '모험'이 전부였다. 고명한 탐정의 모험담을 통해 필자는 '모험'이라는 말을 막연히 짐작했다. 그것은 멋진 것이며 두근거리는 것이었다. 한편으로 어딘가 목가적이고 안도감이 드는 휴일 아침 소풍과 비슷했다.

필자는 위험을 무릅쓰고 무슨 일을 하는 것을 즐기지 않는다. 오히려 싫어하는 편이다.

필자가 대단한 모험을 하는 곳은 영화관 좌석으로 한정되어 있다. 상영이 시작되자마자 주인공이 위기 상황에 빠지고 관객은 손에 땀을 쥐고, 그곳에 수수께끼의 미녀가 등장해 수수께끼 같은 말을 하고, 주인공은 예리한 두뇌를 써 위기를 탈출하여 관객이 안도하는 것도 잠시, 갑자기 폭발이 일어나거나 자동차가 다리에서 떨어지거나 보물 지도를 빼앗기거나 미녀를 빼앗기거나 미녀를 되찾거나 온갖 일이 일어난 끝에 미녀와 주인공이 키스하며 끝난다. 대개 비슷비슷한 작품, 요컨대 모험 활극이다. 그것으로 충분하다. 대모험은 은막에 맡겨 두면 된다.

소소한 모험을 비웃는 자는 소소한 모험에 운다는 말이
있다.

• • •

물론 이 청년, 고와다는 소소한 모험을 비웃을 만한 인물
은 아니었다. 필자와 마찬가지로 오히려 아끼는 사람이었다.
대모험은 경원하는 정도가 딱 알맞다. 그에게 너구리 가면을
쓴 괴인이 날뛰는 세계는 대모험의 분야에 들어간다.

상쾌한 아침 바람이 괴인의 검은 망토를 펄럭이고 고와다
의 덥수룩한 머리카락을 흔들었다. 대모험의 총아 폼포코 가
면이 눈앞에 있다. 서늘한 바람이 부는 가운데 고와다는 상황
을 파악하고서 "당신도 참 곤란한 사람이군요." 하고 말했다.

"자네가 뒤를 이어 줄 때까지 몇 번이고 찾아오겠다."

"선량한 시민을 묶다니 이건 민폐예요."

"자네는 이렇게 하지 않으면 도망치지 않는가."

"하기야. 일리 있네요."

"여태껏 실컷 도망쳤지. 도주 실력만큼은 인정하마."

폼포코 가면은 고와다를 재촉하듯이 손을 저었다.

"슬슬 대답을 듣고 싶군. 어떤가, 결심은 했나?"

그러자 고와다는 대뜸 대답했다.

"거절하겠습니다!"

"자네도 고집불통이로군."

폼포코 가면은 몸을 굽히고 얇은 가면 너머로 고와다를 바라보았다.

"좋아, 마음에 들었어. 그 근성에 경의를 표하지. ……그 굳건한 근성으로 세상 사람들에게 도움을 주고 싶지 않나?"

"또 똑같은 이야기를 되풀이하게 될 거예요."

고와다는 한숨을 쉬었다.

"너무 바빠서 안 된다고 몇 번이나 말했잖아요."

"자네는 취미도 없고 애인도 없는 독신인 데다가 한가하지 않나?"

"잠깐만요."

아무리 고와다라도 울컥했다.

"우습게 보면 곤란합니다. 당신은 내가 얼마나 게으름뱅이인지도 모르면서."

"젊은이여, 화내지 마시게. 잘못 표현했군."

폼포코 가면은 양팔을 펼치고 하늘을 올려다보았다. 당장이라도 춤을 출 것 같다.

"이 몸은 폼포코 가면이다. 교토 사람들을 도와주는 정의의 괴인! 모두가 기뻐하는 멋진 일을 하고 있지. 단순히 남을 돕는 일이 아니야. 대가 없는 친절을 베풀어서 사람들이 선의를 순수하게 믿을 수 있게끔 하는 일이지. 선의를 믿게 된 사람들의 기쁨이 이 몸의 혼까지 구제하고 있다. 그 증거로 얼마나 많은 사람이 이 몸을 응원하고 있느냔 말이다. 세상이 내 편이다! 신문에도 활약이 실렸지. 텔레비전에도 나왔어. 놀라운 이 몸의 인기여!"

"꽤나 즐거워 보이는군요."

"즐겁고말고. 즐거움을 주체할 수가 없다네. 자네도 맛보았으면 하네."

"하지만 게으름을 피우고 싶어지지 않아요?"

"무슨 말을 하는가. 그런 적은 전혀 없네."

폼포코 가면은 망토를 펄럭이며 단언했다.

그러나 고와다가 의심 가득한 목소리로 "진짜로요?"라고 되묻자 괴인은 "……음, 세상에는 질 나쁜 게으름뱅이도 있으니까."라며 인정했다.

"이 몸은 대형 쓰레기를 같이 버려 주거나 아이 숙제를 돕거나 우표 예약을 부탁받지. 아무리 이 몸이 도와주기로 했다지만 이딴 일 정도는 스스로 하라고 생각한 적도 있다. 뻔뻔하게 그런 부탁을 하는 낯짝 두꺼운 놈들에게 끓어오르는 분노를 꾹 참고 말이지…… 아니, 실언했네. 이 몸은 정의의 괴인, 화내는 일이 없지. 사랑하는 도시의 사람들에게 화를 내다니 그럴 리가."

고와다는 "역시 거절하겠습니다."라고 단호하게 말했다.

"이봐, 이봐, 이봐, 고와다 군! 기다리시게! 서두르지 말고!"

폼포코 가면은 고와다 앞에서 애원하듯이 손을 모았다.

"자네는 자신에게 거짓말을 하고 있어. 그저 도전이 두려울 뿐이야. 사실은 정의의 사도가 되고 싶겠지? 그렇지? 되고 싶어서 몸이 달았을 걸세. 당연히 그렇겠지. 이 몸은 알 수 있어."

고와다는 잠자코 있었다.

"인간은 자신이 진정으로 원하는 것을 잘 모르는 법이야. 진정한 자네는 스스로 원하는 곳을 향해 한 걸음을 내딛으려고 바로 이 순간 갈등하고 있어. 그 괴로움은 이해하네, 내 잘 알지. 이 몸 또한 그랬으니까. 갈등을 극복했을 때, 자네는 한층 단련된 멋진 남자가 되는 게야. 이런 너구리 괴인을 사람들이 받아들일 수 있도록 하기까지 얼마나 고생했는지 아나? 그러나 이 몸에게도 여러 가지 개인적인 사정이 있어서 더는 이 부업을 계속할 수 없게 되었네. 그렇다고 소중한 폼

포코 가면을 이대로 은퇴시켜 버리기는 아깝지 않은가? 자네
도 아깝다고 생각하겠지?"

그러나 고와다는 지장보살처럼 입을 다물고만 있다.

폼포코 가면은 중얼거렸다.

"⋯⋯돌덩이처럼 완고한 남자로군."

● ● ●

'어떤 계기'로 두 사람이 만난 이후, 폼포코 가면은 번번이
고와다와 접촉하려 했고, 그때마다 뒤를 이으라고 다그쳤다.
고와다는 고집스럽게 거절했다.

대체 몇 번이나 똑같은 실랑이를 되풀이했을까.

고와다는 지장보살처럼 입을 다문 채 생각했다.

'정의의 사도라면 먼저 악의 조직에 대항할 수 있을 만한
'머슬' 즉 근육이 반드시 있어야 한다. 그러나 내 팔을 봐. 사
사카마보코(조릿대 잎 모양의 넓적한 어묵)처럼 가냘프지. 이런
근육으로 어떻게 악의 수하를 굴복시킬 수 있을까! ⋯⋯빈약
하다면 단련하면 된다고? 무슨 소리를 하는 거야. '근육'이라
는 과제를 제쳐 놓는다 해도 정신적인 과제가 남아 있단 말
이다. 분명히 나는 청렴하고 결백한 남자다. 상냥한 구석도

있지. 그러니까 악인이라고 할 수는 없다. 그런데 말이지, 특별히 선인도 아니라는 것이다. 더욱 솔직히 고백하자면 나는 미녀에게 약하다. 기숙사에 있는 사랑스러운 컴퓨터가 도색 데이터의 부하를 견디다 못해 발열이 심각해질 정도다. 이런 정의의 사도가 있을쏘냐. 피부가 뽀얗고 풍만한 육체를 가진 악녀가 접근한다면 손쉽게 악의 편으로 돌아설 것이 뻔해.'

그렇기에 고와다는 침묵했다.

폼포코 가면은 한숨을 쉬었다.

"이 몸도 바쁘네. 자네와 말다툼할 시간은 없어."

그때, 서벅서벅 모래를 밟으며 달려오는 소리가 들리더니 느닷없이 날카로운 소리가 울려 퍼졌다.

"폼포코 가면, 잡았다!"

괴인이 어설프게 비명을 지르며 휘청였다.

살펴보니 젊은 여자가 괴인의 몸을 뒤에서 꽉 붙잡고 있었다.

폼포코 가면과 여성은 기묘하고 우스운 모습으로 재회를 반기는 남녀처럼 교정에서 빙글빙글 돌았다. 그녀의 가녀린 몸은 가볍게 휘둘려서 발이 땅에서 떠오를 기세였다.

"붙잡았다! 붙잡았다!"

그녀는 고와다에게 외쳤다.

"도와줘! 도와줘!"

"아가씨, 그건 어려운 부탁이야."

고와다의 몸을 동여맨 검은색과 노란색이 섞인 끈은 악마의 탯줄처럼 질겼다. 그가 멍하니 강 건너 불구경하듯 바라보고 있는데, 괴인과 여성의 복합체가 팽이처럼 빙글빙글 돌면서 불길한 속도로 다가왔다. "부탁이니 제발 저쪽에서 하세요!"라는 혼신의 기도도 덧없었다. 공중에서 번뜩인 그녀의 다리가 고와다의 옆구리를 세차게 때렸다. 고와다는 의자와 함께 옆으로 쓰러지며 까무러쳤다.

"내가 뭘했다고……."

폼포코 가면이 떼친 젊은 여자도 교정에 나뒹굴었다. 눈앞이 팽글팽글 돌아서 일어나지 못하는 듯하다. 티셔츠가 올라가 배꼽이 만천하에 드러난 것도 개의치 않고 하늘을 노려보며 헉헉 숨을 쉰다. 폼포코 가면 역시 반고리관에 심각한 피해를 입었는지, 보기에도 끔찍하게 비틀거리며 걸었다. 고와다는 옆구리에 먹은 악몽 같은 일격에서 서서히 회복해 가는 중이다. 아침 교정에는 시체의 몰골을 한 이들이 겹겹이 쌓여 있다.

"지금은, 일단, 물러, 가지, 만, 아무튼, 각오를, 또, 만나자."

폼포코 가면은 끙끙거리며 선언하고 비틀비틀 떠나갔다.

그리고 드러누워 하늘을 올려다보는 여자와 고와다가 남겨졌다. 고와다는 옆구리의 통증이 잦아들기를 기다렸다가 "이봐요." 하고 소리 냈다.

"괜찮으세요?"

여자는 벌떡 상체를 일으키고는 중얼거렸다.

"……놓치고 말았어."

그녀는 눈살을 찌푸리고 중얼거리더니 본레스햄처럼 얌전히 뒹구는 고와다를 보았다.

"왜 도와주지 않았어요. 나 혼자 폼포코 가면을 잡을 수 있을 것 같아요?"

"괜찮아요? 피가 묻었는데……."

"전 흥분하면 코피가 나요."

그녀는 일어나 교정에 굴러다니던 모자와 바이올린 케이스를 주웠다. 오렌지색 티셔츠와 청바지 차림이었고 머리는 짧았다. 모자는 '레미제라블'에 등장하는 집 없는 고아 같고, 바이올린 케이스는 고물상 앞에서 들고 온 것처럼 오래된 물건이다. 금붕어 무늬 수건으로 코피를 닦고 나서 그녀는 현대미술 작품을 감상하듯이 의자째 쓰러진 고와다 주변을 걸었다. 눈살을 찌푸리면서 "꽁꽁 묶어 놨네요."라고 감상을 이야기했다.

"맞아요. 빨리 풀어주세요."

"나쁜 짓이라도 했나요?"

"그럴 리가요."

"……흠. 나쁜 짓을 할 기량은 없어 보이는군요."

몇 분 뒤, 고와다는 자유의 몸이 되었다. 고와다는 한껏 기지개를 켜고 아침 공기를 들이마셨다. 학교 건물 옥상에서 우는 까마귀 소리가 들렸다. 그렇게 그가 자유가 된 기쁨을 온몸으로 만끽할 때, 여자가 곁으로 다가오더니 불쑥 귓가에 속삭였다.

"폼포코 가면 뒤를 잇는 건가요?"

고와다는 깜짝 놀라 그녀의 얼굴을 빤히 보았다.

"들었습니까?"

"들을 생각은 없었지만 듣고 말았어요."라며 그녀는 입을 다문 채 미소 지었다.

"곤란하군요. 잊어 주세요."

"잊을 수 있을까요. 흥미로운 이야기인걸요."

"어차피 나는 계승하지 않을 겁니다."

"왜요?"

"누가 좋아서 정의의 사도 따위를. 나는 굳건하게 내 휴일을 지켜낼 거예요. 게으름 피울 수 있다면 뭐든 할 겁니다."

그녀는 작은 목소리로 "어이없어."라고 중얼거렸다.

고와다는 그녀에게 "당신은 어째서 폼포코 가면을 잡으려고 했어요?" 하고 물었지만 "기업 비밀입니다."라며 말도 못 꺼내게 했다.

"그럼 됐어요."

고와다는 깨끗하게 납득했다.

"오늘 아침 일은 서로 잊기로 합시다. 그런데…… 여기는 어디죠?"

"무슨 소리를 하는 거예요. 기야마치라고요."

"고주망태가 되어서 여기에 올 때까지의 기억이 없어요."

"어이없어!"

고와다는 손목시계를 보고 입을 오므렸다.

"어이쿠, 벌써 여덟 시 반이군. 빈둥거리려면 서둘러야지. 그럼 안녕히."

이처럼 아침부터 과격하게 막을 올려도 주말을 빈둥거리며 지내기로 결의한 고와다를 굴복시키지 못했다. 이 굳센 '나태를 향한 의지'에서 우리는 고귀한 게으름뱅이의 모습을 볼 수 있을 것이다.

이리하여 고와다는 서둘러 수수께끼 여성과 헤어져 뜨거운 커피와 달걀 샌드위치로 시작될 빈둥거리는 휴일을 찾아

여행을 떠났으나, 여러분이 상상하시는 대로 빈둥거리는 휴일을 얻기 위한 싸움은 이제 막 시작되었을 뿐이며, 고와다와 수수께끼 여성은 '운명적이지 않게' 재회하게 된다.

• • •

고와다는 모 화학공업기업의 연구원이다.

대학원을 졸업하고 근무한 지는 이제 이 년 차이다.

그가 다니는 신소재 연구소는 긴테쓰 교토선의 무카이지마역 서쪽에 펼쳐진 전원지대에 있다. 연구소 창문으로 바깥을 보면 세계는 논과 공장과 게이지 우회도로만으로 이루어진 것처럼 보였다. 멀찌감치 이온(AEON. 일본의 대형 슈퍼 체인)이 보였지만 마술사가 사는 탑처럼 희미하게 보여, 과연 그 땅에 정말로 이온이 있는지 누구도 확신할 수 없었다. 연구원들은 확실하게 뒷받침할 만한 근거를 얻지 못한 실험을 가리켜 '마치 이온 같은'이라는 표현을 사용하고는 했다.

연구소에는 대학 연구실처럼 몇 가지 연구팀이 있다. 실장의 지휘 아래 고와다는 식품용 랩 개발에 종사했다. 대표적인 예를 들어 독자 여러분이 전자레인지로 어제 먹다 남은 카레를 데울 때 그릇에 씌우는 물건을 상상하면 이해하기 쉬

울 것이다. 연구 성과에 따라서 실장이 바뀌거나 다른 연구
팀에 흡수·합병되기 때문에, 생명체의 따스함이라곤 없는
썰렁한 연구소 안에서도 조용한 약육강식 다툼이 전개되고
는 했다. 허나 고와다는 날마다 자신의 임무를 다하는 데에
열심이어서 아직 그런 사정에 밝지 못하다. 담담하게 측정
장치의 증류수를 갈거나 갖가지 약품을 섞거나 시험 삼아 만
든 랩을 접착제로 붙이고 뗄 뿐이다.

　고와다의 일상은 동료들로 하여금 '논바닥의 우렁이와 막
상막하'라 불릴 만큼 고요하고 태평했다. 연구소 부지 안 기
숙사에서 살며 평일에는 아침부터 밤까지 연구소에서 일하
고, 주말에도 기숙사에서 공부하거나 드러누워 지냈다. 온다
선배가 말을 걸지 않는 한 외출하지 않는다. 밤에는 연구소
바깥에 펼쳐진 캄캄한 전원지대를 산책하고 하늘의 별들을
빈둥빈둥 관찰하고, 게이지 우회도로에 줄지어 있는 오렌지
색 불빛을 멍하니 바라보았다. 그러다 기숙사 방으로 돌아오
면 캔 맥주를 마시며 '장래에 아내가 생기면 하고 싶은 일
목록'을 열심히 고치면서 밤늦게까지 자지 않았다.

　아침 일찍 잠에서 깰 때는 자전거를 타고 우지강의 제방
까지 달렸다. 자재 하치장 수롯가에 있는 자동판매기에서 캔
커피를 사고 논 가운데를 느긋하게 달린다. 우지강의 트러스

다리를 건너는 긴테쓰 전차와 강 건너 다른 세상처럼 펼쳐진 후시미모모야마 거리를 바라보면서 커피를 마시는 것이 고와다의 커다란 즐거움 중 하나였다.

캔 커피가 불러오는 작은 행복에 대해 고와다가 열변을 늘어놓자 온다 선배는 그의 어깨를 상냥하게 도닥였다.

"알았다, 알았어. 그런 즐거움에 너무 빠지지 마라."

"그렇게 푹 빠진 건 아니지만."

"괜찮아, 괜찮아. 나는 이해해. 다 알아."

이처럼 온다 선배는 여러 가지로 마음을 써 주었다.

• • •

온다 선배는 고와다와 같은 연구팀에 소속된 이 년 선배이다. 말과 닮았고 말을 사랑하는 사람이며 점심에는 식당에서 곧잘 경마 책을 읽는다. 온다 선배에게 고와다는 처음으로 생긴 후배이며 적절하게 지도해야 할 존재인 듯하다.

고와다는 교토에 대해 거의 몰랐지만, 온다 선배는 교토 시내에 있는 대학교 출신으로 "교토에 대해서는 나한테 맡겨.""교토의 괴인은 대부분 아는 사이야!"라고 떵떵거렸다. 온다 선배도 기숙사에 살지만 애인인 모모키가 교토 시내에 살기 때문에 주말에 기숙사에서 마주치는 일은 드물다.

온다 선배는 고와다에게 기숙사를 나와 번화가로 이사하라고 열과 성을 다해 권했다.

"그곳을 우리의 전선기지로 삼자."

"거절하겠습니다."

"줄곧 기숙사에 틀어박혀 있다가는 썩어버린다."

"기숙사를 위스키 통 같은 거라고 생각하세요. 저는 자신을 숙성시키고 있는 겁니다. 맛이 깊어질 겁니다."

"억지 논리 펴지 마! 게으른 소리 하지 말고 주말을 충실하게 보내!"

온다 선배는 주말에 일정을 있는 대로 채워 넣는 인물로, 그 무시무시한 활력의 원천은 수수께끼다. 온다 선배 내면의 야성인(野性人)은 주말마다 모험을 원했다. 그리고 이따금 고와다를 불러낸다.

고와다는 온다 선배에게 이끌려 야미나베(각자 가져온 재료를 어둠 속에서 한 냄비에 넣고 끓여 먹는 요리) 모임에 참가하고 수상한 청년실업가의 빨간 스포츠카를 타고 목욕탕 순례를 하거나 데마치 상점가의 칠석 축제에 가고, 기온의 장어집에서 괴물 같은 장어구이를 먹고, 다이몬지산에서 비와호를 답파하고, 구라마의 불 축제(불을 때서 신에게 제사 지내는 행사)를 구경하고, 호린지와 요시다 신사의 세쓰분제(입춘 전날의 축제)를 헤맸다. 솔직히 귀찮았지만 가자는 말을 거절당하고 풀이 죽은 온다 선배를 보는 것도 귀찮아서, 세 번에 한 번은 어울렸다. 그만큼 온다 선배를 좋아하는 것이다.

고와다라는 인물은 계곡물로 정성스레 식힌 지장보살처럼 항상 침착하다. 어떤 모험에 끌고 가도 한결같다. 한밤중에 난젠지의 수로각(난젠지 경내를 통과하는 비와호 수로의 일부인 벽돌 수로교)에 올라 어둠 속을 엉금엉금 기어 전진할 때조차 태연한 얼굴을 했다. 그때만큼은 온다 선배도 혀를 내둘렀다.

"고와다, 너는 두근두근하는 일이 없어?"

온다 선배가 그렇게 물었다.

"두근두근하고 있어요……. 보세요, 엉덩이가 근질근질하잖아요."

"고작 엉덩이가 근질근질한 걸로는 두근두근하다고 할 수 없어."

온다 선배는 어둠 속에서 엉금엉금 기는 상태로 돌아보며 고와다의 얼굴을 손전등으로 비추었다.

"있잖아, '굴러가는 돌멩이에 이끼가 끼지 않는다.'라는 말 알아?"

"압니다."

"다시 말해 부지런해지자는 거야. 알겠지?"

"……좀 더 이끼가 끼어 부드러워지겠습니다."

"야, 너는 지장보살이 아니잖아."

온다 선배는 한숨을 내쉬며 말을 이었다.

"잘 들어. 우리에게는 모험이 필요해. 막연히 시간의 흐름에 몸을 맡기는 건 안 돼. 인생이란 그저 성실하게 일한다고 보상받을 수 있는 게 아니라 이 말씀이야."

"그렇지 않아요. 성실한 게 제일입니다."

고와다는 투덜거렸다.

"온다 선배의 말은 소장님 논리를 그대로 베낀 거잖아요?"

"베꼈지, 암. 소장님은 우리보다 인생 경험이 많아."

"경험과 진리가 무슨 관계가 있을까요?"

"억지 논리 펴지 마!"

온다 선배는 그 뒤로 한참 말없이 어두운 비와호 주변을 따라 나아가더니, 갑자기 움직임을 멈추고 가만히 전방을 살피고는 "기분 나쁘군. 정말로 아무것도 보이지 않아."라고 말했다.

"한 치 앞은 어둠입니다."

"돌아가도 괜찮아."

"나아가도 괜찮죠."

"이제 우리도 어엿한 사회인이기도 하고⋯⋯. 어쩔래?"

그 뒤 온다 선배는 모험 중지를 선언했다.

• • •

폼포코 가면 역시 온다 선배와 떠난 모험 때문에 만났다.

발단은 기타시라카와의 우류산에 있는 '하쿠유'라는 라면 가게였다.

하계의 생활을 접은 '라면 귀신'이 십 년이라는 긴 세월 동안 우류산 동굴에 틀어박혀 '하쿠유시'라는 신선이 남긴 가르침을 바탕으로 라면도(道)를 연마했다. 세속을 아득히 초월하면서까지 어째서 그토록 라면에 집착했는지, 그런 당연한 의문은 보류한다. 허름한 산막에서 그 라면을 먹는 순간, 입안 가득 부드러운 기름이 퍼지고 산에서 구한 정체 모를 재료의 감칠맛이 숲속 수목의 술렁거림처럼 터져 나온다. 손님은 마지막 국물 한 방울을 다 마실 때까지 하계의 기억을 잃는다고 한다.

온다 선배는 술집에서 그런 이야기를 애인에게 해 주었다. 그러나 교토시 시모교구에 사무실을 둔 특허사무소 직원, 모모키는 웃으며 믿지 않았다.

"거짓말이잖아. 거짓말쟁이!"

모모키는 사무 능력과 포용력이 모두 기적처럼 뛰어난 희귀한 인물로, 고와다는 그런 그녀를 남몰래 '능력 있는 보살'이라 불렀다. 하지만 사소한 일에 집착하기 시작하면 고집스럽게 물러나지 않는 완고함도 있었다. 환상의 라면가게 소문의 진위를 둘러싼 응수가 계속되는 가운데 대립은 한층 심각해졌다. 취한 모모키는 "자기 말은 늘 얼렁뚱땅이야!"라고 외치며 술병을 와르르 쓰러뜨리고, 온다 선배는 "내가 하는 말을 왜 믿지 않아?"라며 울먹였다. 필자는 평소 거짓말인지 진짜인지 모를 소리를 진지한 얼굴로 퍼뜨리고 다니는 남자에게 잘못이 있다고 생각하지만, 요컨대 두 사람 다 너무 마셨다.

이튿날 온다 선배는 연구소 식당에서 밥을 먹으며 말했다.

"그래서 이번 주말에 라면가게를 찾으러 갈 거야."

"고생하십니다."

고와다가 대답하자 온다 선배는 식탁에 둔 경마 책을 손가락으로 탁탁 두드렸다.

"어이, 이봐. 왜 남 말하듯 해. 너도 가는 거야."

"어째서 제가 두 분 데이트에 따라갑니까?"

"데이트라고? 태평한 소리 하지 마! 까딱하면 전쟁 나기

일쑤다."

"전쟁에 휘말리기는 싫습니다."

"그러니까 너한테 가자는 거잖아. 너랑 함께 있으면 신기하게 진지한 분위기가 사라지잖아? 그러면 우리도 싸울 마음을 잃는 거지."

"그렇군요. 일리 있어요."

"그러니까 너도 함께하는 거다."

그런 연유로 그들은 긴테쓰 전차와 지하철 가라스마선을 갈아타고 시조가라스마까지 가서 기타시라카와 침례병원 앞까지 버스를 타고 덜컹거리며 간 다음, 우류산 숲속으로 들어갔다. 가는 도중에 그들은 며칠 전 신문사 인터뷰를 했다는 '폼포코 가면' 화제로 떠들썩했다.

"나는 폼포코 가면을 한 번 도운 적이 있어. 이건 진짜야."

온다 선배가 자랑했다.

"그게 모모키와의 만남이기도 했지."

"맞아, 맞아."

모모키도 자랑했다.

"처음 듣는 얘기네요."라며 고와다가 말했다.

"무슨 일이 있었어요?"

"가르쳐 줘도 되지만 이건 우리의 소중한 추억이야."

"맞아. 소중하지."

즐겁게 이야기를 나누는 두 사람을 보고 '어디에 전쟁의 그림자가 있다는 거야?' 하고 고와다는 생각했다.

이번 모험의 결론을 간단히 말하자면 세 사람은 마을에서 떨어진 산속에서 한때 라면가게였을지도 모를 작은 폐허를 발견했다. 함석지붕은 더러워지고 통나무로 만든 테이블은 풀숲에 묻혀 있었다. 멧돼지를 통째로 삶을 수 있을 듯한 커다란 냄비 하나도 발견했다. 환상의 라면은 먹지 못했지만 꼬질꼬질한 나무 간판에서 '하쿠유'라는 글자를 읽을 수 있었기에 온다 선배는 간신히 체면치레를 했다. 이미 두 사람 사이의 위기감은 옅어진 상태라 크게 상관없었지만 전쟁은 확실히 회피할 수 있었다.

젊은 연인들이 파국 위기를 넘기고 나면 흔히 있는 일이지만 온다 선배와 모모키의 유대감은 노골적으로 깊어졌다. 미안하다는 말을 주고받은 뒤에는 둘만의 세계에 몰입해 고와다 따위는 안중에 없는 듯했다. 그 태평한 고와다조차 진저리를 치며 돌아가는 길에는 두 사람과 떨어져 있으려 했다. 고와다가 두 사람을 놓치고 길을 헤매고 만 까닭은 그 때문이다.

고와다는 날이 저무는 산속에서 우두커니 서 있었다.

"이것 참, 어떻게 된 거람?"

그래도 허둥대는 법은 없었다.

그때 나타난 자가 폼포코 가면이다.

"곤경에 처했나?"

괴인이 물었다.

어둑하고 깊은 산속에서 이상한 풍채의 남자를 만나자 제 아무리 고와다라도 '어이쿠!' 하고 놀랄 수밖에 없었다. 그러나 폼포코 가면이 이상한 차림에 어울리지 않게 친절하다는 것은 소문으로 익히 들어 알고 있었다. 고와다가 사정을 설명하자 폼포코 가면은 고개를 끄덕였다.

"따라오시게. 이 근방은 이 몸의 수행 장소라 앞마당이나 다름없지."

두 사람은 숲을 걸었다. 덮쳐누르는 듯한 어둠 깊은 곳에서 곤충과 새 소리, 나뭇가지 부러지는 소리가 시끄러울 정도로 들렸다. 산길을 걸으면서 고와다는 연구소 생활에 대해 말하고 폼포코 가면은 정의의 사도로서 활약한 바를 나직한 목소리로 이따금 이야기했다.

"정의의 사도도 고생이네요."

고와다가 말했다.

"하지만 보람은 있지. ……보람이 있는 거야."

마치 자신을 타이르는 듯한 말투다.

폼포코 가면은 불쑥 "뒤를 이어 볼 생각은 없나?" 하고 물었다.

"설마요. 농담이시죠."

"글쎄, 그것도 한 가지 선택지지."

두 사람은 숲의 어둠을 빠져나가 야마나카고개(시가현에서 교토 기타시라카와로 통하는 도로) 옆으로 나왔다. 그때 고와다는 녹초가 되어 있었다. 폼포코 가면도 말이 줄었다. 교토 시가지를 향해 내려가는데 시커멓게 솟구친 숲 골짜기에 '기타시라카와 라듐 온천' 간판이 환상의 마을 불빛처럼 떠올랐다.

"이런 곳에 온천이 있네……."

"그럼 고와다 군, 안녕히. 내 제안을 생각해 보시게."

고와다가 허둥지둥 돌아보았을 때 폼포코 가면은 보이지 않았다. 그는 주변을 두리번두리번 둘러보고 불러보았다.

"다른 사람을 찾아보시죠! ……대체 왜 접니까?"

"정의의 사도가 되는 데 이유가 있을까."

괴인의 목소리가 숲속으로 멀어져 간다.

"직감이야, 직감. 이 몸에게는 딱 왔다. 자네라면 할 수 있어, 할 수 있어야 한다고."

헤드라이트를 눈부시게 빛내며 게이한 버스가 도로를 지

나갔다.

고와다는 너무 지쳐서 생각할 기력도 나지 않아, 기타시라카와 라듐 온천에서 피로를 풀고 나서 돌아가기로 했다.

수증기가 자욱한 목욕탕에 들어가자 타일에 하얀 탕화가 낀 욕조에서 기분 좋게 엉덩이를 흔들며 노래를 부르는 선객이 있었다.

"온다 선배, 뭐하는 겁니까?"

선배는 돌아보고 활짝 웃었다.

"고와다! 살아 있어서 다행이야!"

"혼자 두고 가다니 너무했어요."

"일단 뜨뜻한 물에 몸 한번 담그고 나서 어떻게 할지 생각하려고 했어. 버리고 온 게 아니니까 오해하지 마."

그 뒤 모모키가 목욕을 막 마친 찬란하게 빛나는 모습으로 나오기를 기다린 다음, 그들은 게이한 버스를 타고 기타시라카와 라듐 온천을 뒤로했다. 고와다는 폼포코 가면 이야기는 하지 않기로 했다. 귀찮아질 것 같았기 때문이다.

가와라마치 거리에서 저녁 먹을 장소를 찾던 도중, 가게 앞에 화려한 서양란이 늘어섰고 번쩍이는 네온을 빛내는 신장개업 라면가게를 발견했다. 간판에는 '하쿠유'라고 적혀 있었다. 세속을 초월했던 점주가 어째서 다시 하계로 돌아왔는지 모르겠지만 반신반의로 먹어 본 라면의 감칠맛 저변에는 영락없이 화학조미료 맛이 났다.

아무튼 이렇게 고와다와 폼포코 가면은 만났다.

● ● ●

여기서 토요일 아침으로 이야기를 되돌리자.

릿세이 초등학교 교정을 나온 고와다는 다카세강 주변을 걸었다.

"모처럼이니까 큰맘 먹고 스마트카페에서 아침을 먹자."

걸음을 떼 보니 몸이 양철로 만들어진 것처럼 삐걱거렸다. 거기에 배고픔과 졸음이 덮쳐와 가엾은 고와다는 녹초가 되었다.

"심각한데. 너덜너덜하잖아."

그는 가와라마치 거리를 건너 산조 상점가 아케이드로 들어갔다. 어둑한 아케이드 아래에는 양쪽에 파친코, 약국, 백반집, 양복점, 구둣가게, 고깃집, 악기점 등이 늘어서 있고, 어느 가게고 아직 셔터를 내린 상태였다. 시끌벅적한 오후를 상상할 수 없을 만큼 고요한 상점가는 다른 세계로 통하는 터널 같았고 '게 도락(게 요리 전문점으로 커다란 게 모형을 단 간판이 특징이다)' 간판은 인류 멸망 후에 세계를 배회하는 괴수 같았다.

데라마치 거리에서 북쪽으로 가면 스마트카페가 있다.

고와다는 중얼거려 보았다.

"충실한 토요일 아침은 뜨거운 커피와 달걀 샌드위치로 시작된다."

연구소 상사인 고토 소장의 주장이다.

교토 시내에서 혼자 사는 고토 소장은 자신의 생활을 관리하기 위해 '아침 프로토콜'이라 부르는 규칙을 중요시했다. 충실한 하루를 시작하기 위한 순서를 항목별로 적은 리스트로, 평일용과 휴일용이 마련되어 있다. 휴일용 프로토콜에는 '데라마치 거리의 스마트카페에 간다.'라는 항목이 있다. 삼 년 전에 소장이 교토에 부임한 뒤로 프로토콜은 몇 번이나 개량되었지만 스마트카페의 지위는 부동인 듯하다.

스마트카페 안에는 가죽 소파가 놓여 있고 커피의 향긋한 향이 가득했다. 그곳에는 휴일 아침을 뜻깊게 활용하고자 마음먹은 사람들이 쉬고 있다. 고와다는 두껍고 먹음직스러운 달걀부침을 넣은 샌드위치와 뜨거운 커피를 주문했다.

아침 카페의 정숙함에 몸을 맡기고 있자니 머리가 멍해져서 당장에라도 정신이 나갈 것처럼 졸렸다. 이끼에 묻힌 지장보살의 모습이 머릿속에 떠올랐다.

"구르지 않는 돌에는 이끼가 낀다. 부드러워지자."

고와다는 하품을 하고 중얼거렸다.

여기서 잠깐 쉬었다가 기숙사로 돌아갈 작정이었다. 에어
컨을 켠 기숙사의 방, 시원한 이부자리에 드러누워 '장래에
아내가 생기면 하고 싶은 일 목록'을 개정하면서 꾸벅꾸벅
졸면 참으로 멋진 휴일을 보낼 수 있으리라. 이끼에 묻힌 "오
하라산젠인(교토의 절로 경내 곳곳에 지장보살이 있다. 특히 이끼로
뒤덮인 정원의 동자 모습 지장보살이 유명하다)"의 동자보살처럼
이불에 파묻혀 주마. 아아, 훌륭하도다. 그대의 이름은 이불
일지니.

"왜 이렇게 피곤한 걸까?"

고와다는 어젯밤 기억을 더듬으려 했다.

어젯밤 고와다는 고토 소장의 송별회에 참가했다. 요전 날
소장이 도쿄 본사로 이동한다는 발표가 있었는데, 이 시기에
소장이 이동하는 건 드문 일이었다. 고와다가 도쿄 본사에서
펼쳐진 정치적 교섭을 알 길은 없지만, 무언가 갑작스러운
변화가 있었고 그 파문이 도쿄까지 미쳐 소장이 삼 년 만에
도쿄로 되돌아가게 되었다는 것은 알 수 있었다.

그런 이유로 평소부터 소장의 부름에 자주 응했던 온다

선배와 고와다를 포함한 젊은 연구원들이 모였다. 본토초에서 술을 마신 뒤 시조대교를 건너 기온나와테의 바에 갔다. 〈스물두 살의 이별〉을 열창하고 갈채를 받은 기억이 난다. 소장은 즉흥적으로 피아노를 쳐 〈카스피해의 추억〉을 노래하고 온다 선배는 과음하면 항상 되풀이하는 인생론의 깊이에 빠져 버둥거렸다.

붉은 얼굴의 세련된 노인이 소장의 신비한 목소리와 풍모에 흥미를 가지고 말을 걸어오자 소장은 "아제르바이잔에서 와씀미다."라고 뻔뻔하게 거짓말했다.

"호오, 그것참. 아제르바이잔이라는 나라는 어느 부근이었지요?"

"카스피해 부근임미다."

소장은 눈을 감았다. 꼭 감은 눈으로 그리운 카스피해를 보고 있는 것처럼.

물론 소장이 나라현 출신이고 순수한 일본인이란 사실은 연구원 모두가 알고 있었다. 그러나 소장의 행동을 보면 그가 정말로 아제르바이잔인처럼 느껴진다. 소장은 가끔 그런 마술을 구사한다. 소장은 자신의 거짓말에 도취되어 마치 낯선 이국땅에서 술을 마시는 것 같은 쓸쓸한 심정이 들었는지 온다 선배의 어깨를 끌어안고 울음을 터뜨렸다. 온다 선배

역시 인생론의 깊이에서 기어오르지 못하고 울고 있었다. 고와다는 웃으며 강 건너 불구경을 하고 있었다. 그 이후 일은 기억이 애매하다. 미러볼처럼 반짝이는 소장의 중머리를 손수건으로 닦은 것은 기억한다. 소장의 중머리는 닦으면 닦을수록 빛을 더하는 마법의 구체 같았다. 그것은 마침 지금 이 순간, 고와다의 눈앞에 있는 구체와 마찬가지로 빛을 발산하고는 했다.

느닷없이 눈앞의 구체가 입을 열었다.

"안녕하세요. 고와다 군."

어느새 신문을 옆구리에 낀 소장이 맞은편 자리에 앉아 있었다.

• • •

고토 소장은 커피를 마시면서 고와다가 샌드위치를 우적우적 먹는 동안 신문을 읽었다. 색을 넣은 안경 안쪽 눈은 가늘었다. 볼은 다소 창백해진 듯이 보인다.

'갑자기 도쿄로 이동이 결정되었으니까 제아무리 소장이라도 응당 피로가 쌓였겠지.'

고와다는 멍하니 생각했다.

소장은 고와다가 근무하는 연구소의 정점에 군림하는 남자이다. 그는 역대 소장 중에서도 특히나 이채로운 인물로 알려져 있다. 마흔다섯 살. 독신. 강철처럼 탄탄한 근육질의 몸. 오뚝한 콧날에 얹은 색안경 안쪽의 눈은 예리하고, 머리까지 빡빡 밀었다. 머리는 교토에 부임해 오기 직전 깎았는데, 정치적 교섭에 패배한 자신에게 기운을 불어넣기 위해서라는 소문이 자자했다. 그 풍모 탓에 정식으로 부임하기에 앞서 연구소에 모습을 드러냈을 때는, 설마 차기 소장일 줄은 누구 한 사람 생각하지 못하고 "엄청 위험한 사람이 왔다."며 접수처 경비담당자가 긴장했다고 한다. 일본인 같지 않은 풍모에 마치 결혼식을 지휘하는 외국인 신부(神父) 같은 신기한 억양으로 말하고, 이따금 '아제르바이잔인'이라는 쓸데없는 거짓말을 친다. 연구소 전체에서 하는 월례 보고회에서는 신의 소리 같은 장엄한 목소리로 날카로운 지적을 연발해 발표 담당자를 뼛속까지 떨게 했다.

그러나 소장에게는 붙임성 있는 구석도 있었다. 연구소 청년들이 모이는 술자리를 마련하기도 했는데, 온다 선배는 단골 참석자였다. 고와다는 온다 선배에게 발목이 잡혀 술자리에 강제로 끼었다. 소장은 인생과 업무로 고민하는 젊은이를 아주 좋아해서 고뇌하는 청년을 매의 눈으로 살폈고, 현재

시점에 고민이 없는 청년을 굳이 고뇌로 이끌려 하는 혐의마저 있었다.

그날 아침, 소장은 스마트카페에서 고와다를 발견하고 기뻐 보였다.

"충실한 토요일 아침은 뜨거운 커피와 달걀 샌드위치로 시작된다."

"소장님의 가르침을 실천하고 있어요."

"무척 바람직한 마음가짐입니다."

"그렇게 늦게까지 마셨는데 소장님은 평소처럼 카페에 계시는군요? 늦잠은 안 주무십니까?"

"어설프게 쉬면 더 피곤해집니다."

소장은 보고회에서 의견을 말할 때처럼 오뚝한 코끝에 검지를 댔다. 그러자 소장은 미래에서 찾아와 인류의 어리석음을 한탄하는 안드로이드처럼 보인다.

"대다수 사람은 그저 막연히 움직이기를 그만두기만 하면 쉴 수 있다고 믿지요. 그러나 사실 우리에게 필요한 것은 움직임을 멈추는 게 아닙니다. 올바른 리듬을 유지하는 것이죠. 참치처럼 계속 헤엄치며 피로 너머로 돌파하는 것이 비결입니다. 따라서 저는 피로하지 않습니다."

"그런 건 싫은데요."

"익숙해져야 합니다. 그러면 됩니다. 적응하는 겁니다. 요즘 보고회 준비로 바빴지요. 당연히 피곤하겠지요. 그러나 여기서 늘어져 있으면 안 됩니다. 휴일을 만끽하세요. 다행히 오늘 밤은 기온 축제 요이야마이기도 합니다. 저녁부터는 야시장도 서고 거리가 구경꾼으로 가득 차겠지요. 야마호코의 제등에 불이 켜지면 아름다워요. 무척 몽환적입니다."

"작년에 봤으니까 이제 됐어요."

"무슨 일이든 반복해서 봐야 합니다."

"전 아침을 먹으면 돌아갈 거예요. 그리고 잘 거예요."

"뭐라고요?"라며 소장은 실망한 표정을 지었다.

"……잠깐만요. 당신에게는 국수를 먹을 약속이 있지요. 간밤에 온다 군과 그런 이야기를 하지 않았던가요?"

"……맞다. 무간 국수가 있었지."

고와다는 얼굴을 찌푸렸다.

"좋습니다. 틀림없이 재미있는 일이 일어나겠지요."

그리고 소장은 소파 등받이에 기대 멍하니 시선을 두리번거리며 카페 입구를 바라보았다. 색안경 안쪽 눈이 더 가늘어지고 속을 알 수 없는 표정이 드러났다. 테이블에 놓은 신문지를 손가락 끝으로 두드려서 파삭파삭 소리가 났다. 그 행동 때문에 고와다는 신문에서 오려낸 흔적을 발견했다. 소장 같은 괴인은 어떤 기사를 오려냈을까. 고와다가 아니더라도 신경 쓰일 부분이다. 고와다가 "읽어도 됩니까?"라고 신문으로 손을 뻗으려 하자 소장은 손목만 움직여 재빠르게 신문을 끌어당겼다.

"남의 신문에서 스크랩한 부분을 확인하려는 행동은 대단히 무례한 짓입니다."

소장은 러시아 암살자 같은 위협적인 압박감을 풍긴 뒤 생긋 웃었다.

그 뒤로 연구소 업무에 관련된 이야기를 나누었지만 카페의 기분 좋은 정숙함과 시원함이 졸음을 부른다. 소장의 침착한 목소리도 졸음을 부른다. 문득 긴장이 풀려 졸았던 모양이다. 고와다가 퍼뜩 고개를 들자 소장은 신문을 펼쳐 읽고 있었다. 기사를 오려낸 구멍 너머로 예리한 눈이 들여다보였다.

"멍해 보이는군요."

"죄송합니다."

"……당신은 무슨 재미로 삽니까?"

"그냥 살아 있는 것만으로 재밌는데요."

"진심으로? 고집부릴 필요는 없습니다."

"고집부리고 있는 게 아닌데요."

소장은 신문을 접고 기묘한 미소를 지었다.

"당신은 열심히 일하고 있습니다. 공부도 하고 있지요. 그점은 인정합니다. 그러나 사생활로 눈을 돌리면 어떠한가요. 충실함이라는 관점으로 인생을 다시 바라봐야 하지 않을까요."

"소장님은 그런 어려운 소리를 해서 싫어요."

"소장의 의견과 가지 꽃은 천에 하나도 쓸모없는 것이 없다고 합니다. 젊을 때 놀아 두지 않은 인간이란 나이를 먹고서 이상한 즙이 나오는 법입니다. 남자의 농축액은 젊을 때 전부 배출해 두지 않으면 나처럼 멋진 아저씨가 될 수 없습니다."

"소장님이 멋지다는 데에 이견은 없지만요."

"만약 제가 젊은 시절 놀지 않았더라면 어떻게 됐을까요? 지금쯤 고여 있던 남자의 농축액이 썩어서 괴수 헤도라(영화 〈고질라〉에 등장하는 괴수. 공해에서 태어났다)가 되었겠지요. 바로 지금 놀아 두십시오."

소장은 다시 실눈을 뜨며 카페 입구를 바라보았다.

"세상은 수수께끼로 가득합니다. 바깥을 보세요."

고와다가 돌아보았다. 유리문 너머로 아침 데라마치 거리를 오가는 사람이 드문드문 보인다. 고와다는 고개를 갸웃했다.

"무슨 특이한 점이라도 있습니까?"

"지켜보면 압니다."

고와다가 기다리고 있자 불쑥 낯익은 여성이 지나갔다. 주황색 티셔츠를 입고 모자를 쓰고 낡은 바이올린 케이스를 들었다. 그녀는 가게 안을 흘끔 보더니 그대로 지나쳤다. 릿세이 초등학교 교정에서 만났던 여자가 틀림없다.

"보셨습니까. 지금 젊은 여성이 지나갔지요. 조금 전부터 이 카페 앞을 왔다 갔다 하고 있습니다. 제가 센 것만 해도 다섯 번."

"길을 헤매는 걸까요?"

"지나갈 때마다 가게를 들여다보고 제 쪽을 봅니다. 수수께끼입니다."

고와다는 어리둥절해서 소장의 얼굴을 바라보았다. 가게 안은 시원한데 소장의 중머리에는 또다시 땀이 배어 반질반질 빛났다. 수수께끼라 하면 소장 쪽이 수수께끼다. 고와다는 그렇게 생각했다.

고와다의 마음을 꿰뚫어본 것처럼 소장은 말했다.

"같은 장소를 계속 걸어 다니는 '바이올린과 모자 여자'와 중머리를 하고 커피를 마시는 '가짜 아제르바이잔인'. 세상은 수수께끼로 가득하군요."

소장은 불가사의한 표정으로 커피를 마셨다.

• • •

카리스마 있다는 말을 듣는 인물은 '수수께끼'를 잘 다루
는 법이다.

신탁 같은 말을 하면서 청년에게 영향을 끼치려고 하는
소장의 행동은 일상적인 일이었고, 소귀에 경 읽기 같은 고
와다의 반응도 한결같았다. 연구소에서 소장의 카리스마에
대항할 수 있을 만한 마이동풍 능력을 지닌 자는 고와다 한
명뿐이라고들 했고, 동료들이 고와다를 한 수 위로 두는 이
유는 바로 그 점 하나 때문이었다.

고와다는 소장과 헤어져 카페를 나왔다.

졸린 눈을 비비며 데라마치 거리를 걷는다. 상점가의 가게
가 열기 시작하고 오가는 사람들도 늘었다. 손목시계를 보니
막 오전 열 시가 된 참이다. 신속하게 기숙사로 돌아가 개지
않은 이부자리와 사랑을 나누기 위해서는 온다 선배에게 거
절 전화를 걸어야 했다.

전화를 걸자 아침부터 매우 기분이 좋은 온다 선배가 받

았다.

"아아, 살아 있었구나!"

소장이건 온다 선배건 간밤에 밤을 새운 일 따위는 존재하지 않았던 것처럼 아침부터 휴일을 만끽하고 있다. 도대체 어찌 된 영문인가. 고와다는 고민했다. 그들은 정말로 사람인 걸까.

"또 저를 두고 가셨죠."

"이봐, 아무것도 기억나지 않아?"

"소장님의 머리를 수건으로 닦은 부분까지는 기억합니다."

"……평소에 늘 묻고 싶었는데, 너는 소장의 머리를 뭐라고 생각하는 거야? 그렇게 쉽게 문지르지 말라고, 제발."

"그건 그렇다 치고 어떻게 된 건가요."

"정말로 기억하지 못하는구나. 또 소장을 미행했어."

소장이 교토 시내 어디에 사는지 아무도 모른다는 이야기는 유명했다. 인사과가 파악한 주소조차 거짓이었다고 한다. 물론 그런 건 소장의 카리스마를 흠모하는 청년들이 제멋대로 만들어 낸 소문일 뿐이지만, 소장이 어디에 사는지 말한 적도 없고 회식 때도 중간에 자연스럽게 정산을 마치고 모습을 감추는 건 사실이었다. 소장을 둘러싼 회식은 보통 주재자의 실종으로 끝났다.

이전부터 온다 선배는 회식 후 소장의 행방을 쫓는 데 열심이라 몇 번이고 미행을 시도했지만 번번이 실패했다. 이 일은 소장도 눈치챈 것 같다. 심야의 교토 금원이며 다다스의 숲, 요시다산 등 아무리 생각해도 사람이 살 리 없는 부근까지 미행자를 끌어들여 연막을 칠 때가 있었다.

"결국 실패했어. 가와라마치 OPA 부근을 어슬렁거리며 돌아다니는 사이에 놓쳐 버렸고, 어느새 너까지 사라져서……."

"저는 어디로 사라져 버린 건가요?"

"내가 어찌 아나. 사라진 사람은 너야."

"조금 더 진지하게 찾아 주세요."

"사자는 자기 자식을 천 길 폭포에 떨어뜨린다고 하지……."

"어라, '천 길 낭떠러지' 아니었어요?"

"낭떠러지든 폭포든 상관없어."라고 온다 선배가 대꾸했다.

"뭐든 간에 고와다가 멋대로 사라진 거니까 나를 나무라는 건 도리가 아니야."

"어라? 모모키 씨도 같이 계세요?"

"그래. 우리는 늘 사이가 좋지."

그러더니 온다 선배와 모모키는 뭐라뭐라 시끄럽게 언쟁을 벌이는 것 같았다. 그동안 전화 너머에서는 깊은 산에 울려 퍼지는 폭포 소리 같은 것이 끊임없이 들렸다.

"온다 선배, 지금 어디세요? 폭포 소리가 들리는데요."

"다 함께 국수를 먹는 소리야."

"또 그런 거짓말을."

"내가 너에게 거짓말한 적이 있던? 지금 무간 국수에 왔어. 네 자리도 있지. 시내에 있다면 어서 오라고."

"아뇨, 저한테는 휴일을 게으르게 보낼 권리가……."

"그런 권리가 있다는 소리는 처음 듣는군."

그러자 모모키가 온다 선배의 전화를 빼앗은 모양이다. 모모키는 나긋한 목소리로 고와다의 기분을 맞추었다.

"고와다 씨, 꼭 오세요."

"그래도……."

"국수를 마음껏 먹을 수 있는 데다가 내가 만든 주먹밥도 있어."

"……알겠습니다. 알겠어요."

"야, 잠깐만. 너는 모모키가 부르면 오는 거였어? 정말 파렴치한 놈이로군."

고와다가 통화를 하며 멈추어 선 곳은 세련된 빈티지숍 앞이었다. 길가 돌멩이급 패션센스를 멋대로 구사하는 고와다와는 인연이 없는 옷이 잔뜩 걸려 있다. 가게 옆에는 데라마치 거리와 신쿄고쿠 상점가를 잇는 좁은 통로가 있었다.

고와다가 별생각 없이 돌아보자 조금 전 카페에서 보았던 여성이 보였다. 그녀는 고와다와 시선을 맞닥뜨리자 깜짝 놀란 것처럼 선물가게 처마 밑으로 재빠르게 들어가 숨었다.

"롯카쿠 거리 쪽 가라스마 거리를 서쪽으로 건너면 바로야."라며 수화기 너머에서 온다 선배가 말했다.

"포렴에 '국숫집 롯카쿠'라고 적혀 있어."

고와다는 수수께끼 여자가 들어간 선물가게 처마 근처를 바라보며 "……제가 미행당하고 있는 것 같은데요."라고 중얼거렸다.

"갑자기 무슨 뚱딴지같은 소리야?"

"어떤 여자가 줄곧 따라옵니다. 이게 대체 무슨 일이랍니까."

"알 게 뭐야. 누구야? 아는 사람?"

"어쩌다가 오늘 아침에 잠깐 이야기를 나눴습니다."

"기분 탓이야, 기분 탓."

"그럴까요."

"정신 단단히 챙겨. 방에 틀어박혀 '장래에 아내가 생기면 하고 싶은 일 목록' 같은 멍청한 걸 만들고 있으니까 그렇게 엉뚱한 생각에 사로잡히는 거야. 이전부터 말했지?"

"남의 취미를 '멍청한 짓'이라고 말하는 건 가만있을 수 없군요."

"빨리 그 안일한 상태에서 빠져나와."

온다 선배는 전화를 끊었다.

고와다는 '온다 선배의 의견에도 일리가 있다.'라고 생각했다. 이 점이 그의 사랑스러운 면이다. 자신의 망상인가, 그렇지 않은가. 결론을 내리기 위해서는 실험이 필요하다.

● ● ●

고와다는 빈티지숍 옆으로 난 길을 지나 신쿄고쿠 상점가 쪽으로 갔다. 북적이기 시작한 게임센터 앞을 지나 다코야쿠시 거리로 들어가자, 아케이드가 사라지고 눈부신 햇살이 마른 포장도로를 비추었다. 이미 한여름의 무더위였다. 우라테라마치 거리에서 북쪽으로 꺾어 들어가자 데라마치 거리와 신쿄고쿠 상점가와는 딴판으로 조용해졌다. 양쪽에는 작은 사찰과 묘지의 담이 줄지어 있다.

고와다는 '라운드원' 뒤에 있는 주차장에서 멈추어 서고, 수건으로 땀을 닦는 척하며 뒤를 살폈다.

그러자 전봇대 뒤에 숨어 있는 여자가 보였다.

"이거 슬슬 수상한데……."

고와다는 왼쪽으로 이어지는 좁은 모퉁이를 돌아 골목으

로 들어갔다.

발을 친 이층집과 다 허물어진 토담 사이를 지나자 신쿄고쿠 상점가로 이어졌다. 그는 공중화장실에 숨었다. 화장실에서는 신쿄고쿠 상점가의 아케이드 밑을 오가는 사람이 보이고, 롯카쿠공원 스피커에서 흘러나오는 기온 축제의 음악이 들린다. 고와다가 몸을 숨긴 다음 순간, 여자가 빠른 걸음으로 걸어오더니 고와다의 모습이 보이지 않자, 앗 하고 숨을 삼켰다.

고와다는 그 모습을 유심히 관찰했다.

일찍이 고와다에게도 마음에 둔 사람을 쫓아 수치의 황야를 우왕좌왕한 시절이 있었다. 그러나 태평한 학창 시절은 끝나고 사회라는 거친 파도를 타 버린 지금, 그런 기쁘고도 부끄러운 에피소드와는 인연이 끊겼다고 자포자기했다. '그러나' 그는 생각했다. '첫눈에 반한 남성에게 말을 거는 여성은 도시전설에 지나지 않는다.'라고 믿던 자신의 견해가 너무나 좁았던 것이 아닌가?

분명히 고와다는 전혀 모르는 여자다. 상당히 특이한 사람인 듯하다. 느닷없이 폼포코 가면과 격투를 벌이고, 그 이유를 기업 비밀이라고 하는 등 수상한 점은 많았다. 세계는 수수께끼로 가득하다고 소장은 말했다. 남자에게 여자는 수수께끼이며, 여자에게 남자는 수수께끼이다. 그러나 우리는 평생에 걸쳐 그 수수께끼와 씨름하는 것이 아닐까. 필자의 생각으로는 '결코 이해할 수 없는 것을 이해하려 하는 행위'야말로 참된 커뮤니케이션이라 불러야 하지 않을까 한다. 어쩌면 고와다의 '장래에 아내가 생기면 하고 싶은 일 목록'도 세상에 나올 기회가 주어지지 않을까.

고와다는 화장실에서 나와서 말을 걸었다.

"이봐요, 당신……."

그러자 그녀는 훔쳐보기를 들킨 소녀처럼 깜짝 놀라 굳더니 곁눈질로 그를 보았다. 그러고는 몸을 돌려 지금 막 지나온 골목으로 척척 걸어갔다.

"왜 도망치지? 잠깐만 기다려."

고와다가 쫓는다. 그녀는 걸음이 빨라진다.

"잠깐만 서 봐요! 괜찮으니까."

고와다가 달리자 그녀 또한 달렸다.

이리하여 쫓는 자와 쫓기는 자 입장이 뒤바뀌었다. 그녀가 안고 있는 바이올린 케이스에서 삐져나온 금붕어 무늬 수건이 팔락거렸다.

'왜 도망치는 거지? 부끄러워진 걸까? 부끄러워하지 않아도 되는데!'

그녀는 우라테라마치 거리로 가서 잠시 머뭇거린 뒤에 시조 방향으로 달려갔다.

고와다는 그녀가 떨어뜨린 커다란 지갑 같은 물건을 발견했다. 주워 보니 귀여운 너구리 그림이 새겨진 쪽빛 물림쇠 지갑으로, 크기는 손바닥만 하다. 그 물림쇠 지갑을 열자 안에 물림쇠 지갑이 있고, 그 안에도 또다시 물림쇠 지갑이 있다. 열어도 열어도 물림쇠 지갑이고, 그 구조에는 죽순 껍질 벗기기와도 비슷하게 '한 번 더, 한 번 더'를 부르는 악마 같은 힘이 있었다.

퍼뜩 정신을 차리고 시선을 들자 그녀는 더욱 멀어졌다.

"떨어뜨렸어요!"라고 고와다가 외쳤다.

"잠깐만 멈춰서 이야기 좀 해요!"

묵묵히 도망치는 젊은 여자와 매달리듯 쫓는 젊은 남자, 옆에서 보면 치정 싸움처럼 보일 광경이라 길 가던 사람들도 흘끔 보고는 '뭐야, 사랑싸움인가.'라는 얼굴을 했다.

가와라마치 OPA 뒤쪽, 술집과 카페와 옷가게가 좁은 골목에 늘어선 골목에서 고와다는 그녀를 놓치고 말았다.

"대체 뭐야……."

고와다는 커다란 물림쇠 지갑을 이러지도 저러지도 못한 채 어슬렁거렸다.

빌딩 거리에 부는 바람이 푸르른 버드나무 가지를 흔들었다. 골목 입구에 '야나기코지'라는 표식이 있다. 어둑하고 좁은 골목으로 술집과 카레집 간판이 머리 위로 쑥 튀어나와 있고, 양쪽에 쓰레기통과 자전거가 놓여 있다. 환기 팬이 돌아가는 소리가 들린다. 올려다보니 발이 드리운 가옥 처마가 검은 그림자를 만들고, 처마 틈의 눈부신 여름 하늘에 새로운 건물이 치솟아 있다.

골목 한가운데에 누름돌 같은 털북숭이 고양이가 몸을 말고 있었다.

"이런 데서 자면 밟힌단다."

고와다는 쭈그려 앉아 고양이 머리를 쓰다듬었다. 고양이는 여유로웠다. 눈조차 뜨지 않는다. '지나가던 우민들은 짐의 머리를 쓰다듬도록 하라.'며 명령하는 것 같다. 고양이 머리를 쓰다듬으며 고개를 들자 골목에 면한 작은 사당이 있었다. 아래에는 자갈이 깔렸고 너구리 도자기 인형이 빼곡하게 늘어서 있다.

"하치베묘진."

고와다는 팻말의 글자를 읽었다.

그의 상상 속에서 너구리들이 엉덩이를 흔들흔들하며 춤을 췄다. 너구리들에게도 너구리들만의 기쁨과 분노와 애환

이 있겠지. 고와다는 자기 안에 있는 너구리 같은 부분과 하치베묘진의 너구리 같은 부분이 공명하는 것을 느꼈다.

고와다는 하치베묘진 앞에서 합장했다.

"부디 태평한 휴일을 보낼 수 있기를."

그때 갑자기 목소리가 들렸다.

"그건 안 되지, 고롱고롱."

고와다는 깜짝 놀라 발치를 보았다. 고양이가 몸을 둥글게 말고 있다. 고양이는 고와다의 모습을 살피듯이 눈을 슬쩍 떴다. 마치 고양이가 말을 한 것 같지 아니한가.

"지금 네가 말한 거니?"

등 뒤에서 "그렇지." 하고 목소리가 들렸다. 돌아보니 담뱃가게가 한 채 있다. 조금 전까지 어두워서 보이지 않았지만 한 평쯤 되는 좁은 공간의 작은 등나무 의자에 앉아 있는 사람이 보였다. 다가가 보니 체구가 작은 할머니가 어둠 속에 앉아 있었다. 할머니의 발치에는 도시락 상자처럼 작은 텔레비전이 번쩍였다. 소리는 들리지 않았다.

고와다는 머뭇머뭇 말을 붙였다.

"지금 뭐라고 말씀하셨어요?"

할머니는 양달의 고양이처럼 눈을 가늘게 떴다.

"암말도 안 했어." 하고 고양이 같은 목소리로 말했다.

···

오묘한 기척이 고와다 주위에 충만했다.

이른바 '모험'의 기척이다. 그것은 실로 위험한 징후였다.

"이런 날은 기숙사에서 뒹구는 게 최고인데……."

고와다는 너구리 무늬 물림쇠 지갑을 주물럭거리며 롯카쿠 거리를 서쪽으로 걸었다. 상점가의 소음은 멀어졌다. 정말로 오늘이 '요이야마'인지 의심이 들 정도로 한적했다. 붐비는 곳이 있는 만큼 정숙한 곳도 있다. 햇살을 가로막을 것 없는 도로는 희끄무레하게 보이고, 뜨거운 물을 가득 채운 냄비에 거리를 통째로 담근 것 같은 더위였다. 가겟집(점포와 살림집이 결합된 주택) 처마 끝에 있는 종규(역귀를 쫓아내는 신으로 여러 형태로 장식하거나 모형을 지붕 위에 얹기도 한다) 님이 가여울 정도다. 여름의 태양은 거리의 자전거상회의 기와지붕을 태우고 그 처마 밑에 짙은 그림자를 만들었다.

너무 더운 나머지 정신이 아득해지는 바람에 고와다는 걸음을 멈췄다. 땀을 닦으면서 돌아보자 자전거상회의 처마 밑으로 휙 들어가는 사람이 보였다.

"미행이 어설프군."

고와다는 눈치채지 못한 척 걸어가 롯카쿠도(교토의 사찰

조호지의 통칭)에 들렀다.

빌딩숲 사이에 있는 롯카쿠도는 그늘이 져서 선선했다. 경내에는 선향 연기가 희미하게 감돌고 푸르고 커다란 버드나무 가지도 시원해 보인다. 인간을 우습게 본 비둘기들이 꾸꾸대며 발치에서 얼쩡거리는 통에 하마터면 밟을 뻔했다. 본당 정면에 매달린 거대한 붉은 제등 밑에서 합장을 하고 나서 고와다는 왼손으로 롯카쿠도 벽을 만지며 천천히 절 주위를 걸었다. 도중에 걸음을 멈추고 롯카쿠도 처마 끝을 올려다보자 마찬가지로 롯카쿠도를 돌던 추격자가 뒤에서 숨을 죽였다.

롯카쿠도 뒤쪽까지 왔을 때 고와다는 물림쇠 지갑을 슬쩍 땅바닥에 두었다.

조금 앞으로 나아간 뒤에 홱 돌아본다. 그러자 쪼그리고 앉아 물림쇠 지갑을 줍던 추격자와 딱 맞닥뜨렸다.

"어째서 제 뒤를 따라다닙니까?"

그가 말을 붙였다. 그녀는 "꺅!" 하고 비명을 지르며 엉덩방아를 찧었다.

"당신은 누구죠? 솔직히 말하지 않으면……."

그렇게 말하자 그녀는 고와다를 힐끗 쏘아보았다.

"솔직히 말하지 않으면 어떻게 되죠?"

"……딱히 어떻게도 되지 않죠."

그녀는 눈살을 찌푸리고 고와다를 올려다보았다. 마침내 볼이 부루퉁해져서 직접 만든 듯한 얇은 명함을 꺼냈다. 명함에는 '우라모토 탐정 사무소·조수·다마가와 도모코'라고 적혀 있었다.

고와다는 고개를 갸웃했다.

"탐정? 그런 것치고는 미행을 못하시네요."

"……어쩔 수 없잖아요. 주말에만 하는 아르바이트니까."

"탐정이 저한테 무슨 용건이죠?"

"당신에게 볼일이 있는 게 아니라 폼포코 가면에게 용건이 있어요."

그녀는 멈춰 서서 청바지의 먼지를 털었다.

"저는 폼포코 가면의 정체를 파헤치고 있어요. 이유는 비밀 준수 의무가 있어서 말하지 못하지만……. 당신은 폼포코 가면의 후계자죠?"

"아닙니다. 오해예요."

"제 귀로 들었는데요."

"그러니까 계승하지 않겠다고 대답했잖아요."

"당연히 뒤를 이을지 잇지 않을지는 당신 자유예요. 하지만 저한테는 폼포코 가면이 당신을 따라다닌다는 게 중요하답니다. 당신을 감시하면 폼포코 가면과 접촉할 수 있는 거죠."

고와다는 멍청한 표정을 짓다가 이내 "오호라." 하고 중얼 거렸다.

"그런 거예요."

여성은 그렇게 말하고 시치미를 뗐다.

"그 물림쇠 지갑은 뭡니까?"

"호신용 물림쇠 지갑이에요. 열어도 열어도 물림쇠가 나오는 구조죠. 상대가 주워서 내용물을 확인하는 사이에 도망치는 거예요. 물림쇠 지갑을 줍고 열어 보지 않는 사람 따위 없으니까."라며 그녀는 자신만만하게 코를 벌렁거렸다.

"제가 개발한 탐정 도구 중 하나랍니다."

"너구리 무늬잖아요."

"너구리 완전 좋아!"

"혹시 폼포코 가면도 좋아해요?"

"······따지고 보면 좋아하는 부류에 들어가네요."

그녀는 그렇게 대답하고 미간에 주름을 모으며 고와다를 노려보았다.

"알아요. 모순인 건 안다고요. 하지만 이건 일이니까요."

"······알겠습니다. 저는 하나도 신경 쓰지 않는 것으로 하죠. 마음대로 하십시오."

"감사합니다."

그녀는 생글생글 웃었다.

그러고 나서 고와다는 롯카쿠도에서 나왔다.

가라스마 거리까지 오자, 아직 교통 규제는 시작되지 않았지만 도로 양쪽으로 왜건을 여러 대 세워 놓고 노점 준비를 시작하고 있었다. 도롯가에는 옥수수가 가득 담긴 상자 위에 중년 여성이 앉아서 가로수에 전선을 설치하는 작업을 멍하니 바라보고 있다. 여성 옆에는 철판이며 텐트 뼈대며 프로판가스통이 어지럽게 쌓여 있었다.

가라스마 거리를 건너 서쪽 거리로 들어가자 도로에 야마호코가 즐비했다. 좁은 골목은 구경꾼으로 혼잡해지기 시작했다.

돌아보니 여기저기 숨으며 따라오는 탐정이 빤히 보였다. 고와다는 멈춰 서서 "다마가와 씨, 다마가와 도모코 씨!" 하고 불렀다.

다마가와가 자판기 뒤에서 얼굴을 내밀었다.

"뭐죠? 친한 척 이름 부르지 마세요."

"어설픈 미행은 그만두지."

"어설프다고 말하지 마요."

"어차피 따라올 거지? 같이 가자. 두 사람 다 쓸데없이 신경 써야 하잖아."

다마가와는 갸우뚱거리며 고민했다. 주말 탐정으로서의 자존심과 미행의 귀찮음을 저울질하고 있는 모습이 미간의 주름으로 드러났다.

"⋯⋯그렇군요."

그녀는 고개를 끄덕이고 사뿐사뿐 경쾌하게 달려왔다.

●●●

마침내 오른쪽에 가겟집 한 채가 보였다. 입구는 문살문으로 예스러운 모양새였고, 곁에는 쪽빛 포렴에 '국숫집 롯카쿠'라는 글자가 보인다. 문살문에 '오늘은 무간 국수'라는 벽보가 붙어 있다. 큰길에서 귀를 기울이면 가게에서 확실히 폭포 같은 소리가 들렸다.

"실례합니다."

고와다가 문살문을 열었다.

그곳은 국수를 뽑는 소리와 후루룩 빨아들이는 소리가 맞부딪치는 전쟁터였다.

들어가서 왼쪽에 훤히 트인 주방에는 증기가 자욱하게 소용돌이쳤다. 국수를 듬뿍 담은 소쿠리를 잇달아 나르는 곳은 미닫이문을 치운 넓은 방으로, 손님들이 방석을 깔고 앉아 있었다. 국수 소쿠리와 무즙, 파, 김, 양파, 메추리알이 가득 담긴 사발이 여기저기 놓여 있고 각자 마음대로 집어서 먹는 시스템인 듯하다. 등을 구부리고 국수에 모여든 손님들은 '국수를 계속 후루룩거리지 않으면 죽어 버리는 저주를 받은 가여운 사람들'이란 분위기다. 그 안쪽 정원에 붙은 방에서는 국수 뽑는 사람들이 국수를 끊임없이 뽑고 있다.

고와다가 얼이 빠져 있는데 주방에서 앞치마를 두르고 서 있던 여성이 말했다.

"어서 오세요. 자, 이쪽이요."

안내하는 대로 방으로 들어가자 선객들은 말없이 국수를 끌어당기던 손을 쉬고 방석을 움직여 고와다와 다마가와가 앉을 틈을 만들었다. 다마가와가 "이게 뭐죠?" 하고 속삭였다.

"무간 국수라는 행사인 것 같은데."

"무간 국수가 대체 무슨……. 우와, 저거! 봤어요? 저거!"

"아가씨, 좀 조용히 해요."

"국수가 고봉으로 담겨 있어요. 우와, 기분 나빠."

그때 고와다는 방구석에 앉아 있는 폼포코 가면 두 사람을 발견했다. 흠칫 놀라 빤히 바라보자 그들이 일어나서 걸어왔다. 한쪽 폼포코 가면은 경마 책을 옆구리에 끼고, 한쪽 폼포코 가면은 보따리를 들고 있다.

고와다는 "나 참." 하고 말했다.

"두 사람 다 왜 너구리 가면을 쓴 거예요?"

"들켰어."

한쪽 폼포코 가면이 말했다.

또 다른 폼포코 가면이 "들켰군."이라고 말했다.

"이거, 폼포코 가면 팬 웹사이트에서 다운로드했어."

"잘 만들었지? 내가 찾았어."

"나이를 먹었어도 우리는 재간둥이지?"

"고와다 씨, 이것 좀 봐. 어때? 어울려? 어울려? 어울려?"

온다 선배와 모모키는 고와다 맞은편에 앉았다. 모모키는 나무젓가락을 다마가와에게 건네면서 보살 같은 미소를 지었다.

"……그런데 고와다 씨, 이분은 누구?"

"잠깐만, 고와다. 설마 어물쩍 더블데이트를 하려는 속셈인가?"

"더블데이트가 뭡니까?"

"이 파렴치한 인간. 알았다. 조금 전 전화로 말한 게 그런 의미였군. 미행당한다느니 어쩌느니 에두른 변명을 하다니

징그러운 놈······."

"잠깐만요."라며 다마가와가 단호히 말했다.

"저는 탐정이에요. 다마가와라고 합니다. 사정이 있어서 고와다 씨를 미행하고 있을 뿐이니까, 그 점은 오해하지 말아 주시길 부탁드립니다."

"탐정이라고요?"

"어머, 고와다 씨. 미행당한다는 얘기 진짜였어?"

"그렇대도요. 미행당하고 말았습니다."

"이상하다. 어째서 미행하는 사람이 미행당하는 사람과 함께 있지?"

"미행할 수고를 던 거죠."

다마가와는 새침하게 대꾸했다.

온다 선배는 어리둥절하더니 "뭐, 상관없지."라고 말했다.

"처음 뵙겠습니다. 온다입니다. 고와다와 같은 연구소 동료로 그에게는 믿음직한 선배죠. 그리고 여기 멋진 여성은 모모키입니다. 국수 모임에 적극적으로 참여해 주다니 반갑습니다. 국수는 무한하게 나온답니다."

"이 고봉 국수를 먹으라는 건가요? 어이없어!"

"이 모임 주재자는 쓰다 선배라고 내가 학창 시절에 신세를 진 사람이에요."

"그 쓰다 씨는 어디 있습니까?"

고와다가 물었다.

온다 선배는 안뜰에 면한 방을 가리켰다.

"저쪽에서 국수 뽑기 교실 회원들을 격려하고 있지. 국수를 뽑는 사람들은 다들 쓰다 선배의 제자야. 이봐, 모처럼 쓰다 씨가 초대한 거야. 먹어, 먹어."

온다 선배는 나무젓가락을 나누어 주었다.

"국수 축제다, 어기영차."

• • •

네 명이서 달려들어도 국수는 좀처럼 줄어들지 않았다. 소쿠리 바닥에서 국수가 솟아나는 것 같았다. 방 가득 울려 퍼지는 국수를 후루룩거리는 소리가 고와다의 졸음을 불러일으켰다.

고와다의 머릿속에 언젠가 텔레비전에서 본 히타치의 경치가 떠올랐다.

푸른 하늘과 푸른 바다. 조용한 무인도의 해변.

"저는 복권을 사려고 했습니다."

"고와다가 또 이상한 소리를 해."

"복권이 당첨되어 직장을 그만두고 남쪽 섬에 가는 거죠. 저속한 세상에서 멀리 떨어져 아름다운 바다와 하늘과 수영복 차림 미녀를 바라보며 망고 프라푸치노를 마시면서 빈둥대는 겁니다. 소장의 설교도, 어디 가자는 온다 선배 말도 들리지 않겠죠. 조용히, 느긋하게, 멍하니 아무것도 하지 않으며 보낸다……. 그러면 어떨까, 내 몸에는 늠름한 근육이 생기고 그 두꺼운 가슴에……."

"어째서 남쪽 섬에 간 것만으로 근육이 생기죠?"

다마가와가 묻는다.

"생각이 무르군, 고와다."

"맞아, 고와다 씨. 근육 따위 붙지 않아."

"여러분. 남의 망상을 방해하는 자는 말에 차여 죽는다고 합니다."

뜬금없이 온다 선배가 "잠깐만 기다려 봐."라며 얼굴을 빛냈다.

"지금 갑자기 내 머리에 나이스한 아이디어가 번뜩였어. 들어 주겠어?"

"들려줘, 들려줘."

모모키가 말했다.

"복권이 당첨되면 연구소 부지에서 알파카를 기르자."

보라, 투명한 남국의 푸른 바다 너머에서 뗏목에 탄 알파카 무리가 대거 밀려들어오고 있지 않은가. 알파카들은 여느 때처럼 무슨 생각을 하는지 알 수 없는 얼굴을 하고 고개를 비슬비슬 빼며 서로 몸을 꼭 붙이고 있다. 알파카들은 잇따라 상륙해 강철의 근육을 지닌 고와다를 손쉽게 걷어차고 아름다운 해변을 점거해 버렸다.

"내 망상이 엉망진창이 됐어! 왜 알파카죠?"

"알파카는 귀엽잖아. 나는 말과 마찬가지로 알파카를 좋아하거든. 알파카를 기르고 연구소 마스코트 캐릭터로 파는 거야."

"사양하겠습니다."

"고와다 씨, 알파카는 귀여워."

모모키는 그렇게 말하며 보따리를 펴고 다다미 테두리에 주먹밥을 늘어놓았다.

"자, 주먹밥도 먹어. 잔뜩 있어."

"저는 조금 전에 막 달걀 샌드위치를 먹어서……."

"설마 스마트카페에 갔었니? 소장이 있었지?"

"계셨습니다."

"어째서 토요일 아침을 일부러 소장과 보내는 거야?"

온다 선배가 어처구니없어하며 말하자 다마가와가 "그 사람이 소장이라고요?" 하고 이야기에 끼어들었다.

"그 까까머리가?"

"맞아."

고와다가 대답했다.

다마가와는 목소리를 낮췄다.

"실례지만 여러분은 법에 저촉되는 연구를 하시는 건가요?"

고와다는 가슴을 펴며 "지극히 건전해."라고 말했다.

"목적은 인류의 진보와 조화다."

"소장님은 착실한 사람으로 보이지 않던데요."

"……착실한 사람이 아니니까."

"이른바 귀재죠."라고 온다 선배가 말했다.

"저희와는 머리 기능이 달라요. 집중하면 뇌가 엄청나게 열을 내니까 머리를 다 민 겁니다. 열이 발산되기 쉽겠죠? 소장이 논문을 체크할 때는 소장실 실온이 오 도 올라간답니다.

"다마가와 씨, 온다 선배는 거짓말쟁이니까 주의해야 해."

"맞아. 이이는 정말로 거짓말쟁이야."

온다 선배는 "그렇기는 하다만." 하고 국수를 후루룩거리고는 "그래도 내 거짓말은 소장에 비하면 애교 아니야? 그 사람은 위험해. 악의 냄새가 나."라고 말했다.

"그런데 송별회를 하는군요."

"악의 냄새가 나도 상사잖아?"

그때 고와다가 옆을 보니 다마가와는 국수 지옥에서 도망쳐 뜨거운 국숫물을 후우후우 불고 있었다.

"왜 벌써 전선을 이탈한 거지? 당신, 의욕이 없군!"

"배가 잔뜩 부른걸요."

"좀 더 먹어. 게곤 폭포(일본 닛코국립공원 안에 있는 폭포)가 역류하는 것처럼."

"게곤 폭포는 본 적이 없습니다."

"고와다, 그녀와 깨 볶을 틈이 있다면 손을 움직여."

온다 선배가 말하자 다마가와는 눈살을 매섭게 찌푸리고 노려보았다.

"잠깐만. 제가 연인이 아니라고 말씀드렸죠?"

"됐어, 됐어."

"뭐가 됐습니까. 아무것도 되지 않았어요."

"고와다, 좀 더 기합을 넣고 먹어. 이 국수를 다 먹지 못한다면 올해 회식 때도 가지 인형 탈에 쑤셔 박아 줄 테니까."

"덤벼라, 공사 혼동."

"고와다 씨, 주먹밥도 먹어."라며 모모키가 주먹밥을 고와다에게 밀어붙였다.

"주먹밥이 데구루루 퉁!"

"국수 나왔습니다!"

그런 소리와 함께 국수를 가득 담은 소쿠리가 눈앞에 놓였다. 온다 선배가 입을 떡 벌렸다.

"잘 왔어. 많이 먹어."

그렇게 말하며 다다미에 앉은 사람은 이마에 머리띠를 하고 분홍색 작업복을 입은 남자였다. 이 인물이 바로 국숫집 롯카쿠의 주인이자 무간 국수의 발안자 쓰다이다. 쓰다는 책상다리를 하고 고와다에게 "안녕하세요!"라고 인사하며 무릎을 흔들면서 웃었다. 처음 운동회에 참가한 흥분으로 자신을 잊고 만국기에 휘감겨 뒹구는 초등학교 일 학년생 같았다.

"선배, 안녕하세요. 성황이네요."

온다 선배가 말했다.

"굉장하지. 내 제자들이 뽑은 국수야. 많이 먹어. 좋네, '내 제자들'이라는 이 울림! 이제 나는 제자를 가진 사람이야. '스승'이라고, '스승'!"

온다 선배가 고와다를 소개하자 쓰다는 온다 선배의 등을 탁 때리며 "너도 제법이로군!" 하고 말했다.

"즐겁게 살고 있잖아."

"덕분에요……."

온다 선배가 쑥스러워했다.

쓰다는 온다 선배의 어깨를 끌어안았다.

"온다에게는 빚이 있어요. 내가 교토를 떠날 때 배웅하러 와 준 사람은 이 녀석 하나였어요. 가모강변에서 둘이 술잔치를 벌렸었지. 마침 요이야마였어."

"십 년 전입니다."

"이 녀석은 나를 존경했어요."

"그 시절에는 아직 대학 새내기라 순진무구했으니……. 그건 그렇고 쓰다 선배가 정상적인 형태로 인간 세계에 돌아올 줄은 몰랐어요. 난 그때 선배와 만나는 것도 요이야마라 가능한 거라 생각해서 하다못해 배웅 정도는 하자 싶었거든요."

"너무하군."

"그래서 이제 장난은 안 칩니까?"

온다 선배가 의미심장한 미소를 짓자 "어이, 그만해."라며 쓰다는 고개를 내저었다.

"나는 옛날의 내가 아니야. 진넨지의 스님께 근성을 단련받았어."

"그리 간단히 과거에서 벗어날 수 있을 거라 생각하시나요?"

"재수 없는 소리를 하네. 그 시절에는 장렬할 정도로 한가했다고. 소인은 한가하면 나쁜 짓을 한다고 하잖아. 지금은 달라. 다르고말고."

"장난?"

다마가와가 고개를 갸웃했다.

"아니, 부디, 부디 아가씨. 그 부분은 따지지 마세요. 젊은 혈기의 소치라고 하기에도 부끄럽군요. 아무튼 심기일전하기 위해 교토를 떠난 겁니다."

십 년 전, 젊은 혈기의 소치를 실천한 이런저런 일 때문에 교토에서 쫓겨난 쓰다는 "이렇게 된 거 철저하게 떠돌아 주마."라고 결심하고 이끼가 낄 새도 없이 일본 각지를 이리저리 떠돌았다.

쓰다가 마지막에 도착한 곳이 신슈(일본 중부의 나가노 지역) 산간에 있는 수상한 마을이었다.

그곳은 마을 주민이 한 사람도 남김없이 모두 국수를 뽑기 때문에 따로 국숫집이 없었다. 마을에 오래전부터 있는 진묘지는 통칭 '국수절'이라 불리고, 덴포 연간(1831년-1845년. 자연재해로 전국적인 기근에 시달린 시기이기도 하다)에 국수를 백일 동안 계속 먹다 죽은 스님의 무덤까지 있었다. 쓰다가 주재하는 '무간 국수'는 애초에 그 마을의 여름 축제에서 하던

103

일련의 행사 중 한 가지라 한다. 사람들은 일을 쉬고 진묘지 본당과 마을 안 이곳저곳에 임시 국숫집을 개설하고 오로지 국수를 뽑고, 먹고, 뒤엉켜서 잔다. 행사 기간 동안 마을 어디를 걸어도 국수를 후루룩거리는 소리가 풍경 소리와 뒤섞여 들린다. 쓰다는 그곳에서 잡생각 없이 국수를 먹는 사이에 마을에 매료되어 결국 방랑을 멈추기로 마음먹었다. 그 뒤, 진넨지의 스님께 엄격히 지도받으면서 국수 뽑기 수행을 했다.

"무간 국수란 무엇인가."

쓰다는 엄숙하게 말했다.

"이것은 수행이다. 철저하게 국수와 마주하면서 국수를 좋아하는 이가 국수를 싫어하게 되고, 국수를 싫어하던 이가 국수를 좋아하게 된다. 자신이 국수를 먹는지, 국수가 나를 먹는지 알 수 없는 무아의 경지다. 스님은 말씀하셨지. 국수와 인간의 대립이 융합하는 지점에서 너는 세속적인 가치관에 지배당한 세계를 초월하고 무한한 세계에 닿는다. 그리하여 자기를 개혁해야 한다고."

"굉장히 수상쩍군요."

온다 선배가 중얼거렸다.

"요컨대 무간 국수는 축제야. 교토의 축제라고 하면 기온 축제지? 교토로 돌아왔을 때, 꼭 기온 축제에서 무간 국수를 한번 하려고 했지. 그게 오늘 실현된 거야."

쓰다가 말하는 동안 고와다는 꾸벅꾸벅 졸았다. 국수를 후루룩거리는 소리가 멀어졌다가 가까워진다. 틈틈이 축제 음악도 들렸다.

어디서 들려오는 것일까.

고와다는 고개를 들고 주변을 둘러보았다.

선풍기 몇 대가 고개를 돌리며 바람을 보내고, 상인방에 걸린 풍경은 계속 울렸다. 국수장국 냄새를 머금은 열기가 방 안에 넘실거리고 김과 파 파편을 날린다. 미닫이문을 떼어 낸 넓은 방에는 마치 태평양의 섬들처럼 커다란 소쿠리가 여기저기 흩어져 있고, 등을 구부리고 국수를 후루룩거리는 사람들 무리가 시커멓다. 그 면면은 제각각이다. 길게 자란 백발을 국수장국에 담가 우물우물 씹는 노인이 있는가 하면, 국수에 파묻힌 유치원생도 있다.

막 삶은 국수를 잔뜩 담은 소쿠리를 방으로 나를 때마다 한가락 하는 국수 애호가들이 비명을 지르며 도망치려 허둥댄다. 헤치고 또 헤쳐도 국수의 산이다……. 그리고 산산이 조각나 부서진 국수라는 개념의 잔해로부터 무시무시한 진실이 떠올랐다. 가게에 모인 사람들의 위장에 가득한 국수 한 줄 한 줄은 다른 차원에서 서로 연결된 무한원의 길이를 지닌 단 한 가닥의 국수이며, 그것은 지구를 일곱 바퀴 반을 돌아 아득히 먼 은하계 저편을 향하는 2001년 우주 국수인 것이다. 이것은 국수인가, 아니면 국수를 넘어선 무엇인가…….

• • •

고와다는 볼일을 보기 위해 일어났다.

방을 가득 채운 사람들을 밟지 않도록 신중하게 걸어갔다. 사람들은 호쾌하게 국수를 후루룩거리면서 구시렁거린다.

"어이, 잠깐만. 이건 국수치고는 너무 두꺼워."

"목 넘김이 나쁜 정도가 아니잖아."

"병든 우동 같아. 좀 더 잘 뽑은 국수는 없어?"

"사치스러운 말하지 마. 물질로서는 비슷하다고."

방 너머는 반쯤 미쳐서 국수를 뽑아대는 초보 국수 요리사들의 전쟁터였다. 그리고 안뜰에 면한 툇마루에는 고통스러운 표정으로 위산에 마지막 구제를 요구하는 희생자들이 겹겹이 쌓여 있다. 무간 국수에 패배한 사람들은 물수건으로 땀을 닦고 넋 나간 눈으로 석등과 이끼를 바라보고 있었다.

복도를 따라가면 문을 열고 바깥으로 나가게 되어 있다. 오른쪽에는 화장실이 있고, 안쪽에는 광 입구가 보인다.

고와다는 볼일을 보고 나서 수건으로 땀을 닦으며 광 입구를 보았다. 그때 에도가와 란포가 광에 틀어박혀 탐정소설을 집필했다는 일화가 떠올랐다. 고와다는 태어나서 입때껏 광에 들어간 적이 없다. 그래도 광 안이 어둑하고 서늘하리라는 것은 상상이 갔다.

정신이 들었을 때는 광 안으로 발을 내디디고 있었다.

어두워서 얼마나 넓은지도 분명치 않다. 물에 잠긴 듯이 서늘하고 이상한 냄새가 났다. 학창 시절에 살던 공동주택 신발장 냄새, 안방에 펼쳐 놓은 화려한 포목 냄새, 여행 가서 들어가 본 오래된 절의 본당 냄새, 비에 젖은 단지의 콘크리트 계단 냄새. 그런 것이 얼룩덜룩 뒤섞여 있다. 마치 향기의 주마등 같다. 눈이 어둠에 익자 오래된 고리짝과 나무 상자 등이 쌓여 있는 사이로 이리저리 통로가 나 있고 그 안쪽은 어둠에 녹아들어 있는 게 보였다.

"들켜서 혼나면 길을 잘못 들었다고 하자."

고와다는 시원함을 찾아 안쪽으로, 안쪽으로 들어갔다.

광의 깊은 곳에는 낡아서 무엇을 그려 넣었는지도 모를 병풍 너머에 매끈매끈한 가지색 방석이 잔뜩 쌓여 있었다. 무간 국수 방에서 손님들이 깔고 앉은 방석이다.

고와다는 쌓여 있는 방석에 몸을 풀썩 내맡겨 보았다. 천은 축축하고 차가웠다. 냄새는 할머니의 불단 같지만, 감촉은 아직 보지 못한 부인처럼 부드럽다. 어쩜 이리도 부드러울까. 고작 방석일 뿐이라고 우습게 보지 마라. 이것은 이미 이부 자리라 부를 만하다.

어느덧 고와다는 이끼에 파묻힌 지장보살처럼 방석 산에 매몰되었다.

멀리서 국수를 후루룩거리는 듯한 소리가 들리지만 그건 해안가에 밀려드는 파도 소리다. 고와다의 머릿속에 남국의 바다가 떠올랐다. 복권이 당첨된 뒤에 그를 기다리는 휴가의 왕국. 세계의 끝 같은 모래사장에는 오로지 고와다 한 사람 만이 존재한다. 온다 선배와 모모키 씨가 불러내는 일도, 충실한 휴일을 강요하는 중머리 소장도, 미행하는 탐정도, 폼포 코 가면도 남국의 해변까지 쫓아올 리가 없다.

"어라?"

고와다는 생각했다.

나는 지금 남국의 해변에 있다. 휴가 중이다. 어쩌면 광안에서 방석에 묻혀 있는 나라는 존재는 남국의 해변에 있는 내가 꾸는 꿈이 아닐까. 오오, 호접몽. 어느 쪽이 현실일지 모를 때는 나에게 더 쾌적한 쪽이 현실이어야 한다.

그런 이유로 고와다는 남국을 골랐다.

•••

　　작업복을 입은 청년이 쓰다에게 다가와 "스승님." 하고 귓속말을 했다. 쓰다는 표정이 험상궂어졌다. 그는 "잠시 실례를." 하고 말하며 서둘러 자리에서 일어났다.

　　다마가와는 묵묵히 국수물을 마셨다.

　　"방심할 수 없겠어."

　　모험의 기척이 어디에 굴러다닐지 알 수 없다. 그녀는 주위의 기척에 주의했다. 주변을 둘러싼 폭포 소리 같은 울림에 뒤섞여 축제 음악이 들렸다. 온다 선배와 모모키는 조금 전부터 둘이서 수첩을 들여다보고 고개를 끄덕이기도 하고 웃기도 했다.

　　"뭘 보고 계세요?"

　　다마가와가 묻자 온다 선배는 수첩을 펼쳐서 보여 주었다. 빼곡하게 시간을 나눈 토요일 일정이 적혀 있었다. 온다 선배는 "앞으로도 놀 예정이 가득해요. 이제 삼십 분 뒤면 여기를 나가야 합니다." 하고 말했다.

　　"시간과의 싸움이네요."

　　"그렇죠. 하루에 얼마나 많은 모험을 할 수 있는지를 추구하는 겁니다. 한 시간만 있으면 우리는 지하철 도자이선을 타고 비와호에도 갈 수 있어요. 긴테쓰 전차를 타고 나라현의 도다이지에도 갈 수 있죠. 한큐 전차와 지하철을 갈아타고 오사카 센니치마에의 난바그랜드카게쓰에도 갈 수 있어요. 바쁘게 놀 때 마음의 시간은 천천히 흐릅니다. 말 그대로 주말을 확장할 수 있는 거죠."

"태평하게 있는 것만으로는 태평하게 있을 수 없다는 얘기지."라며 모모키는 미소 지었다.

"……고와다 씨는 와 줄까?"

"세 분이서 자주 놀러 다니세요?"

온다 선배가 쓴웃음을 지으며 "고와다는 기숙사에 틀어박히기 일쑤니까!"라고 했다.

"되도록 끌어내려고 해요. 하지만 이게 상당히 어렵죠. 당신은 아실지 모르겠지만 그는 골수 게으름뱅이거든요."

"게으름뱅이라는 건 알아요."

"고와다 씨는 반쯤 돌이야."라며 모모키가 덧붙였다.

"나라(奈良) 같은 데 있는 엄청나게 커다란 바위나 길가의 지장보살, 그런 느낌. 시간의 흐름이 우리와는 달라."

그때 쓰다의 목소리가 방에 울려 퍼졌다.

"여러분."

방에 가득하던 국수 먹는 소리가 멈추고 갑자기 불온할

정도로 쥐 죽은 듯이 조용해졌다. 무언가에 씐 것처럼 국수를 뽑던 남자들도 바른 자세로 서서 움직이지 않았다.

분홍색 작업복을 입은 쓰다가 툇마루에 섰다.

"멋진 게스트를 소개하겠습니다."

쓰다는 활짝 웃으며 방 안을 둘러보았다.

"제가 목숨 다음으로 아끼는 우메키치는 여러분도 아실 겁니다. 사쿄구에서는 미모를 견줄 개가 없는 시바견입니다. 그러나 이 녀석은 단정한 생김새와 어울리지 않게 다소 무모한 구석이 있습니다. 지난달에는 담을 뛰어넘은 우메키치가 가모강까지 혼자 놀러 가, 우연히 강가에 있던 아이스박스에 기어들어 가서 강물에 떠내려가 버렸습니다. 그런 줄도 모르고 저는 반쯤 미쳐서 찾아다니고 있었는데, 저녁 무렵에 연락을 받았습니다. 그 유명한 정의의 사도가 고조대교에서 떠내려가던 아이스박스에 우메키치가 실려 있는 것을 알아채고는 위험을 무릅쓰고 강으로 풍덩 뛰어들어 훌륭하게 우메키치를 구해 주셨던 것입니다."

쓰다가 손을 들었다.

"오늘의 스페셜 게스트, 폼포코 가면 님입니다!"

자욱하게 소용돌이치는 김 속에서 폼포코 가면이 나타났다.

그는 툇마루까지 걸어가 무간 국수에 모인 사람들을 향해 엄숙하게 인사했다. 설마 폼포코 가면이 올 줄은 누구 한 사람 생각지 못했기에 방 안은 흥분의 도가니로 변했다.

온다 선배와 모모키는 놀라서 입을 떡 벌렸다.

"어째서 폼포코 가면이 여기에?"

"굉장해. 설마 정말로 만나다니. 하치베묘진 덕분이야."

쓰다는 폼포코 가면과 계속해서 힘차게 악수를 나누었다.

"저는 절실히 깨달았습니다. 폼포코 가면 님은 훌륭하시다고요. 그리고 그의 활동에 되도록 협력하고자 국숫집 롯카쿠 프리패스를 증정했습니다. 정의의 사도 활동에 저희 국숫집 국수가 양식이 될 수 있다는 것이 저로서는 무척 기쁩니다. 우메키치를 구해 주셨을 때, 무간 국수 이야기를 했는데 오늘 우연히 폼포코 가면 님께서 지나가다 들러 주셨습니다. 여러분, 다시 한 번 힘찬 박수 부탁드리겠습니다."

또다시 박수가 일었다.

폼포코 가면은 모여 있는 사람들 사이를 걸어가며 악수하거나 사인을 요청받았다. 다마가와는 온다 선배 뒤에 숨어서 상황을 지켜보았다. 양손을 쥐었다 폈다 하며 이 상황에서 어쩌면 좋을지 고민했다.

폼포코 가면은 침착한 걸음걸이로 방을 돌아다녔다.

천천히 이쪽으로 다가온다.

"폼-포코! 폼-포코! 폼-포코!"

합창이 일었다.

그때 다마가와는 뭔가에 대비하듯이 자세를 잡고 눈을 번 뜩인 남자들이 방 안 곳곳에 있다는 것을 깨달았다. 남자들은 서로 시선을 주고받으며 말없이 정보를 전달했다. 폼포코 가면은 자신을 둘러싼 시선 가운데를 지나친다.

"뭐지, 이 분위기?"

다마가와는 남자들이 주고받는 수많은 눈길이 한 점에 집 중하는 것을 보았다. 안뜰에 떨어진 여름의 햇살을 배경으로 툇마루에 우뚝 선 쓰다였다. 쓰다는 만들다 만 듯한 미소를 지으며 폼포코 가면의 움직임을 노리듯이 주시했다. 다마가 와와 마찬가지로 양손을 쥐었다 폈다 하며 이상할 정도로 줄 줄 흐르는 땀을 닦으려고도 하지 않았다.

그때, 다마가와의 탐정적 직관이 속삭였다.

"그들은 폼포코 가면을 노리고 있어!"

• • •

대부분의 사람들이 정의의 사도가 되어 본 적이 없듯이, 대부분의 사람들은 정의의 사도를 체포해 본 적이 없다. 쓰다는 양어깨에 짊어진 책임의 무게와 양심의 가책을 견디기 어려웠는지 좀처럼 지시를 내리지 못했다. 폼포코 가면을 노리는 남자들의 긴장감은 극에 달해 뚝 하고 소리를 내며 끊길 지경이었다.

마침내 쓰다가 손을 들었다.

가지색 수건으로 머리를 두른 러닝셔츠 바람의 청년이 지금 막 삶은 국수를 대야처럼 거대한 소쿠리에 가득 담아 날라 왔다. 그는 팬들의 사랑에 부응하는 폼포코 가면 뒤에 몰래 다가가 "우왁!" 하고 부자연스러운 소리를 지르며 폼포코 가면에게 국수를 쏟았다.

"우왁!"

청년은 소리치며 비틀거리는 폼포코 가면을 뒤에서 꽉 끌어안았다.

청년이 "폼포코 가면을 잡았다!"라며 외쳤다.

"도와줘! 도와줘!"

이어서 다른 놈들이 덤벼들려 했으나 폼포코 가면은 그 무시무시한 근육의 진가를 발휘해 듬직한 청년의 몸을 그대로 휘둘렀다. 아침에 있었던 다마가와의 대결로 우회전과 좌회전을 적절이 뒤섞어 반고리관의 평형을 유지하는 법을 학습한 덕분이었다. 뿌리쳐진 청년은 방바닥에 뒤집혔다.

방 안에 모인 손님들은 갑자기 시작된 싸움을 멍하니 바라보았다.

러닝셔츠 바람의 청년이 외쳤다.

"큰일 났다, 큰일 났다. 작전 변경!"

"근육이 있다고 말했잖아."

"일단 적당히 떨어져!"

국수 뽑는 놈들과 폼포코 가면이 서로 노려본다.

폼포코 가면은 "무슨 속셈이냐?"고 당황해서 물었다.

"이 몸은 스페셜 게스트가 아닌가? 이야기가 다르잖아."

"미안하다, 폼포코 가면."

엉거주춤한 자세의 쓰다가 비통한 목소리로 "얌전히 잡혀 줘."라고 말했다.

"그럴 수는 없지. 이유를 말하시게. 이것이 우메키치를 구한 답례인가. 이 몸은 정의의 괴인이다. 하치베묘진의 사자다. 이런 일을 당하고 그냥 끝날 성싶으냐?"

로프를 든 남자가 천천히 폼포코 가면에게 다가간다.

다마가와는 바이올린 케이스를 열고 작은 달마 오뚝이를 꺼냈다. 왜 그녀가 바이올린 케이스에 달마 오뚝이를 담고 다니는지는 언젠가 이야기할 날이 오리라. 그녀는 '저들이 폼포코 가면을 잡아 버리면 내 일은 허사가 된다.'라고 생각했다. 지금은 일시적으로 폼포코 가면과 암묵의 휴전 협정을 맺고 공동전선을 펼쳐야 한다. 로프를 든 남자가 폼포코 가면에게 덤벼들려는 순간, 다마가와가 팔을 크게 휘둘렀다.

달마 오뚝이가 허공을 날아 남자의 얼굴에 명중했다.

"우와압!"

남자는 이상한 소리를 내며 뒤집어진다.

국수 뽑는 자들이 경악하여 다마가와를 돌아보았다.

"댁은 뭐야, 난폭하게."

"방해하지 마."

다마가와는 "폼포코 가면은 제 사냥감이에요."라고 말하면서 달마 오뚝이 여러 개를 손에 들었다.

"그러니 쓸데없는 짓 하지 말아 줄래요?"

"댁의 사정 따위 알 게 뭐야."

다마가와는 덤벼드는 남자들을 향해 달마 오뚝이를 던졌다. 코에 달마 오뚝이를 맞은 남자들이 눈물을 글썽이며 괴로워하고, 다마가와는 그들의 손 밑을 파고들어 굴렀다. 소쿠리가 나동그라지고 국수가 사방으로 튀고 비명이 들렸다. 손님들이 우르르 도망쳤다.

"잡아라!"

쓰다가 소리쳤다.

쫓고 쫓기는 혼란 속에서 다마가와와 폼포코 가면은 어느새 등을 마주하고 서서 국수 뽑는 놈들과 대치했다.

"어째서 이 몸을 노리지?"

폼포코 가면이 물었다.

"우리도 본의가 아니다."라며 쓰다가 말했다.

"우리는 수하일 뿐이야. 너를 데려가지 않으면 곤란해진다. 정의의 괴인이라면 우리를 돕는다 생각하고 잡혀 줘."

"그런 부탁에는 응할 수 없다."

국수 소쿠리, 수건 등의 애매한 무기를 든 국수 뽑는 놈들이 덤벼들었다. 다마가와는 바이올린 케이스를 휘두르고 폼포코 가면은 덤벼드는 상대를 밀쳤다. 달마 오뚝이가 허공에 이리저리 날아다니고 미닫이문과 맹장지는 구멍이 뻥뻥 뚫리고 전등이 깨져 불꽃이 튀었다. 국수와 무즙과 파와 양파와 메추리알이 뒤얽히고 고추냉이를 얼굴에 바르고 눈물을 줄줄 흘리는 자가 있는가 하면, 뜨거운 국수물을 뒤집어쓰고 비명을 지르는 자도 있다.

"얌전히 있어!"

폼포코 가면이 큰 소리로 외쳤다.

폼포코 가면은 망토 안에서 '무척 고약한 향'을 꺼내 불을 붙였다. 필자가 아는 바로는 폼포코 가면이 나카교구 모처의 비밀기지에서 눈물을 흘리며 만들어 낸 호신용 무기다. 그 악취는 인생의 주마등이 보일 정도라고 한다.

연기가 피어오르자마자 다들 목이 메어 눈물을 흘렸다. 선풍기 바람을 타고 냄새 폭풍이 방 안을 휩쓸자 간신히 남아 있던 손님들까지 모조리 도망가 버렸다. 폼포코 가면 본인도 견디지 못하고 검은 망토를 버스럭버스럭 펄럭이며 연기를 피했다. 방 안은 아비규환의 지옥도였다.

"역겨워, 역겨워! 역겨운 냄새가 나요, 엄마!"

"어쩌다 이런 꼴이 난 거지."

"이제 그만할래! 그만할래! 신물이 나!"

그때 다마가와는 한발 먼저 마당으로 나와 석등에 몸을 숨겼고, 온다 선배와 모모키는 큰길로 도망쳐 토끼처럼 코를 킁킁거렸다. 패배를 깨달은 쓰다는 현관으로 도망치려다가 괴인에게 저지 당해 이 층 계단을 달려 올라갔다. 그러고는 창문을 빠져나가 뜨겁게 달궈진 지붕으로 나왔다.

폼포코 가면은 망토를 휘날리며 쓰다를 뒤쫓았다.

• • •

폼포코 가면은 뜨겁게 달아오른 기와를 밟았다.

눈앞에 가물가물 열기가 피어오른다. 뒤얽힌 기와지붕들은 마치 빌딩가의 계곡에서 파도치는 바다 같다. 어지러울 지경인 여름 하늘 아래, 열을 쬔 기와는 달군 프라이팬 같아서 떨어지며 쪼개진 메추리알이 눈 깜짝할 사이에 프라이가 되었다. 사막 같은 열풍이 축제 음악을 실어왔다. 스피커에서 흐르는 지마키(조릿대 잎을 엮어 만든 액막이 부적)를 파는 소리가 빌딩 벽면에 메아리친다.

폼포코 가면은 목덜미에 흐르는 땀을 닦았다.

지붕 꼭대기에는 분홍색 물체가 오도 가도 못하고 있었다. 쓰다였다. 신센구미가 쳐들어와 도망치지 못한 분홍색 유신지사 같았다.

쓰다는 "떨어지겠어!" 그렇게 외치고 있다.

"이제 틀렸어. 나는 죽는다. 떨어져서 죽을 거야."

"침착해! 지금 구하러 가겠다."

폼포코 가면은 신중하게 지붕을 걸었다. 자욱한 열기가 분노를 부추겨 부글부글 끓어오른다. "뭔가 잘못됐어!"라고 중얼거렸다. 자신은 마을 사람들에게 사랑받는 존재이다. 사사건건 신고 당하던 밑바닥 시절은 지나가고 이제는 누구에게나 사랑받는 괴인이 되었다. 세상을 위해, 사람들을 위해 몸이 가루가 되도록 일한 자신이 어째서 이런 꼴을 당해야 하는가.

"그건 그렇고 왜 이리 더워."

어째서 이 몸은 구제고등학교 망토 같은 괴상한 의상을 고른 것일까. 이 몸 또한 '정의의 사도라면 망토지!'라는 고정관념의 희생자다. 당장이라도 벗어 버리고 싶지만 이제는 세상에 알려진 이미지가 있다. 폼포코 가면의 검은 망토를 동경하는 아이들도 있는데 뜬금없이 자기 사정이 있다는 이유로 벗을 수는 없다. 그러나 이 더위는 무엇을 위한 고통인가. 이 몸은 무엇 때문에 이런 짓을 해야 하는 것인가. "부탁하지도 않았는데 본인이 하고 싶어서 하는 거니까 불평하지 마."라는 놈은 엉덩이를 정성껏 걷어차 주겠다. 이 몸의 내면에 사는 게으름뱅이의 목소리가 들려온다! 남국의 바다라도 가서 상쾌한 수상가옥 베란다에 누워 망고 프라푸치노라도 마시면서 빈둥대고 싶다. 정처 없이 국내선을 타고 산속 무인역에 내려 매미 소리에 귀를 기울이고 싶다. 어릴 적처럼 여름 축제에 가서 긴 여름방학을 떠올리며 가슴이 부푸는 경험을 하고 싶다. 심심하고 심심해서 진력이 날 때까지 게으름을 피우고 싶다…….

폼포코 가면은 퍼뜩 정신을 차렸다.

"안 돼! 안 돼! 이 몸이 무슨 한심한 생각을 한 것인가."

통신 교육으로 배운 호흡법으로 정신을 집중하고 잡념을 떨쳤다.

그는 꼼꼼하게 활동 일지를 썼고, 온갖 선행을 기록하고 활약이 보도된 신문기사를 전부 스크랩했다. 비밀기지에는 스크랩 자료가 산더미같이 쌓여 있었다. 한바탕 일을 마친 뒤, 얇은 이부자리에 누워 스크랩 컬렉션을 바라보는 것이 활력의 원천이다. 반복해 읽다 보니 단어 하나하나까지 외어 버렸을 정도다.

이전의 여러 선행이 주마등처럼 머릿속을 스친다.

가모강을 표류하면서 왕왕 짖던 시바견을 구하고, 비와호 도로 옆에서 안경을 떨어뜨려 우물쭈물하던 뚱뚱한 학생을 구하고, 음탕한 어른들이 공동주택에 모아 놓은 외설물이 불타는 것을 미연에 방지했다. 그뿐만이 아니다. 산에 틀어박혀 라면도를 연마하려다 신경쇠약에 걸린 가게 주인, 보도기사로 그릇된 원한을 사 송년회 때 습격당한 대학신문부, 매상 감소로 고민하는 상점가 사람들, 보물 지도를 손에 넣고 뇨이가타케 산봉우리에서 조난할 뻔한 소년탐정단, 닌자 기술이 기록된 책 쟁탈전으로 내분에 빠진 사회인 닌자 서클 사람들, 할머니와 떨어져 산조대교 옆에서 울던 소년, 부부싸움을 하다가 엽총을 꺼내 서로 겨누던 총포 도검류 관련법 위반 부부, 공중목욕탕의 주인, 센본나카다치우리의 대중 술집, 마루타마치 거리의 고서점 주인, 오래된 커피집 대간부, 교토 시청 직원…… 도와달라며 손을 뻗은 상대는 셀 수 없다. 이 얼마나 화려한 활약인가. 젊은 처자들에게 인기가 있는 것도 당연하다!

"그렇지, 이 몸은 폼포코 가면이다."

폼포코 가면은 자신을 타일렀다.

"모두가 이 몸을 원하고 있다. 세상을 위해, 사람을 위한 일! 게으름 피울 새는 없다!"

이윽고 폼포코 가면은 지붕 꼭대기까지 기어올라가 국수 달인 쓰다의 팔을 붙잡았다.

쓰다는 격격 울고 있었다. 국수장국에 물든 작업복은 벌어져 배가 드러나고 머리카락은 각종 잡다한 양념 범벅이 되어 구수한 냄새가 났다.

"울지 마, 볼썽사납다. 이제 괜찮다."

쓰다는 목메어 울면서 "괜찮기는." 하고 말했다.

"댁을 잡는 데 실패했어. 이제 나는 끝장이야."

"무슨 사정이 있는 것 같군."

"말해 두지만 나는 잘못 없어. 그건 잊지 마."

"잘도 뻔뻔하게 그런 소리를 하는군."

"거짓말이 아닌걸."

폼포코 가면은 쓰다의 멱살을 잡고 들어 올렸다. 그대로 지붕 끝으로 끌고 가려 한다. 쓰다는 발버둥 치면서 허둥지둥 외쳤다.

"거짓말이 아니야! 진짜야! 나는 명령받았을 뿐이야!"

"흑막이 있다는 이야기인가?"

"그렇고말고!"

"누구지? 말하지 않으면 여기에서 던져 버리겠다."

"잠깐만! 기다려! 대일본침전당이야!"

• • •

대일본침전당이란 정신적으로 썩은 생활에 만족하는 학생들이 발족한 조직이었다. '침전'이란 좀처럼 두각을 나타내지 않고 분지 바닥에 눌어붙어 있는 자신들을 향한 자학적인 표현이다. 오랜 역사가 있다고 주장하고 있으나 사실은 발족한 지 이제 십 년이었다. 설립자이자 전설의 배신자가 바로 지금은 국수 달인으로 유명한 쓰다.

시모가모 이즈미가와초의 학생 공동주택 '시모가모 유스이장'.

처음 쓰다가 대일본침전당을 설립했을 때는 남의 불행을 안주로 술을 마시는 소박한 회합이었다. 저마다 보고 들은 남의 불행 이야기를 가지고 모여 매우 세세한 부분까지 쑤시며 왈가왈부하면서 자신들의 처지를 서로 위로했다.

　　술을 마시려면 남의 불행을 빼놓을 수 없다. 그런데 안줏거리 삼을 불행 이야기가 바닥났다. 같은 이야기를 반복해도 씹고 또 씹은 마른오징어처럼 아무 맛도 나지 않았다.

　　그때다.

　　당시 자포자기한 쓰다가 두 평 남짓한 좁은 방의 한쪽 구석에서 말했다.

　　"안주가 없으면 만들면 되잖아?"

　　대일본침전당은 갑자기 활기를 띠었다.

　　여기에서 한 가지 사상이 생겨났다.

　　"행복은 유한한 자원이다."

　　그들의 이론으로는 사회 전체의 행복은 늘 일정한 수치를 유지한다. 다시 말해 한정된 자원의 쟁탈이다. A라는 인물의 불행은 B라는 인물을 행복하게 하고, 반대 또한 그와 같다. 따라서 자신들이 행복한 학창 생활을 보내지 못하는 이유는 어딘가의 누군가가 너무 행복하기 때문이라는 결론—행복의 독과점 상태—이 도출된다. 자신들이 행복해지기 위해서는 어딘가의 누군가를 불행하게 만들어야 한다. 그 이론을 근거로 당원들은 갖가지 시시한 악행을 거듭해 작은 불행을 만들어 냈다. 남의 자전거를 밧줄로 전봇대에 묶고, 하숙집 우체통에 곤충을 집어넣고, 가모강에서 사랑을 속삭이는 남녀를 협공했다. 그런 행동으로 자신들이 행복해질 기회가 늘어난다고 믿었다.

그런데 지나친 행복평등주의는 당원들의 상호감시 상태를 불렀다. 모처럼 자신의 활동으로 만든 행복을 다른 당원에게 빼앗기면 본전도 못 찾는다. 입으로는 자기의 불행을 한탄하면서 비밀리에 행복을 즐기는 한편, 다른 당원의 행복을 파괴하려는 배신자가 속출했다. 끝내는 당원끼리 행복 파괴 활동에만 시간을 빼앗겨 누구 한 사람 행복해지지 못하고, 무엇을 위해 입당했는지 도통 알 수 없는 상태가 되어 버렸다. 휴일을 허비해 다른 당원의 발목을 잡는 것에 혈안이 되고 학생의 본분도 잊었다. 설립자이자 당수였던 쓰다는 절망에 시달렸다.

"이제 틀렸어. 지긋지긋해."

쓰다는 스스로 설립한 조직을 버리고 방랑 여행을 떠났다.

그로부터 십 년. 그 사이에 있었던 일은 이미 말한 바와 같다.

쓰다는 교토로 돌아왔다. 신슈의 물과 공기 그리고 사찰 스님의 엄격한 가르침은 쓰다의 혼을 씻어 내어 갓난아이처럼 반짝반짝 빛나게 했다. 쓰다는 교토로 돌아왔을 때, 대일 본침전당의 무서움 따위는 전부 잊고 있었다. 지금의 자신에게 넘치는 희망은 과거의 일을 단순한 젊은 혈기의 소치, 살짝 부끄러운 추억 같은 것으로 수정해 놓았다.

폼포코 가면의 시바견 우메키치 구출 소동이 일어난 뒤, 쓰다는 우메키치를 데리고 시모가모 신사 부근을 산책했다. 그러다 문득 정신을 차리니 낯익은 공동주택 앞에 와 있었다. 안경을 쓴 포동포동한 학생 한 명이 공동주택으로 들어가고 있었다. 그는 말을 걸었다.

"이봐요, 저는 쓰다라고 하는데요."

"네에, 쓰다 씨?"

"여기에 산 적이 있어요. 하나도 안 변해서 놀랍군."

학생은 안경 안쪽에서 눈을 가늘게 뜨고는 "아, 그러세요. 졸업생인가요?"라며 갑자기 친절해졌다.

"잠깐 안을 보고 가시겠어요? 지금은 제가 이 하숙집에서 가장 오래되어서 관리인 대리도 맡고 있습니다. 커피를 대접하죠. 옛날이야기를 들려주세요."

쓰다는 학생의 안내로 반가운 하숙집에 들어갔다. 이 공동주택 안쪽만 한발 먼저 해가 저문 것처럼 어두웠다. 복도는 먼지가 쌓여서 끈적끈적하고 한증막처럼 더웠다. 그는 아무 것도 없는 좁은 방으로 안내받았다.

안경 쓴 학생은 더러운 개수대에서 커피를 타며 기분 나쁜 미소를 지었다. 바깥에 묶어 둔 우메키치가 날카롭게 왕왕 짓는 소리가 들렸다.

쓰다는 갑자기 위험을 감지했다.

안경을 쓴 학생을 밀어젖히고 문을 열자 복도에는 어느 틈에 많은 학생들이 모여 있었고 쓰다를 내보내려 하지 않았다.

"무슨 짓이지?"

쓰다가 돌아보자 좁은 방 한가운데에 안경을 쓴 학생이 책상다리를 하고 앉아 있었다. 따분한 듯이 벽의 얼룩을 응시하고 있다. 기름얼룩이 진 안경이 무지갯빛으로 빛났다.

"당신이 쓰다 선배로군요."

"너는 누구야?"

"대일본침전당의 당수예요. 그런 조직은 벌써 잊었습니까?"

학생은 안경을 닦았다.

"안타깝게도 우리는 당신을 기억합니다. 전설의 배신자."

．．．

"십 년이야. 그 후로 십 년."

쓰다가 말했다.

"……어처구니가 없어. 어떻게 아직도 기억하지? 대체 얼마나 끈질긴 거야? 언제까지 할 거야? 대일본침전당은 시모가모 유스이장을 근거로 삼고 여전히 끈질기게 활동하고 있었어. 그놈들이 나를 협박했어. 댁을 데리고 오지 않으면 지금까지의 노하우를 퍼부어 국수 뽑기 회원들에게 천벌을 내린다는 거야. 놈들의 무서움은 내가 제일 잘 안다. 무간 국수 제자들이 휘말린다면 여태 쌓아 올린 것이 모조리 물거품이 되고 말 거야."

"어째서 놈들은 이 몸을 노리는 거지?"

"모르겠지만…… 댁의 존재가 놈들의 사상에 반하는 건 분명해. 닥치는 대로 남을 도와서 행복을 나누니까. 놈들에게는 성가신 이야기지."

쓰다는 비틀비틀 폼포코 가면 쪽으로 다가와 무릎을 꿇고 땅바닥에 납죽 엎드렸다.

"반성합니다. 이번에야말로 깊이 반성합니다. 나는 분명히 착한 사람은 아니야. 그러나 특출나게 나쁜 사람도 아니야.

악의 조직에 가담하려고 생각한 적도 없어. 나는 일하고 싶어. 국수를 뽑고 싶어. 그것뿐이야. 사실은 당신의 활동을 남몰래 응원했어. 우메키치를 구해 주기 전부터, 작년에 당신이 이 도시에 모습을 드러냈을 때부터⋯⋯."

흐르는 눈물이 뚝뚝 떨어져 뜨겁게 달아오른 기와지붕에서 치이익 소리가 났다.

폼포코 가면은 팔짱을 끼고 내려다보았다.

이윽고 괴인은 말했다.

"이 몸을 대일본침전당으로 데려가라. 담판을 짓겠다."

쓰다는 고개를 들었다. 눈물과 콧물이 열풍으로 말라붙고 다시 그곳에 눈물과 콧물이 흐른다. 눈물과 콧물을 덧바른 쓰다의 얼굴은 번들번들 빛났다.

폼포코 가면이 불현듯 상냥한 목소리로 말했다.

"왜 그러나? 너는 곤경에 처했지?"

"⋯⋯나는 곤경에 처했어."

"곤경에 처했다면 이 몸의 손을 잡아라."

폼포코 가면은 오른손을 내밀었다.

"곤경에 처한 사람을 돕는 것이 이 몸의 일이 아니었던가?"

• • •

참고.

그 무렵 고와다는 남국의 수상가옥에서 빈둥대고 있었다.

제2장

휴가의 왕국

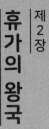

어째서 우리의 손에서 휴가는 사라진 것인가.

한때는 분명히 이 손에 거머쥐고 있었다. 어느 날, 악랄한 마술사의 주문으로 광대한 호수가 하룻밤에 말라버리듯이 우리의 손에서 휴가가 사라져 버렸다. 이제 남겨진 것은 '주말'이라는 이름의 오아시스뿐이며, 그 개미 눈물만 한 수분마저 맹렬한 모래폭풍으로 사라지기 십상이다.

여기서 필자는 한 친구가 몽상하던 신비의 나라를 떠올린다.

그곳은 시계도 달력도 없는, 끝없는 휴가가 이어진다는 전설의 나라. 위대한 '지루왕'이 그냥저냥 지배하고 있다는 그 깊숙한 땅에는 시간이 남아돌아서 평범한 사람은 견디지 못할 정도의 어마어마한 지루함이 만연하다고 한다. 우리 세계의 휴가는 이 신비한 왕국이 던지는 '그림자'일 뿐이다.

친구는 이를 '휴가의 왕국'이라 불렀다.

• • •

고와다는 수상가옥에서 여름 바캉스를 즐겼다.

그는 테라스에 있는 등나무 의자에 앉아 멍하니 있었다. 바닷바람이 고와다의 머리카락을 흔든다. 그곳에서 보이는 것은 반짝이는 바다와 하늘과 푸른 섬들뿐이다.

"그렇지. 이거야."

고와다는 만족스럽게 고개를 끄덕였다.

수상가옥에는 바캉스를 쾌적하게 지내는 데 필요한 것은 뭐든 갖추어져 있었다. 하얀 시트를 깐 청결한 침대, 화려한 색깔의 과일이 가득한 테이블, 책장에는 쥘 베른의 《해저 이만 리》와 코난 도일의 《셜록 홈스의 모험》이 있다. 테라스에서 이어지는 계단을 내려가면 그대로 부두로 나갈 수가 있고, 맑은 바다가 첨벙첨벙 소리를 낸다. 언제든 그곳에서 배를 띄워 심심파적 할 수 있는 구조다. 그건 그렇고 '심심파적'이란 얼마나 심오한 말인가.

고와다는 평소에 조금 더 긴 휴가를 원했다. 하루나 이틀의 휴가에 무슨 의미가 있을까. 괜스레 부족함을 느낄 뿐, 지루함의 바다까지 이를 수 없다. 따분하고 따분해서 싫증이 날 정도로 게으름을 부리지 않으면 일할 의욕 따위 샘솟을 리가 없거늘.

"지루함의 바다까지 느껴져야 진정한 여름휴가지!"

고와다는 망고 프라푸치노를 들고 홀로 건배했다. 이 지상

낙원에서 망고 프라푸치노는 얼마든지 마실 수 있다.

그는 프라푸치노를 쭉 마시고 털썩 누워 하늘을 보았다.

"아아, 나는 이제 의미 있는 일은 아무것도 하지 않을 거야."

하늘과 바다 사이에 부족한 것은 이제 신부뿐이었다.

그런데 말이다.

독자 여러분이 아시다시피 현실의 고와다는 어두운 광 안에서 잠들었다. 그곳은 남해의 수상가옥만큼 쾌적하지는 않았지만 푹푹 찌는 뙤약볕보다는 나았다. 고와다는 울다 지쳐 잠들어 버린 유치원생처럼 어중간한 자세로 가지색 방석에 파묻혀 있다. 꼭 감긴 눈꺼풀에서 '결단코 일어나지 않겠다.'는 굽히지 않을 결의가 보였다. 아마 미녀에게 방석으로 맞기라도 하지 않는 한 일어나지 않으리라.

이야기가 절반도 진행되지 않았건만 방석에 파묻혀 잠들어 버린 사람. 그런 인물에게 '주인공'이라 할 자격이 있을까. 그렇게 말씀하시는 분도 있을 것이다.

그러나 여러분. 지금 우리에게 필요한 것은 배려심이다.

자라, 고와다. 푹 자라.

주인공이니까 노력해야 한다고 대체 누가 정했어?

．．．

그때, 주말 탐정 다마가와는 국숫집 지붕에 있었다. 기와
지붕 그늘에 숨어 들어가 쌍안경을 대고 폼포코 가면을 감시
했다. 뜨거운 바람이 불어 축축한 금붕어 무늬 수건은 금세
말랐다. 다마가와는 쌍안경을 왼손에 든 채 오른손으로 선크
림을 가는 목덜미에 야무지게 발랐다.

"어때? 나도 탐정다워졌어."

그녀는 두근거렸다.

"이게 모험이야!"

그건 그렇고 폼포코 가면을 둘러싼 주말 탐정의 모험이 급
히 전개될 것 같은 토요일, 지금 우라모토 탐정은 어디에서
무얼 하는 걸까. 릿세이 초등학교의 아침 교정에서 그는 다
마가와에게 사건을 인계한 뒤 "나는 손을 뗄 수 없는 사건이
있다."며 모 명탐정 같은 중얼거림을 남기고 사라져 버렸다.

"탐정으로서 자각이 너무 없어. 의뢰인을 뭐라고 생각하는
거야."

다마가와가 짜증을 내면서 쌍안경을 들여다보는데 휴대전
화가 울렸다.

우라모토 탐정이 "얍." 하고 말했다.

"다마가와 양, 상황은 어떻지?"

"탐정! 뭡니까, 그 태평함은."

"일일이 화내지 말라고. 지금은 어디에 있지?"

"국숫집의 지붕 위요."

그리고 그녀는 롯카쿠도에서 고와다와 합류한 일부터 무간 국수의 대소동까지 솜씨 좋게 이야기했다.

"몇 번이나 보고하려 했어요. 하지만 탐정이 전화를 전혀 받지 않았잖아요."

"교토타워 지하에서 목욕을 하고 있었거든."

"목욕? 목욕이나 할 때인가요."

"이봐, 잠복하느라 엉망이었어. 수염도 마구 자랐고⋯⋯."

"⋯⋯아무튼 폼포코 가면을 노리는 놈들이 있었어요. 지금 쓰다 씨라는 적의 보스가 폼포코 가면에게 내몰렸어요. 지붕 위에서 계속 떠드는 것 같아요."

"무슨 얘기인지 몰래 들을 수 있어?"

"무모해요. 여기서 나가면 완전히 노출되는걸요."

"그러면 됐어. 굳이 무리해서 듣지 않아도 돼."

우라모토 탐정은 무언가를 꿀꺽꿀꺽 마시고 목에서 "끄으윽." 하고 펭귄 울음 같은 소리를 냈다.

"술 드세요?"

다마가와는 어이가 없었다.

"공중목욕탕에서 씻고 개운해진 뒤에 맥주를 마시며 쉬는 참이네. 적절한 휴식을 취하는 것이 일을 잘하는 비결이야. 아아, 대낮부터 마시는 맥주는 맛있군."

"아무튼 저는 계속해서 미행할 테니까 탐정도 제대로 일하세요."

"물론 나도 갈 수 있으면 가지. 하지만 지금부터 이발을 해야 해. 옆에 단골 이발소가……."

그때 다마가와는 쌍안경을 들여다보고 "기다려!" 하고 작게 외쳤다. 폼포코 가면과 쓰다의 움직임이 포착되었다. 천천히 지붕을 걷는다.

"움직임이 있습니다. 미행하겠습니다."

"조심해, 다마가와 양. 오늘은 요이야마야. 자네는 방향치니까……."

"노력할게요!"

다마가와는 통화를 끊었다.

폼포코 가면과 쓰다는 가게 지붕에서 담으로 뛰어, 잡거빌딩 부지로 내려갔다. 그녀도 곧장 뒤따랐다. 잡거빌딩 부지에서 동쪽으로 가자 무로마치 거리가 나왔다. 좁은 거리는 축제 노점과 관광객으로 가득했다. 쨍쨍 내리쬐는 햇볕과 사람들의 열기로 일대에는 후끈한 열기가 정체되어 있었다. 그녀의 눈앞에는 구로누시 야마(일본의 저명한 가인, 오토모노 구로누시가 벚꽃을 바라보는 모습을 표현한 가마)가 우뚝 솟아 있고, 축제용 제등이 강한 햇살에 하얗게 빛났다.

폼포코 가면이 검은 망토를 휘날리며 거리를 달리자 "폼포코 가면이다." "폼포코 가면이야."라며 흥분한 수군거림이 좁은 거리로 전해진다. 지금까지 저마다 다른 방향으로 가던 사람들 얼굴이 일제히 이쪽을 향하면서 시커멓던 사람 무리가 뒤집어져 하얘졌다.

"여러분, 길을 서둘러야 해서 죄송!"

폼포코 가면이 외쳤다.

길을 막았던 인파에 틈이 생기고 깔끔한 길이 났다. 이집트를 탈출한 모세처럼 폼포코 가면과 작업복 남자는 거침없이 혼잡한 가운데를 빠져나간다.

다마가와는 폼포코 가면의 인망에 감탄했지만 막상 미행하려 하자 그것만큼 귀찮은 상황이 없었다. 폼포코 가면이 인망으로 연 길은 다마가와의 눈앞에서 눈 깜짝할 사이에 닫혀, 괴인의 용맹한 모습을 전송하는 사람들의 시커먼 산같이 바뀌었다.

"잠깐만! 지나갈게요! 잠깐만요!"

사람들의 환호성이 서서히 멀어지는 것을 그녀는 애타는 심정으로 들었다. 한동안 그 환호성을 더듬으며 앞으로 나아갔지만, 이내 실마리를 잃어버렸다. 귀를 기울여도 들리는 것은 스피커에서 흐르는 축제 음악과 아이들의 천진난만한 노랫소리뿐이다. 태양은 꼭대기에 있고 타는 듯한 햇볕이 내리쬤다. 어느 쪽으로 가도 히로시마야키(밀가루 반죽에 고기와 채소 등을 넣고 철판에서 굽는 오코노미야키의 한 종류)와 제비뽑기와 닭꼬치 노점이 줄짓고 관광객으로 가득했다.

다마가와는 사거리 한가운데 서서 발을 굴렀다.

정신이 아득해질 만한 뙤약볕 아래 관광객들이 오간다. 유카타 차림의 젊은 남녀 쌍쌍, 새하얀 양산을 든 숙녀들, 비싸 보이는 DSLR 카메라를 들고 찰칵찰칵 찍는 중년 남자, 택배 배달원, 기모노 차림에 캉캉모자를 쓴 노인, 수건을 목에 건 학생, 똑같이 맞춘 진베(무릎까지 오는 통소매 여름용 일본 전통옷)를 입은 아빠와 아들. 아이가 손에 든 빨간 풍선이 재미있다. 다들 주말의 축제를 즐기고 있다.

"하지만 나는 일해야 해. 주말 탐정이니까."

그러나 폼포코 가면을 놓친 지금, 그녀가 뭘 할 수 있을까. 한 번 손에 쥐었다고 기뻐한 모험 기운 가득했던 토요일은 사라졌다. 단 한 가지 남은 실마리는 '고와다'라는 게으름뱅이다.

"일단 국숫집로 돌아가서 그 사람을 찾아야 해……. 그런데 돌아갈 수 있을까?"

이럴 때만 꼭 휴대전화 지도가 먹통이 되어 현재 위치를 검색해도 아무것도 가르쳐주지 않는다.

"정말이지, 차암!"

그녀는 투덜거렸다. 길가에 내놓은 테이블에서 KBS교토의 부채를 나누어주었다. 부채 뒷면에는 거리 지도와 야마호코 배치가 인쇄되어 있다. 부채를 위로 올렸다가 옆으로 돌리기도 하면서 고개를 갸웃거리는 사이에 교통정리를 하던 경찰과 격돌했다.

다마가와는 "꺅!" 하고 비명을 질렀다.

"조심하세요."

경찰이 말했다. 아직 이십 대인 듯한 젊은 경찰이었다. 하늘색 여름 제복 차림으로 빨간 확성기를 들고 친절해 보이는 얼굴이었다.

"죄송합니다."라고 다마가와가 말했다.

"제가 지금 어디에 있죠?"

경찰은 "아, 지도를 갖고 계시는군요."라고 말하더니 그녀의 부채를 들여다본다. 그러더니 금세 "여기예요."라고 지도의 한 곳을 가리켰다. 그 믿음직한 신속함에 그녀는 홀딱 반했다.

"고맙습니다. 도움이 됐어요."

"혼잡하니까 조심해요."

경찰은 상큼하게 웃었다.

그리고 다마가와는 걸었다.

방향을 관장하는 신에게 버림받은 그녀는 첫걸음에 완전히 다른 방향으로 출발했다.

그녀에게 왔던 길을 원래 대로 돌아가는 것은 고등 기술이다. 그녀는 '원래 왔던 길로 돌아가라.' 같은 소리를 태연히 하는 인간들은 아무것도 모른다고 늘 생각했다. 가는 길과 돌아가는 길의 경치는 완전히 다르지 않은가. 보였던 것이 보이지 않고, 보이지 않았던 것이 보인다. 다시 말해 그것은 완벽하게 새로운 길을 나아가는 것이다. 헤매지 않는 쪽이 이상하다.

미궁으로 변한 거리를 헤매는 자신은 제쳐 두고 그녀는 고와다에게 분개했다.

"대체 어디에서 뭘 하는 거야. 이렇게 중대한 때에!"

반쯤은 생떼였다.

• • •

생떼를 잡힌 남자, 고와다는 태평했다.

남쪽 섬의 등나무 의자에서 뒹굴거리며 낙원의 지루함을 음미했다.

"이대로 잠들어 버릴까."

그때 느닷없이 바닷바람에 수상한 음악이 실려 왔다. 고와다는 미간에 주름을 모았다. 이 음악은 어딘가에서 들은 적이 있다. 기온 음악이다.

고와다는 몸을 일으키고 부두 쪽을 보았다.

이쪽을 향해 파도를 넘어서 오는 것은 남국과 전혀 어울리지 않는 짐배이다. 뱃머리에 설치된 다 망가진 스피커에서 잡음이 섞인 기온 음악이 흘러나왔다. 옥상 위에는 '너구리야마'라 적은 축제용 제등이 피라미드처럼 겹겹이 쌓여 햇빛에 하얗게 빛났다.

이윽고 부두에 도착한 짐배에서 숨 막히는 망토를 두른 폼포코 가면이 모습을 드러내며, 고와다의 우아한 바캉스를 한방에 산산이 부수었다. 괴인은 부두를 걸으면서 쾌활하게 손을 흔들었다.

"말했지. 자네가 좋다고 대답할 때까지 이 몸은 몇 번이고 찾아온다."

"저는 바캉스 중이에요."

"좋다. 그렇다면 차근차근 이야기할 수 있겠군."

두 사람은 수상가옥으로 들어가 테이블을 끼고 소파에 앉았다. 바닷바람이 불어서 집 안은 시원하다. 폼포코 가면은 가면을 쓴 채 능숙하게 프라푸치노를 마셨다.

"슬슬 자네에게도 이 몸의 가면이 귀여워 보일 때가 되지 않았나. 익숙해지는 건 중요하지. 익숙해지면 애착이 생겨. 애착이 생기면 뒤를 잇고 싶어지지."

"억지로군요."

"……오호, 이 프라푸치노는 제법 맛있군."

"괜찮죠? 남국의 맛이 나죠?"

"이거야말로 바캉스의 맛이지. 그건 그렇고 이 수상가옥은 실로 기분이 좋은 곳이로군. 푸른 바다에 푸른 하늘, 파도 소리만 들려. 머릿속이 텅 비는군……. 아니, 이런 이야기를 할 때가 아니었다. 아무래도 자네의 질 나쁜 게으름이 전염되는 모양이야."

폼포코 가면은 프라푸치노를 두고 몸을 내밀었다.

"이 몸이 이상을 아무리 말해도 자네의 마음은 움직이지 않겠지. 그러나 자네는 몰라. 폼포코 가면이 되면 얼마나 많은 특전을 받을 수 있는지."

그러더니 폼포코 가면은 고와다가 폼포코 가면 2호가 되면 받을 수 있는 서비스를 알려 줬다. 활동에 지친 몸을 치유하는 기타시라카와 라듐 온천 연간 프리패스. 나카교구에 있는 비밀기지에는 전기포트와 잠시 눈을 붙일 수 있는 이부자리 완비. 다카쿠라 거리 주먹밥 전문점 고로린에서 무한 제공되는 주먹밥. 나카교 우체국의 호의로 개설된 팬레터 전용 사서함…….

"아가씨들이 보내는 편지다. 보증하지. 인기 만점이다!"

"그게 듣기 좋은 이야기인 건 인정할게요."

"도시 사람들과의 교류도 폼포코 가면의 중요한 일이다. 먼저 사랑받을 것. 사랑받지 못하면 신고당하니까. 사랑받지 못하면 시작할 수 없지."

"그런 말을 듣고 보면 저는 은근히 사랑받는 타입이네요."

"받은 러브레터의 무게는 폼포코 가면을 향한 사랑의 무게. 자네는 폼포코 가면이라는 역할을 이어받을 뿐 아니라 그녀들의 사랑까지 이어받는 거야."

"하지만 그녀들이 좋아하는 건 어디까지나 폼포코 가면이죠?"

"그야 그렇지."

고와다는 잠시 생각하고 나서 "저는 있는 그대로의 자신이 인기 있는 게 아니면 싫은데요."라고 말했다.

"이 자식……. 아니, 고와다 군……."

폼포코 가면은 일어나서 수상가옥 안을 돌아다녔다. 바닷바람이 망토를 펄럭였다. 멈추어 서서 프라푸치노를 마시고는 마음을 진정시키고 다시 돌아다니며 "아니, 이 몸은 이해해. 이해하고말고." 자신을 타이르듯이 중얼거렸다.

"자네는 책임을 이어받는 것이 두려운 거야. 인기가 있고 없고는 본질적인 문제가 아니야."

"그것도 중요한 문제지만, 아무튼 저는 귀찮아요. 나한테는 휴가가 필요해요."

"휴가 따위 필요하지 않다."라고 폼포코 가면은 단언했다.

"자네는 그저 막연히 움직이기를 그만두기만 하면 쉴 수 있다고 믿고 있지. 그러나 사실 우리에게 필요한 것은 움직임을 멈추는 게 아니야. 올바른 리듬을 유지하는 일이지. 참치처럼 계속 헤엄치며 피로 너머로 돌파하는 것. 이것이 비결이다. 따라서 이 몸은 피로하지 않다. 익숙해지는 거야, 고와다 군. 그뿐이다. 적응하면 돼."

그러더니 폼포코 가면은 소파에 털썩 앉고는 고와다를 달래듯이 속삭였다.

"자네는 열심히 일하고 있어. 공부도 하고 있어. 그건 인정하지. 그러나 사생활로 눈을 돌리면 어떻지? 충실한 관점으로 인생을 다시 바라봐야 하네."

"왜 당신에게 그런 의견을 들어야 하죠?"

"폼포코 가면의 의견과 가지 꽂은 천에 하나도 쓸모없는 것이 없다."

이전에도 어딘가에서 이런 대화를 했노라고 고와다는 생각했다.

잠시 두 사람은 침묵하며 서로를 응시했다.

이윽고 고와다는 "잠시 바닷바람을 맞으며 생각해도 될까요?"라며 온순한 목소리로 물었다.

폼포코 가면은 너그럽게 고개를 끄덕였다.

"좋지. 중대한 결단이니까."

고와다는 일어나 프라푸치노를 한 손에 들고 테라스로 나갔다. 부두로 내려가자 발밑에서 바다가 첨벙첨벙 소리를 냈다. 그리고 바람 소리가 들릴 뿐이다. 멀리 보이는 바다와 하늘의 경계는 그저 한 줄기 선에 불과했다. 세계는 넓고 텅 빈 듯했다. 시계도 달력도 관계없다. 이곳은 영원히 휴가가 이어진다는 전설의 나라 입구다. 가장 깊은 곳에 있는 땅이 어디인지 누구나 알고 있다. 그곳에서는 시간이라는 것이 넘쳐서 버릴 정도로 많고, 평범한 사람은 차마 견디지 못할 어마어마한 지루함이 만연하다고 한다.

"바라는 바다. 갈 수 있는 곳까지 가자."

고와다는 부두에서 뛰어서 집배로 올라탔다

폼포코 가면이 수상가옥에서 뛰쳐나왔을 때는 이미 늦었다. 고와다를 태운 집배는 부두를 떠나 깨끗한 바다를 나아갔다.

폼포코 가면은 부두를 달리면서 손을 흔들며 기다리라고 외쳤다.

"너무하지 않은가, 고와다 군! 내버려 두고 가다니 심하잖아!"

"푹 쉬세요!"

폼포코 가면은 애절한 목소리로 "아무튼 배를 돌려. 가지 마, 말라고, 응? 대화를 하자!"라며 호소했다.

"서둘러 결론을 낼 필요는 없어. 자네는 몰라. 폼포코 가면이 되어 봐. 즐겁다고. 한번 하면 중독이 되지. 좀이 쑤셔. 멈추고 싶어도 멈출 수 없어. 본업에 지장이 생길 정도라고."

"그런 건 싫습니다."

고와다는 "바이바이." 하고 손을 흔들었다.

이내 부두는 멀어지고 폼포코 가면의 목소리도 닿지 않

았다.

고와다는 햇볕을 피해 지붕 밑으로 들어갔다. 다다미가 깔려 있다. 누워서 등에 흔들림을 느끼는 사이에 세상모르게 잠들어 버렸다.

• • •

시모가모 신사 다다스의 숲 동쪽. 고즈넉한 주택가에 공동주택이 있었다.

쓰다의 말로는 학생용 공동주택이라는데, 악의 화신이 농성하는 최후의 성채에 어울리는 기이한 모습이었다. 낡은 가옥을 훔쳐 와서 어지럽게 담아 놓은 것 같다. 창문으로 삐져나온 바지랑대에 빨래가 널려 있는 모습은 밤바다를 헤매는 유령선을 떠올리게 한다. 벽면에 붙어 있는 고색창연한 배관과 실외기는 도저히 작동할 것처럼 보이지 않았다. 현관 옆에 걸린 간판에는 '시모가모 유스이장'이라는 흐릿한 글자가 보였다.

부지를 둘러싼 콘크리트 담에 몸을 숨기고 폼포코 가면은 옆에 있는 쓰다에게 속삭였다.

"당장에라도 무너질 것 같군. 정말로 사람이 사나?"

"만약 학생을 인간이라고 친다면."

쓰다는 폼포코 가면 등에 숨으면서 "당신은 정의의 사도인 거지?"라며 말했다.

"다시 말해 이런 싸움에는 익숙할 거야. 악의 조직 따위 훤하겠지?"

"걱정하지 마. 이 몸에게 맡겨 두게."

"나는 국수를 뽑는 능력밖에 없는 남자야. 서포트는 기대하지 말라고."

쓰다 앞에서는 당당하게 행동했지만 폼포코 가면도 악의 조직과 싸운 경험은 없다. 그의 일은 그저 남을 돕는 것으로, 세계 정복을 노리는 악의 조직과 싸울 일은 없었다.

"녀석들의 수령과 대화하고 오겠네. 힘으로 보여주는 건 그 뒤야."

"그 점은 신사적이로군. 그러나 이야기가 통하는 인간이라면 애초에 대일본침전당 따위에 가입하지 않을걸."

"회개할 기회는 남긴다. 그것이 이 몸의 법도다."

"알았어, 알겠다고. 댁에게는 댁의 방식이 있지."라며 쓰다는 양손을 들었다.

"……나는 여기서 물러가도 될까? 무간 국수가 어떻게 됐는지 걱정이 돼서."

"좋다. 가라."

폼포코 가면은 시모가모 유스이장에 걸음을 내디뎠다.

대낮인데도 현관에서 안쪽으로 이어지는 복도는 먼지투성이에 벽돌로 만든 터널처럼 어둡다. 복도 막다른 곳에 뒤쪽 유리문이 외로이 하얗게 빛난다. 현관 옆 신발장에서는 정체 모를 고약한 냄새가 피어오르고, 콘크리트 바닥에는 꾸깃꾸깃 마구 벗어 놓은 신발이 어지럽게 놓여 있었다.

폼포코 가면은 이 층으로 올라갔다.

"놈들, 이 몸이 온 것을 알아챘구나."

공동주택 전체가 숨을 죽이고 있는 것처럼 괴괴했다. 뙤약볕에 쏟아지는 매미 소리가 다른 세계에서 들리는 소리처럼 아득하다. 모기향 냄새가 감돈다.

폼포코 가면은 이 층 복도로 나갔다.

찌든 듯한 색상의 전통 서랍장과 먼지가 쌓인 둥그런 주물 난로, 이상한 얼룩이 진 낡은 상자로 가득하다. 약국 앞에 놓였던 개구리와 헌책방 입간판, 오래된 가로등까지 있다. 마치 이 복도 안쪽 모습 그대로 어딘가의 기묘한 뒷거리와 통할 것만 같다. 시야 끝에 빨간 무언가가 하늘거린다 싶더니만 둥근 어항을 헤엄치는 금붕어였다. 복도 양쪽에 있는 방문은 전부 활짝 열려 있다. 방 안에는 학생 같은 사람들이 모여 있다. 그들은 알몸이나 다름없는 차림으로 두 평 남짓한 방에 앉아 복도를 걸어가는 폼포코 가면을 긴장한 얼굴로 지켜보았다. 이 층 복도의 막다른 곳은 빨래 건조대로 통하는 듯하다. 바지랑대에 면한 유리문은 어째서인지 상자로 가로막혀 있었고 살짝 생긴 틈으로 레이저 광선처럼 빛이 내리쬐었다. 노란 충전재가 튀어나온 녹색 소파가 놓여 있고, 후광처럼 비치는 빛을 등지고 대일본침전당 당수가 앉아 있었다. 어째서 당수인 줄 알았느냐 하면, 땀에 젖어 비치는 티셔츠 가슴에 큼직하게 '당수'라 적혀 있었기 때문이다.

"어서 와라, 폼포코 가면."

당수가 말했다.

대기 중에 떠도는 '남학생'이라는 개념이 침전해 우연히 사람의 형태를 이루어 그곳에 있었다. 그 인물은 소파에 앉아 발을 대야 물에 담그고 아이스바를 와작와작 베어 먹었다. 마시멜로처럼 폭신폭신 귀엽기까지 한 볼에 어울리지 않는 지저분한 수염이 군데군데 났다. 기름얼룩이 져서 무지갯빛으로 빛나는 안경은 얼굴에 박혀 이제 육체의 일부가 된 듯하다. 그가 관록 있는 육체를 움직일 때마다 소파에서 먼지가 일어 금가루처럼 빛 속을 하늘하늘 날아다녔다.

"대일본침전당의 당수로군?"

폼포코 가면이 물었다.

당수는 "그러하다."라며 대답하고 아이스바를 먹어 치웠다.

"우리 대일본침전당의 설립자이자 배신자 쓰다 선배는 도망쳐 버렸나. 인사 정도는 해도 되는데, 뭐 상관없지. 배신자라도 그럭저럭 의리를 다해 주었어."

"어찌하여 이 몸을 노리지?"

"당신한테 원한은 없어. ……나쁘게 생각하지 마."

당수가 그렇게 말하고 손을 들자 각 방에서 남자들이 넘쳐 나오더니 더러운 우무처럼 복도에서 다가왔다. 그러고는 복도와 마주한 좁은 방으로 폼포코 가면을 밀어 넣고 문을 쾅 닫았다.

두 평 남짓한 작은 방은 사우나처럼 맹렬하게 더웠다. 가구 하나 없다. 개수대는 바싹 말라 먼지가 쌓였다. 창문을 열려 했지만 꿈쩍도 하지 않는다.

폼포코 가면은 벽을 등지고 책상다리를 하고 앉았다.

천장 구석에 있는 회색 스피커가 딜컥딜컥 소리를 내더니 당수의 연설이 들렸다.

"지금까지 우리는 '행복은 유한한 자원이다.'라는 사상으로 착실하게 활동을 이어 왔다. 제출 직전의 리포트에 된장국을 쏟거나, 사랑싸움을 보면 불에 기름을 부어 주거나, 휴강 알림을 바꿔 놓거나, 관광객을 잘못된 명소 유적지로 인도하거나……. 헤아려 보라, 그런 갖가지 눈물겨운 노력을! 우리의 근면한 활동으로 생겨난 갖가지 불행은 정당한 권리를 가진 자에게 주어야 한다. 정당한 권리를 가진 자란 누구인가? 우리 말고 달리 없다! —"그렇고말고!"라는 목소리— 우리는 남을 닥치는 대로 불행에 빠뜨리고 기뻐하는 변태가 아니다. 똥 같은 존재도 아니다. 우리는 그저 행복의 평등한 재분배를 주장할 뿐이다! —"그렇고말고!"라는 목소리— 정의는 항상 우리 편에 있다. 분명히 한때 우리 대일본침전당은 붕괴 위기였다. 설립한 당수가 도망치기까지 했다. 이런 쓸개 빠진 놈! 배신자! 너는 세상을 위해 인간을 위해 살고 싶기라도 한 것이냐. 마더 테레사라도 될 작정이냐. 우쭐하지 마! 마더 테레사를 우습게 보지 마! —"수치를 알아라!"라는 목소리—"

거기서 연설이 중단되었다.

당수가 "이봐, 폼포코 가면. 듣고 있나?" 하고 물었다.

"그 좁은 방은 시모가와 유스이장이 자랑하는 살인적인 방이다. 그 더위는 타클라마칸 사막에 필적하지. 여러 하숙생을 병원으로 보낸 무서운 방이다. 우습게 보지 마라. 항복하고 순순히 결박당한다면 조금 더 쾌적한 방으로 안내해 주지."

"무슨 소리. 너야말로 항복하려면 지금 해라."

"그렇게 말했겠다! 네가 약해질 때까지 얼마든지 연설해 주지. 연설은 자신 있어."

그러더니 당수의 연설이 이어졌다.

"내 힘을 맛봐라. 내가 손가락 하나 움직이는 것만으로 학생 백 명이 유급하고 가모강 건너편에서 신혼집이 붕괴한다. 이제 우리는 여름방학을 맞이한다. 쉴 틈은 없다. 우선 기온 축제다. 요이야마를 얕보고 덤비는 들뜬 놈들을 은근히 열 받게 괴롭힐 것이다. ……하지만 오해하지 마. 나는 이 세계에 악을 부르기 위해 온 것이 아니다. 그 반대다. 평화를 부르기 위해 온 것이다. 평화는 평등에서 태어난다. 제군은 악의 가면을 쓴 평화의 전사이다! 그리고 그 거룩한 전쟁을 방해하는 남자는 누구인가?─"폼포코 가면이다!"라는 목소리─"

당수는 입을 다물고 상태를 살폈다.

폼포코 가면은 당당히 가슴을 폈다. 꿈쩍도 하지 않는다.

당수는 걱정스러운 듯이 "항복하래도."라고 말했다.

"무리하면 정말로 쓰러진다고."

"뭘, 아직 멀었다."

폼포코 가면은 말했다.

···

정신을 차리고 보니 다마가와는 좁은 골목에 있었다.

뙤약볕 아래를 돌아다닌 탓에 머리가 어질어질했다. 늘 있는 일이지만 자신이 어떻게 이곳에 이르렀는지 알 수 없었다. 요이야마의 혼잡함은 어느새 멀어졌다.

"완전히 엉뚱한 곳으로 온 것 같은데."

다마가와는 작은 사당을 발견했다. 건물 틈의 어둠 속에 도자기로 된 너구리가 올망졸망 놓여 있어 시원해 보였다.

그녀는 "하치베묘진!" 하고 읊조렸다.

"……그렇다면 여기는 야나기코지?"

돌아보자 우라모토 탐정이 잠복 장소로 정한 담뱃가게가 있고, 이 층 창문에는 발이 드리워졌다. 담뱃가게 처마에 생긴 작은 그늘에 뚱뚱한 고양이가 앉아서 졸린 것처럼 실눈을 뜨고 있다. "뚱냥아, 뭐하고 있어."라며 다마가와는 고양이를 쓰다듬었다.

고양이가 불쑥 말했다.

"괜찮으신가, 아가씨."

"좀 피곤해."

"쉬다 가려무나."

고양이가 하품을 했다.

다마가와가 담뱃가게를 들여다보자 어둠 속에서 할머니가 스르륵 모습을 드러냈다. 할아버지의 서재가 떠오를 듯한 달콤한 파이프 담배 냄새가 감돌았다. "역시 할머니가 말한 거였구나." 하고 말하자 할머니는 "오호호." 하고 고상하게 웃었다.

"잠깐 실례하겠습니다. 이 층에 올라가도 되나요?"

"그럼, 상관없지. 일 보느라 고생이 많아."

다마가와는 다시 한 번 고양이를 쓰다듬고 나서 담뱃가게로 들어가 이 층으로 올라갔다.

야나기코지에 접한 이 층의 두 평 남짓한 방은 공기가 탁했다. 창문에 달린 발이 눈부시게 빛나, 오히려 방 안이 어둡게 보인다. 얇은 이부자리, 술이 바닥에 아주 조금 남은 술병, 《명탐정의 조건》이라는 책, 담배꽁초가 가득한 재떨이, 이빨 자국이 난 빵, 어질러진 편의점 봉지와 영수증, 마구 읽어서 너덜너덜해진 주간지……. 그것들은 틀림없이 우라모토 탐정이라는 혼돈의 총아가 남긴 흔적이었다. 그 광경은 치워도 치워도 치워지지 않는 우라모토 탐정 사무소와 흡사했다.

"어이없어!"

다마가와는 쓰레기를 봉지에 담고 주간지를 포개어 쌓고,

이부자리를 개서 벽장에 넣었다. 그리고 방구석에 있는 검은 선풍기 스위치를 누르고 다다미에 앉아 멍하니 있었다.

"나는 또 치우고 있어……. 모험도 못하고."

다마가와가 우라모토 탐정 사무소에서 주말 아르바이트를 시작한 것은 지금으로부터 일 년 하고 조금 전이다. 원래 탐정업과는 관계없이 정리정돈을 하지 못하는 우라모토를 위해 사무실을 치우는 것이 업무였다. 당시 우라모토 탐정 사무소의 혼란함이란 말로 다 할 수 없었다. 공안위원회가 발급한 신고서에는 된장국이 묻었고, 일 년 전에 먹다 남긴 마카롱이 자료 사이에 끼어 있고, 파일 시스템은 붕괴했다. 초등학생이 우유 닦은 걸레를 책상 안에 숨기는 것처럼 곰팡이가 잔뜩 핀 비옷을 소파 밑에 쑤셔 박아 놓았다. 그녀의 첫 임무는 된장국이 묻은 '탐정업 신고 증명서'를 말리고 멀끔한 액자에 넣는 것이었다.

이 혼돈의 극치에 부아가 치민 다마가와는 주말마다 출근했다. 그러는 사이 탐정업에 흥미가 생겨 어느새 조수가 되었다. 급료는 쥐꼬리만큼이었지만 일은 마음에 들었다. 상사는 우라모토 탐정 한 명이고, 게으름뱅이에 술을 좋아한다는 점을 뺀다면 인간으로서 음침한 점이 없는 인물이다. 그녀는 곰팡이 슨 비옷을 처분하고 계약서 서식을 개선하고 파일 시스템을 정비했다. 귀찮은 사무 작업을 장악하자 주도권을 쥐기란 실로 간단했다.

사람들은 곧잘 이렇게 이야기한다.

"현실의 '탐정'이라는 일은 화려하지 않고, 수수하고 힘든 일이다."

다마가와도 그렇게 생각했었다.

그러나 우라모토 탐정 사무소에 다니는 사이에 그런 업무의 내실은 완전히 탐정에 달려 있다고 확신하게 되었다. 우라모토 탐정은 직업의식이 없고 게으름뱅이에 성실함이 없는 가벼운 인물이지만, 허공에서 일거리를 낚는 타고난 재능을 지녔다. 시내버스에서 우연히 옆에 앉은 사람에게, 한밤중에 기야마치 거리에서 만난 사람에게, 모퉁이에서 부딪힌 사람에게, 하늘에서 내려오고 땅에서 샘솟듯이 온갖 의뢰가 들어왔다. 고풍스러운 단안경 렌즈 수색, 우류산의 덴구(붉은 얼굴에 코가 높고 날개가 달린 사람 모습의 요괴)의 신원 조사, '여섯 개의 복고양이' 사건…….

우라모토 탐정은 사건을 부르는 별의 가호 아래 태어난 남자, 명백한 천재였다. 어떤 일이든 먼저 의뢰를 획득할 것. 탐정업뿐만 아니라 중요한 것은 그것이다. 그녀가 불만인 점은 우라모토 탐정이 모처럼 온 의뢰를 무심하게 취급하는 점이었다. 천재이기에 둔감한 건지 우라모토 탐정은 여름방학 숙제를 미루는 초등학생처럼 소중한 의뢰로부터 이 핑계 저 핑계를 대며 도망치고 '최선을 다하지 않고 천명을 기다린다.'라며 큰소리쳤다. 그의 말에 따르면 사무실로 들어오는 안건 중에 오 할은 내버려 두어도 자연히 해결되어 작은 보수를 얻고, 삼 할은 의뢰인조차 의뢰한 것을 잊으니까 열심히 할 의미가 없다고 한다. "그러니까 나머지 이 할은 어쩔 수 없이 해치우면 그만이야".라고 말했다. 아무튼 계산은 맞았다.

그러나 다마가와는 자력으로 문제를 해결하기를 고집했기에 우라모토 탐정에 대해서 "정말로 게으름뱅이라니까."라며 항상 답답하게 여겼다. 이번 '폼포코 가면 사건'만 해도 우라모토 탐정은 대충 추측만 할 뿐 담뱃가게에 잠복하며 귀중한 시간을 헛되이 했다. 그녀는 평일에는 대학에서 지내기 때문에 주말에 자신이 본격적으로 개입할 수 있을 때까지 초조해했다.

다마가와는 발을 걷고 야나기코지를 내려다보았다.

강한 햇살이 비춘 야나기코지는 고요했다. 마치 시대극 세트처럼 비현실적으로 보인다. 조금 전까지 자신이 그곳에 있었지만, 마치 딴 세계의 일인 것만 같았다. 하치베묘진은 그저 조용히 그곳에 있다.

폼포코 가면이 하치베묘진의 사자라고? 어째서 너구리 신이 굳이 사람들을 도우려 하지?

딸랑딸랑 풍경이 울렸다.

일 층에서 할머니가 말차빙수를 쟁반에 얹어서 들고 왔다.

"아이고! 깨끗하게 치웠네."

"칠칠치 못해서 죄송합니다."

"됩지. 이거 드시구려. 시원해질 게야."

할머니와 잡담을 나누면서 빙수를 먹는 사이에 다마가와의 몸속에 소용돌이치던 한여름의 열기가 사라져서 '아아, 더웠구나.' 하고 절절히 깨달았다. 다마가와는 차갑고 달콤한 한숨을 쉬고는 "쉬고만 있을 수는 없어요." 하고 말했다.

"아이고, 바쁘구나."라고 할머니는 말했다.

"오늘은 요이야마인데."

• • •

시모가모 유스이장에서는 당수의 연설이 끝없이 이어졌다. 연설 도중 당수는 몇 번인가 "항복하라."고 폼포코 가면을 압박했지만 폼포코 가면은 "안 한다."고 고집을 부렸다. 마침내 당수도 숨이 찬 모양이다.

잠시 침묵이 흘렀다.

스피커에서 소리가 들렸다.

"어이, 듣고 있나? 폼포코 가면. 항복인가?"

두 평 남짓한 방은 염열지옥이었다. 폼포코 가면은 책상다리를 하고 벽에 기대어 있었다. 꿈쩍도 하지 않는다. 이내 몸이 서서히 옆으로 기울더니 벌렁 쓰러져 버렸다.

좁은 방의 문이 열리고 당수와 그 일당이 들어왔다.

"한증막 같아."

"정신이 아득해지는군."

"이런 망토를 두르고 있으면 힘들 수밖에."

당수가 다가가 폼포코 가면의 어깨에 손을 얹은 순간, 지금까지 너덜너덜한 걸레처럼 축 처져 있던 폼포코 가면이 벌떡 일어났다. 그러고는 당수의 손목을 잡고 맹렬한 기세로 맞은편 벽으로 밀어붙인다.

"큰일 났다, 살아 있었어!"

당수와 일당이 비명을 지르고 방에서 복도로 도망쳤다.

폼포코 가면은 축 늘어난 당수의 티셔츠 자락을 잡아당겨 능숙하게 목을 감아 졸랐다. 당수는 가지처럼 부풀어서 버둥거린다. 그때 폼포코 가면의 망토가 뒤집혔다. 망토 밑 검은 운동복에는 열이 났을 때 이마에 붙이는 냉각제가 화장실 타일처럼 빼곡하게 붙어 있다.

"아아! 그런 거였나, 비겁한 놈!"

당수는 비통한 목소리로 외쳤다.

"네놈이 악의 두목이로구나."

"악의 두목 따위 싫어. 그런 거창한 건."

폼포코 가면은 당수를 바닥에 꽉 눌러 엉덩이를 얹었다. 우아한 동작으로 이온음료를 마시면서 손을 뻗어 당수의 안경을 빼앗는다. 폼포코 가면은 손에 든 안경을 빤히 바라보았다. 기름얼룩이 진 안경테가 투명한 테이프로 고정되어 있었다.

"너와는 한 번 만난 적이 있군."이라며 폼포코 가면은 냉랭한 목소리로 말했다.

"설마 잊지는 않았겠지?"

당수는 목이 움츠러들었다.

"당신, 기억하는 거야?"

폼포코 가면은 당수의 귓가에 얼굴을 대고 으름장을 놓으며 속삭였다.

"……이 몸은 모든 것을 기억한다."

폼포코 가면의 머릿속에서 활동일지 페이지가 넘어간다.

모월 모일, 비와호 수로와 구라마구치 거리가 엇갈리는 곳에서 안경을 떨어뜨려 울상이 된 인물을 구한 적이 있다. 안경을 잃어버리는 바람에 안경을 찾는 것은 굉장히 어려웠다. 허리를 구부리고 안절부절못하는 수상한 동작 탓에 길 가는 사람 모두가 남자의 처지를 보고도 못 본 체했다.

"안경을 함께 찾아 준 사람은 누구지?"

"……폼포코 가면입니다."

"안경을 찾아서 고쳐 준 사람은 누구지?"

"……폼포코 가면입니다."

"그렇지! 그렇지!"라며 폼포코 가면은 외쳤다. 당수 위에서 트램펄린을 뛰듯이 출렁출렁 몸을 흔들었다.

"그런데! 너는! 은혜를! 원수로 갚아! 무슨 생각이냐!"

"죄송합니다! 죄송합니다! 죄송합니다!"

"어찌하여 이 몸을 방해하나? 자백해."

당수는 울상이 되어 "당신을 방해할 생각은 없었어."라고 말했다. "우리가 '정의의 사도'에 싸움을 걸겠어? 우리는 세상에서 제일가는 비굴한 생물이야."

"얼버무리지 마. 너희가 흑막이라는 사실은 다 알고 있다."

"그건 인정하지. 인정합니다. 우리가 대일본침전당의 설립자이자 배신자 쓰다 선배에게 그렇게 명령하기는 했다. 하지만 우리도 명령받은 거야!"

"……누구에게 명령받았지? 말해! 말해! 말해!"

"규방조사단입니다!"

폼포코 가면이 누르던 힘을 풀자 당수는 숨을 헐떡이면서 네 발로 엎드린 채 복도에 나뒹굴었다. 엉망으로 구겨진 티셔츠를 목에 두르고 땀에 젖은 통통한 배를 드러낸 채 벽에 기대어 축 처졌다. 당수는 "규방조사단의 명령에는 거스를 수 없어."라고 대답했다.

폼포코 가면이 복도로 나와 페트병을 내밀자 당수는 받아들고서 꿀꺽꿀꺽 마셨다.

"내가 밑바닥을 거쳐 당수가 되었을 때, 우리 당은 붕괴 직전이었어. 누가 이런 번거로운 사상에 빠지겠어. 대일본침전당은 그저 남의 불행을 안주 삼아 술을 마시는 한심한 집단으로 타락했었지. 내가 있을 곳은 이곳밖에 없는걸. 당을 다시 일으키려면 타개책이 필요했어. 당원들을 결속하고 남자의 연대를 군건하게 해야 했다고."

당수는 울먹였다.

"나를 구해준 것은 규방조사단이었어. 놈들이 제공한 도색자료가 우리의 연대를 만들었다. 그 덕분에 나는 당원의 마음을 확실히 잡을 수 있었던 거다. 놈들은 우리의 도색 취향을 완벽하게 파악하고 있었고, 거대한 도색 커넥션을 가지고 있었어. 놈들 없이는 꾸려갈 수 없어. 이제 와서 규방조사단의 부탁을 어떻게 거절하겠어?"

폼포코 가면은 얼굴을 들고 복도를 보았다.

시모가모 유스이장의 복도는 당원들로 시커멨다. "에헴, 에헴!" 하고 누군가 헛기침하는 소리가 들렸다. 폼포코 가면과 시선이 맞자 다들 부끄러운 듯이 눈을 내리깔았다. 선생님께 혼나서 풀이 죽은 초등학생들 같다. 목을 움츠리고 얌전한 얼굴로 선생님의 화가 지나가기를 기다리고 있다.

폼포코 가면은 큰 소리로 말했다.

"왜 그러나? 너희는 곤경에 처했지?"

당원들 사이에 술렁임이 일었다.

누군가 "맞아."라고 말했다.

"우리는 곤경에 처했어."

"곤경에 처했다면 이 몸의 손을 잡아라."

폼포코 가면은 언제나처럼 오른손을 내밀려 했다.

그러나 어떻게 된 일인가. 오른팔이 꼭 진흙에 묻힌 것처럼 무겁지 아니한가.

자신을 잡으려고 모인 이놈들은 무엇인가. 폼포코 가면은 생각했다. 지금 여기서 멍하니 사건이 해결되길 기다리는 그들의 얼굴을 보라. 사실은 아무것도 생각하지 않고 흐름에 맡기고 있는 주제에 얌전한 얼굴로 반성하는 척하고 있다. 이렇게 도토리처럼 빼곡하게 늘어선 모습이 괜히 귀여워서 한층 더 부아가 치민다. 이 게으름뱅이들이!

폼포코 가면은 들끓는 분노의 말을 꾹 삼켰다. 가면 밑에서 "위스키."라고 중얼거리고 억지 미소를 지으며 대일본침전당 당원들에게 무거운 오른손을 내밀었다.

"곤경에 처한 사람을 돕는 것이 이 몸의 일이 아니었던가?"

• • •

야나기코지를 뒤로한 다마가와는 데라마치 거리 쪽으로 나갔다.

아침에는 한산하던 상점가도 주말 오후답게 북적였다. 여름 더위를 먹은 사람들을 유혹하는 냉방의 마수가 점포 여기저기서 새어 나온다. 유카타 차림을 한 사람들도 하나둘씩 보였다.

다마가와는 어느 선물가게 앞에서 걸음을 멈추었다. 폼포코 가면 상품이 잔뜩 진열되어 있었다. 폼포코 가면 손수건, 폼포코 가면 티셔츠, 폼포코 가면 수건, 폼포코 가면 머그잔,

폼포코 가면 인형, 폼포코 가면 물림쇠 지갑, 폼포코 가면 스트랩, 폼포코 가면 부채, 폼포코 가면 쿠키…… 정의의 사도가 초상권을 주장하지 않는 것을 이용해 관련 상품이 마구제작되었다.

"정말 멋지다……."

그녀는 충실한 상품 종류에 시선을 빼앗겨 넋이 나갔다. 한참 동안 임무를 잊고 상품을 고르다 폼포코 가면 손수건과 폼포코 가면 부채를 사고 말았다.

"이러고 있으면 안 돼……."

그녀는 걸음을 뗐다.

이따금 돌아보면서 걷는 그 발걸음에는 자신 없음이 드러났다.

"지금 내가 북쪽으로 걷고 있다고 생각하지만, 여태껏 실컷 속았으니까 '북쪽'이라고 믿지 않을 거야. 북쪽으로 걷는다고 생각했는데 남쪽이었다거나 하잖아. '북쪽'이란 정말이지 사기꾼이야. 늘 똑같은 방식으로 헤맨다면 대책을 세울수도 있겠지만 허를 찌르겠다고 반대로 걸으면 그럴 때만은 허를 찌르지 않았어야 했다고 판명 나곤 하지. ……나도 어른이니까 억지라는 건 잘 알지만, 내가 가는 곳이 늘 북쪽이라고 법률로 정하면 좋을 텐데!"

무간 국수가 개최된 국숫집 롯카쿠가 데라마치 거리에서 서쪽이란 사실은 그녀도 얼핏 알았다. 곧장 북쪽으로 걷기만 해서는 도착할 수 없다.

"서쪽이란 다시 말해 왼쪽이란 뜻."

그녀는 걸으면서 살짝 왼쪽을 가리켰다.

"하지만 그건 내가 북쪽으로 걷고 있을 때의 이야기야. 만약 남쪽으로 걷는다면 서쪽은…… 오른쪽이 되는 거지. 약간의 차이로 큰 차이가 나 버려. 만약 내가 북쪽으로 걷고 있다면 왼쪽으로 꺾으면 되지만, 만약 내가 북쪽으로 향한 게 아니라면 왼쪽으로 꺾었다가는 걸으면 걸을수록 상황은 나빠지기만 할 거야. 서쪽의 반대는 뭐였지? 나한테 어디로 가라는 거야?"

길을 꺾을 결심을 하지 못한 채 다마가와는 상점가를 걷다가 이윽고 스마트카페 앞을 지났다.

그 카페는 고와다를 미행할 때 몇 번이나 앞을 왔다 갔다 해서 인상에 강하게 남아 있다. 가게 안 상황을 살필 때마다 고와다 맞은편에 앉은 무시무시한 얼굴을 한 대머리 남자가 날카롭게 노려보았다.

"꼭 악의 조직 간부 같은 얼굴이었어."

다마가와는 카페 안을 들여다보다가 깜짝 놀라 숨이 멎는 줄 알았다. 가게 안쪽 소파에 폼포코 가면 두 사람이 서로 마주 앉아 있지 않은가.

넋이 나가 빤히 보고 있자니 폼포코 가면들이 그녀를 돌아보고 손을 흔들었다. 가면을 벗은 모습을 보니 낯익은 젊은 남녀다.

"……온다 씨와 모모키 씨?"

그들이 손짓하기에 다마가와는 가게 안으로 들어갔다. 온다 선배와 모모키는 커피의 부드러운 향기에 둘러싸여 무척 편하게 쉬고 있었다. 온다 선배가 앉으라고 권한 덕에 그녀는 자리에 앉았다.

"엄청난 소동이었죠."

온다 선배가 말했다.

"정말로. 무사해서 다행이야."

모모키가 말했다.

다마가와는 "실례할게요." 하고 말했다.

"저는 도망쳤어요. 그 뒤에 어떻게 됐나요?"

"정말이지 참담했어요."

온다 선배의 이야기로는 국수 달인인 쓰다는 자취를 감추고, 방 안은 국수와 고명이 어질러져 엉망진창이 되었으며, 손님 대부분은 도망쳤다고 했다. 놀랍게도 여전히 그곳에서 버티고 묵묵히 국수를 뽑으려는 일부 회원 덕분에 그들의 열정에 이끌려 계속해서 국수를 먹는 손님도 있었다. 무간 국수 모임은 지금도 여전히 이어지고, 이 세상의 지옥에 한없이 가까워지고 있다고 한다.

"그건 그렇고 어째서 그런 소동이 일어났지?"

모모키의 그런 중얼거림에 온다 선배도 고개를 갸웃했다.

"쓰다 선배도 무슨 생각을 하는지……. 어떤 사정이 있든 간에 말이야."

"하지만 폼포코 가면을 봐서 기뻤어."

"기뻤지. 우리의 토요일은 정말 멋져……."

거기서 다마가와는 허둥지둥 대화를 가로막았다.

"……그런데 고와다 씨는 어디 계신지 아세요?"

온다 선배가 얼굴을 찌푸리며 "아가씨도 모릅니까? 저희도 몰라요."라고 말했다.

"국숫집을 빠져나올 때 찾았지만 발견하지 못했어요. 아무리 전화해도 받지도 않고."

"기숙사로 돌아간 거 아닐까 얘기하던 참이었어."

"고와다 씨가 어디 계신지 몰라서 난처한 참인데요……."

"어째서죠?"

"일이에요. 자세한 내용은 말씀드릴 수 없지만."

"흐흐웅." 하며 온다 선배가 의미심장하게 미소를 지었다.

"그러면 일이라는 걸로 해 두죠. 우리는 두 사람의 사생활을 캐지 않을 거예요."

"맞아. 캐묻지 않을 테니까 안심해."

모모키도 말했다.

다마가와는 부정하기를 포기하고 "다시 그 국숫집으로 돌아가고 싶은데요." 하고 말했다.

"롯카쿠 거리를 서쪽으로 가다가 가라스마 거리 맞은편. 북쪽이에요."

온다 선배는 말했다.

"롯카쿠 거리?"

"여기에서 남쪽으로 몇 번째였지. 그거, 거리 이름을 외우는 노래가 있잖아요?"

"아네고붓카쿠 다코야쿠시 말인가요."

"그건 좀 다른데."

"아네산롯카쿠 다코니시키('마루타케 에비스'의 한 구절. 바둑판 모양의 교토 거리에는 가로세로 길에 모두 고유 명칭이 있어, 길을 쉽게 외울 수 있도록 이름 앞 글자를 따 동요를 만들어 부른다. '마루타케 에비스'는 동서 거리 노래이고, '데라고코'라는 남북 거리 노래도 있다) 아냐?" 하고 모모키가 말했다.

"아네야코지 거리, 산조 거리, 롯카쿠 거리, 다코야쿠시 거리, 니시키 거리. 그러니까 산조 거리에서 남쪽으로 첫 번째가 롯카쿠 거리. 그러니까……."

모모키는 냅킨에 볼펜으로 적으면서 설명했다.

"먼저 스마트카페를 나가. 곧바로 오른쪽으로 돌고. 상점가를 똑바로 걷다가 산조 거리를 지나쳐서 '롯카쿠 거리' 표지판을 발견하면 다시 오른쪽으로 돌아. 그 뒤에는 곧장 가면 돼. 가라스마 거리 신호를 건너면 맞은편 오른쪽에 국숫집이 보일 거야. 포렴에 '롯카쿠'라고 적혀 있고, 가겟집이니까 외관을 보면 떠오르지 않을까. 바래다주면 좋겠지만 우리 일정이 이후에도 가득해서."

"두 분은 앞으로 뭘 하시나요?"

"내가 학창 시절에 지내던 시모가모 유스이장이라는 하숙집이 있는데요. 모모키가 한번 가 보고 싶다고 해서 안내할 거예요."

"엄청 낡고 요새 같은 곳이래."

"그 뒤 예정도 정해져 있어요. 시모가모 유스이장을 탐험한 뒤 대학 은사님께 인사드리고 나서, 기타시라카와 라듐 온천에 갈 겁니다. 그러고 밤은 요이야마 구경. 노점에서 저녁을 먹고 시조가라스마 교차점에서 오후 열한 시에 요이야마가 끝나는 순간을 목격한다. 이 완벽한 주말 계획 어때요?"

온다 선배는 수첩을 넣고 일어났다.

"요이야마 구경은 고와다도 부를 예정이었어요. 고와다를 발견하면 연락하라고 전해 주세요."

"맞아 맞아. 그러기로 했어."

모모키는 미소 지었다.

"전해 줄래? 도망칠 수 있다고 생각하지 말라고."

• • •

그때 고와다는 열차를 타고 여행하는 꿈을 꾸고 있었다.

"그렇지. 이거야."

고와다는 미소 지으며 칸막이 좌석에서 다리를 뻗었다.

그 차량에는 고와다 말고 아무도 없었다. 여행의 벗은 도요하시에서 산 어묵과 페트병 녹차가 전부다. 손에는 청춘 18티켓(JR열차 1일 승차권)이 있다. 이 티켓이야말로 대학 시절 고와다를 일본 각지로 끌고 간 마법의 티켓이다. 오로지 싸고 먼 곳으로 갈 것을 염두에 두고 정도를 벗어난 일정을 짜, 열차에서 열차로 옮겨 타기만 했다. 날이 저물 무렵 처음 본 마을에서 내렸을 때조차 열차의 흔들림이 따라올 정도였다. 누구의 집을 방문하는 것도 아니고, 맛있는 음식을 먹는 것도 아니고, 그저 오로지 지루함을 맛보며 휴가의 왕국 깊숙한 곳으로 향하는 여행. 학창 시절 여름방학과 철도 여행은 떼어놓기 어렵게 묶여 있다.

"지루하다. 실로 지루하다."

고와다는 기뻐하며 중얼거렸다.

그렇게 고와다가 지루한 여행을 즐기고 있는데 옆 차량에서 한 사람이 다가왔다. 차창으로 비치는 한여름의 볕이 반질반질한 머리를 미끈하게 빛냈다. 그 인물은 흔들리는 차내를 성큼성큼 걸어와 고와다 맞은편에 앉았다.

고와다는 깜짝 놀랐다.

"왜 소장님이 이런 곳에 계세요."

"안녕하세요, 고와다 군. 당신은 또 이런 곳에서 넋을 놓고 있군요."

"넋 놓고 있을 수밖에 없잖습니까. 역에 도착할 때까지 특별히 할 일도 없고."

"역에 도착해서 무슨 일을 할 겁니까?"

"역에 도착해도 할 일은 아무것도 없어요."

소장은 한숨을 쉬며 "그러면 결국 아무 일도 하지 않는 것 아닙니까."라고 말했다.

"주말을 충실히 보내라는 이야기는 어떻게 된 거죠?"

"지금 그야말로 충실하게 보내고 있잖아요. 보세요, 지루함으로 충만하죠."

"이것을 충실하다고 말합니까? 여기에 모험이라 할 만한 것은 아무것도 없어요."

"소소한 모험을 비웃는 자는 소소한 모험으로 운다고 합니다."

그러자 소장은 "거참!"이라며 탄식하고는 까까머리를 쓰다듬었다.

"멍청하게 있을 때가 아니에요. 그러는 동안에도 인생의 부채는 쌓이고 있습니다. 언젠가 빚을 갚아야 할 때가 옵니다. 알아차렸을 때는 늦습니다."

"소장님, 창밖 경치를 보시죠."

"경치?"

"모처럼 열차를 탔으니까요."

"그런 걸 할 때가……."

"가끔은 괜찮지 않아요?"

고와다가 차창을 바라보자 산간에 있는 낯선 작은 마을이 보였다. 어쩌면 언젠가 자신은 그 마을을 찾아갔는지도 모른다. '그러고 보니 그때 차창으로 바라보기만 하고 지나친 마을에 지금 내가 있구나.' 하고 생각할 만한 인연도 살다 보면 있다. 그 마을 너머 산기슭에 신사가 있고, 줄지은 제등이 보였다. 울창한 숲 때문에 그 구역만 어둑하다. 들릴 리 없는 축제 음악이 공간을 뛰어넘어 이쪽까지 들리는 것 같았다.

"들리세요?"라며 고와다가 말했다.

"축제 소리가 들리지 않으세요?"

소장은 의아한 표정을 지었다.

"들리지 않는군요."

소장은 색안경 너머 예리한 눈으로 고와다를 바라보았다.

"당신은 자신에게 거짓말을 하고 있습니다. 두려워하고 있죠. 사실은 낯선 세계로 박차고 나가고 싶을 거예요. 모험하고 싶겠죠. 인생을 만끽하고 싶다, 그렇게 생각할 겁니다. 틀림없어요. 저는 압니다."

"그건 아니에요. 전혀 아니에요."

"인간이란 자신이 진정으로 원하는 걸 깨닫지 못하는 법이에요. 참된 당신은 새로운 한 걸음을 내딛으려고 바로 이순간 갈등하고 있습니다. 그 괴로움은 충분히 이해합니다. 압니다. 저도 그랬으니까요. 갈등을 극복했을 때, 당신은 한층 단련된 멋진 남자가 될 겁니다. 이봐요, 고와다 군. 제가 이토록 멋진 남자가 되기까지 얼마나 고생했는지 아십니까."

이전에도 어딘가에서 이런 대화를 했노라고 고와다는 생
각했다. 그러나 떠오르지 않는다. 소장은 맞은편 좌석에 앉아
침묵했다.

고와다는 말했다.

"잠시 혼자서 생각해도 될까요?"

"그럼요."

고와다는 일어나 옆 차량으로 걸어갔다.

이윽고 열차는 산간의 무인역에 도착했다. 낯익은 역이었
다. 학창 시절에 찾은 적이 있다. 열차가 덜컹 흔들리고 완전
히 정지하자 주변은 고요했다. 고와다가 승강장에 내리자 문
은 닫히고 열차는 천천히 움직였다.

소장은 좌석에 기대 멍하니 차창을 바라보다가 승강장에
서 있는 고와다와 눈이 맞자마자 벌떡 일어났다. 손바닥으로
창문을 쾅쾅 두드리고 "뭐하는 겁니까!"라고 소리쳤다.

"저는 중간에 내리겠습니다. 소장님은 먼저 가세요. 어묵
도 드세요."

소장은 열차의 진행 방향과는 반대로 걸으면서 고와다를
계속 불렀다.

"이런 곳에서 내려서 어쩔 겁니까? 골탕을 먹이다니 너
무해!"

"저는 게으름을 피우기 위해서면 뭐든 합니다."

"당신 또 그런 소리를! 좀 더 모험하라고!"

"그런 건 싫어요."

고와다는 "바이바이." 하고 손을 흔들었다.

이윽고 소장을 태운 열차는 달려가 터널 안쪽으로 사라져 버렸다.

고와다는 역명이 적힌 푯말 옆에 서서 허수아비처럼 양팔을 벌리고 머릿속까지 스밀 듯한 매미 소리에 귀를 기울였다. 그 역은 자신과 이름이 같아서 이유도 없이 반가웠다.

이다선 '고와다'역.

그 보잘것없는 역은 뭉게뭉게 덩치가 커지는 여름 산에 묻힐 듯이 조그맣게 존재했다. 용케도 여태껏 숲에 삼켜지지 않고 버텼다. 텅 빈 승강장에도, 낡은 목조 역사에도 인기척은 없다. 터널에서 나와 터널로 사라지는 선로가 한여름 햇볕에 흐리게 빛났다.

열차를 타는 동안에는 역에 도착할 때까지 지루하고, 역에 내리면 다음 열차가 올 때까지 지루하다.

세계는 지루함으로 충만하다.

목조 역사 안에서 쉴까 했지만, 벤치는 먼지가 가득하고 벽에는 거대한 녹색 나방이 있었다. 아무리 고와다라도 이런

데서 쉬기는 싫었다. 역 건물 그늘에 주저앉아 열차 진동의 여운에 몸을 맡긴다. 남국 해변에 밀려오는 파도 같았다. 순수한 지루함을 실컷 맛보자 세상이 텅 빈 것처럼 느껴졌다. 정말로 시간은 흐르고 있는 것일까. 정말로 다음 열차는 오는 것일까.

고와다는 "멋지구나." 하고 중얼거렸다.

"아아, 나는 이제 의미 있는 일은 아무것도 하지 않을 거야."

문득 조금 전 차창으로 보인 산간 마을의 축제가 머릿속을 스쳤다.

"그 축제는 요이야마였을까."

그런 생각을 하면서 고와다는 잠들어 버렸다.

• • •

시모가모 유스이장은 침묵에 휩싸였다.

찐득하게 늘어지는 물엿처럼 시간이 흐른다.

폼포코 가면은 계단 옆에 있는 세탁기 두는 곳에 몸을 숨겼다.

"규방조사단."

그는 중얼거렸다.

들은 적이 있는 이름이다.

규방조사단이란 온갖 분야의 도색 자료를 공동으로 모으고 보관하려는 인간들의 연합체였다. 서적과 영상에 그치지 않고 에도시대 우키요에부터 역사의 세파에 부대껴 눈 깜짝할 사이에 사라진 애수어린 장난감들도 수집 대상이었다. 세계에 자랑할—또는 부끄러워해야 할— 일대 컬렉션을 축적해 나가오카쿄시의 모처에 공동 아카이브를 만든다는 소문도 떠돈다. 아무리 변태력을 갈고닦은 강자라도 그 방대한 도색 컬렉션 앞에서는 진저리를 치며 인생의 의미에 대해 다시금 생각하게 된다고 한다.

폼포코 가면은 머릿속에 있는 활동일지 페이지를 넘겼다.

교토 시내에 분산해 보관된 자료 일부가 재가 되려는 것을 막은 적이 있다. 기타노하쿠바이초의 란덴 열차 선로가에 있는 낡은 공동주택이었다. 모월 모일, 청년부 학생이 오래된 전기난로를 켜고 꾸벅꾸벅 졸았다. 난로 쪽으로 무너진 자료가 불타 연기가 피어오르기 시작하고 허둥지둥 창문을 열었을 때, 우연히 폼포코 가면이 지나갔다. 폼포코 가면의 활약으로 소방차와 경찰을 불러 도색 컬렉션의 존재를 세상에 알리지 않고 사태를 수습할 수 있었다. 허겁지겁 달려온 규방조사단의 간부는 굽실거리며 감사 인사를 하고, 도색 컬렉션

일부를 증정하고 싶다는 말을 꺼냈지만 폼포코 가면은 이를 고사했다.

그들이 자신을 붙잡으려 하는 건 은혜를 원수로 갚는 행위다.

그렇게 기다리는 동안에 규방조사단 남자들 다섯 명이 현관에 나타났다. 한 사람이 "실례합니다." 하고 인사했다. 부스럭거리면서 "더러운 아파트로군." "어두워서 아무것도 안 보여." 같은 불평을 늘어놓았다.

그들이 신발을 벗고 복도를 손으로 더듬으며 걸음을 떼었을 때다.

"개시!"

폼포코 가면이 호령하자마자 대일본침전당원들이 공격했다.

"무슨 짓이냐!"

"배신인가!"

규방조사단들은 저마다 아우성쳤지만 어둠에 눈이 익지 않은 탓도 있어 낭패를 보았다. 그들은 순식간에 복도 바닥에 엎어진 상태로 붙들리고 말았다. 피부가 반지르르한 초로의 남자가 바닥에 눌려 "제기랄!" 하고 외쳤다. 폼포코 가면이 망토를 펄럭이며 일어서자 남자는 숨을 삼키고 입을 다물었다.

"화재 사건 때 은혜는 이미 잊었는가?"

"……분명히 당신께 신세를 졌습니다. 폼포코 가면. 하지만 어쩔 수 없어. 그때는 제대로 감사 인사를 드렸지 않나. 그건 그거고 이건 이거다. 한 번쯤 도움을 받았다고 해서 앞으로 영원히 고맙게 여기라니 뻔뻔하군."

"어찌하여 이 몸을 노리는 거지?"

그러나 남자는 조소했다.

"우리만 노리고 있다고 생각하나?"

그때였다.

함성 같은 것이 시모가모 유스이장 주위에서 들끓어 무너지기 직전의 공동주택을 뒤흔들었다. 대낮의 한여름 빛이 넘치는 현관과 뒷문에서 수많은 사람이 우르르 몰려들었다. 마치 탁류처럼 복도를 앞뒤로 밀어닥쳐 규방조사단, 대일본침전당, 폼포코 가면 할 것 없이 이리 치이고 저리 치였다. 순식간에 공동주택 일 층은 만원 전철에 괴물이라도 나타난 것처럼 난장판이 되었다. 뒤섞인 인간들은 흥분해서 폼포코 가면 쟁탈전을 벌였지만, 통제가 되지 않았기에 도통 성과는 올리지 못했다. 누군가 "잡았다!"고 외치면 그렇게 말한 당사자를 밀어내면서 서로서로 방해만 할 뿐이었다. 연막탄을 마구잡이로 던지고 의기양양한 자도 있는가 하면, 스스로 자신에게 그물을 쳐서 꿈틀대는 자까지 있는 꼬락서니였다.

폼포코 가면은 얼이 빠졌다.

대일본침전당과 규방조사단은 말할 것도 없었고, 그를 잡으려는 적 중에는 낯익은 얼굴이 여럿 있었다. 대학신문부 학생들, 지역 초등학생들이 결성한 소년탐정단, 닌자 술법 책의 쟁탈로 내분에 빠졌을 때 중재한 사회인 닌자 서클 사람들, 유자탕에 쓸 유자가 언덕길에 굴러가 난처해하기에 도운 공중목욕탕 경영자, 상점가 활성화를 위해 '폼포코 축제'에 협력한 상점가 사람들, 무너진 메이지문학 전집 밑에서 구해낸 마루타마치 거리의 고서점 주인, 커피콩 절도단으로부터 지킨 오래된 카페의 대간부……. 친숙함을 느꼈던 사람들이 지금은 분노의 형상으로 덤벼든다.

"무슨 짓들이냐! 이 몸은 폼포코 가면이다!"

그때 촤악 하고 소리가 나더니 복도 가득 물이 쏟아졌다.

현관에서 "폼포코 가면!"이라는 외침이 들렸다. 돌아보니 젊은 여성이 서부극의 손 빠른 총잡이처럼 허리 위치에 호스를 들고 있지 않은가. 호스에서 분사된 물줄기는 공동주택 복도를 꿈틀대며 '고장'이라는 벽지가 붙은 공중전화를 쓰러뜨리고 천장에 있는 전등 커버를 떨어뜨리고, 섣불리 고개를 든 대일본침전당 당수의 안경을 손쉽게 날려버렸다. 젖은 생쥐 꼴이 되어 몸을 웅크린 사람들을 밀어젖히고 한 남자가 달려왔다. 남자는 폼포코 가면의 손을 잡고 현관으로 끌고 갔다. "놓칠까 보냐!"라며 아우성치면서 쫓아오는 자들은 잇따라 물줄기에 맞아 비명을 질렀다.

폼포코 가면은 현관 바깥으로 허겁지겁 나왔다.

"전략적 후퇴다."

그대로 부지를 뛰쳐나와 망토를 휘날리며 달렸다.

"폼포코 가면! 잠깐! 잠깐만!"

뒤에서 목소리가 들렸다.

달리면서 돌아보니 온다 선배와 모모키가 그를 쫓아오고 있었다.

폼포코 가면은 달리면서 외쳤다.

"고맙다!"

"늘 응원하고 있어요."

온다 선배가 헐떡이면서 말했다.

"저기 이거 팬레터."

모모키도 헐떡이면서 말한다.

폼포코 가면은 달리면서 편지를 받아들고 예의 바르게 고개를 숙였다. 그러고 나서 온다 선배가 "사인 좀! 사인 좀!"

하며 내민 사인지와 펜을 받아들고 거침없이 사인했다.

"협력 감사한다! 이 몸은 한시가 급해서 실례!"

폼포코 가면이 달려간 뒤 온다 선배와 모모키는 멈추어 서서 헉헉 숨을 몰아쉬었다. 온다 선배는 젖은 머리카락을 쓸어 올리고 드디어 손에 넣은 사인을 챔피언 벨트처럼 들어 올렸다.

"모모키, 이것 봐! 우리가 해냈어!"

"대단해! 정말로 예정대로네!"

그리고 두 사람은 얼굴을 마주하고 씩 웃었다.

뒤돌아보니 시모가모 유스이장은 난무하는 고함과 욕설로 요동치고 당장 무너질 태세다. 심각한 사태에 구경꾼까지 모여들기 시작했다. 이윽고 흠뻑 젖은 사람들이 비틀비틀 바깥으로 나왔다.

"누구야! 물 뿌린 자식!"

분노에 가득한 목소리가 길거리에 울려 퍼졌다.

온다 선배와 모모키는 다시 한 번 얼굴을 마주하고 걸음 아 나 살려라 도망쳤다.

"충실한 토요일이다."

"충실한 토요일이네."

다마가와는 모험이 하고 싶었다.

다마가와라는 인물은 코앞에서 모험을 놓치는 일이 많았다. 우라모토 탐정은 사건 해결을 흐름에 맡기는 사람이어서 사건이 어떻게 전개될지 예상하기 어려웠다. 탐정의 직관을 갈고닦지 않으면 모험할 새도 없이 사건이 해결되기 십상이다. 그녀의 본분은 학생이기에 사건의 전개를 따라잡기란 쉽지 않았다. 다마가와는 얼마나 많은 의욕을 주체하지 못했던가. '아무튼 사건을 해결하면 그만!'이라고 대충 넘어가지 못하는 부분이 다마가와라는 인물의 사랑스러운 면이다.

그녀는 롯카쿠 거리를 걸었다.

이글거리는 태양이 내리쬐고, 민가와 상점과 아파트가 늘어선 거리에는 그늘도 없어서 짜증날 만큼 더웠다. 그 더위가 그녀를 한층 더 초조하게 했다.

"서둘러야 해! 서두르지 않으면 뒤처지고 말아!"

그녀의 탐정 직관에 따르면 '폼포코 가면 사건'은 긴박하게 돌아가고 있다. 이렇게 사태가 혼란스럽고 엉망진창이 되었을 때야말로 무명의 인간이 두각을 드러낼 기회라는 것이 부친의 가르침이다. 어영부영 해결되어 버리기 전에 어떻게

든 깊이 관여하고 싶다.

다마가와가 롯카쿠도 앞을 지날 때, 우라모토 탐정에게 전화가 왔다.

"얍! 다마가와 양, 폼포코 가면은 어떻게 됐어?"

"또 태평한 목소리네요. 정말 못 말려!"

다마가와는 롯카쿠도 문 앞에서 한숨을 쉬었다. 문 아래에는 시원한 그늘이 드리웠고 빌딩 사이를 지나는 뜨거운 바람에 푸르른 버드나무가 흔들렸다. 그녀는 지금까지 있었던 일을 빠르게 설명했다.

"그래. 폼포코 가면은 놓쳤나."

"요이야마라서 관광객이 어마어마해요."

"됐다, 됐어. 자네의 미행이 어설픈 건 알고 있었으니까."

"어설프다고 하지 마세요."

"그러나 고와다라는 그 남자를 발견하면 뭔가 득이 될지도 모르겠군."

"어떻게든 찾아내겠어요. 그런데 의뢰인에게 연락은 왔나요?"

"오기는 했는데 적당히 둘러댔네. 뭘 그렇게 안달복달하는지."

"탐정, 언제까지 강 건너 불구경이나 하고 있을 거예요?

사건을 해결할 자신이 있나요?"

"자신이 있든 없든 사건 해결과 아무런 관계도 없어. 그것만큼은 자신 있게 말할 수 있지. 그럼 또 연락하겠네. 아듀."

정신이 드니 다마가와는 노점이 늘어선 좁은 길에 있었다. 롯카쿠 거리를 곧장 서쪽으로 걸어온 건 틀림없다. 이제 슬슬 국숫집이 보일 만할 때이다. 그러나 노점만 이어질 뿐 쪽빛 포렴을 건 가게는 눈에 띄지 않았다.

다마가와는 갑자기 불안해졌다.

그녀는 눈앞에서 교통정리를 하던 경찰에게 "죄송합니다." 하고 말을 걸었다. 아직 이십 대인 듯한 젊은 경찰이었다. 하늘색 여름 제복 차림으로 빨간 확성기를 들고 친절해 보이는 얼굴이었다.

"이 앞은 북쪽의 왼쪽…… 그러니까 서쪽이죠?"

"아뇨, 아닙니다. 이 앞은 북쪽입니다."

"우엇? ……아, 이상한 소리가 나왔네."

다마가와는 망연자실했다. 자신은 분명히 서쪽으로 걷고 있지 않았던가. 도중에 꺾은 기억은 없다. 그런데 북쪽으로 향하고 있다니 무슨 일이 일어난 것인가. 혹시 롯카쿠 거리는 중간에 북쪽으로 구부러져 있는 것인가?

"그러면…… 저는 지금 어디에 있죠?"

"아, 지도 있으세요?"

경찰은 그렇게 묻더니 그녀의 부채를 들여다본다. 그러고는 금세 "여기예요."라고 지도의 한 곳을 가리켰다. 그 믿음직한 신속함에 그녀는 홀딱 반했지만, 한 시간쯤 전에 주고받은 똑같은 대화를 떠올렸다. 아니나 다를까, 다마가와의 얼굴을 들여다본 경찰이 "어라?" 하고 중얼거리는 소리가 들렸다.

다마가와는 얼굴을 붉혔다.

"또 길을 잃어서……."

"혼잡하니까요. 조심해요."

경찰은 상큼하게 웃었다.

다마가와는 재빠르게 도망치듯 걸었다.

"이상해. 정말로 이상해."

다마가와는 땀을 닦으면서 생각했다.

"아무리 나라도 평소에는 이 정도로 헤매지 않아. 요이야마 탓일까?"

다마가와는 노점 뒤쪽을 지나다가 전기코드에 걸릴 뻔하고, 옥수수가 담긴 상자와 가스통 틈을 지나 골목 안쪽 낯선 신사에서 노는 아이들에게 길을 묻고, 빌딩 옥상에 올라가 다이몬지산 방향을 확인하고, 유리 창문으로 반지하의 어둑한 찻집을 들여다보고 시원한 어항이 놓인 화랑 앞을 지나,

처마 끝에서 햇볕에 달궈진 종규 님을 올려다보고, 집 앞 정원에서 나가시소면(삶은 소면을 찬물과 함께 홈통 모양 미끄럼판으로 내려 보내, 여럿이 건져 먹는 것)을 즐기는 사람들에게 길을 묻고, 담쟁이덩굴이 뒤얽혀 자란 빌딩 뒤쪽을 지나, 빨간 풍선이 떠다니는 지하도를 걷고, 다이마루 백화점 식료품 판매장을 헤맸지만 혼란은 깊어질 뿐이었다. 분명히 지나갈 수 있을 듯이 보인 골목은 막다른 곳이고, 빠져나갈 수 없을 것 같다고 생각한 골목은 뚫려 있다. 낯익은 데라고는 없이 느껴지기도 하는가 하면, 지금까지 몇 번이나 이곳을 지난 것 같기도 하다.

길 가는 사람에게 물어도 대부분은 관광객이라서 자신이 어디에 있는지 잘 알지 못했고, 설령 길을 알려주는 사람이 있어서 그대로 가 보더라도 항상 다른 길이 나왔다. 그녀가 향하는 거리마다 모습을 바꾸고 본 적도 없는 거리가 가로막는다. 어디를 걸어도 기온 축제 음악이 들렸다.

그녀의 헤매는 모습에 어이가 없는 독자도 계시겠지.

그러나 여러분, 지금 우리에게 필요한 것은 배려심이다.

헤매라, 다마가와. 헤매.

탐정이니까 길을 헤매서는 안 된다고 대체 누가 정했어?

· · ·

고와다는 다다미방에 앉아 있었다.

시원한 저녁 바람이 발을 흔들며 방충망 너머로 불어 들었다. 풍경이 울린다. 발 너머에는 저녁노을에 비추어 금빛으로 물든 논이 펼쳐져 있고 멀리서는 분지를 둘러싼 산이 보이고 하늘은 조금씩 어두워졌다. 벌렁 드러눕자 그리운 다다미 냄새가 났다.

"여기는 할아버지 댁이야."

고와다는 깨달았다. 어릴 적에 여름방학 때마다 가족끼리 왔던 곳이다. 지금은 조부모님이 돌아가셔서 가 보고 싶어도 돌아갈 수 없다.

그렇다. 지금은 여름방학이다. 막 시작된 여름방학이 눈앞에 펼쳐져 있다. 방학이 끝난다는 게 믿기지 않을 만큼 길다. 여름방학이란 날마다 쉬는 날이다. 그 무렵에는 한 달이 엄청나게 길었다. 신기한 일이다. 지금은 한 달이 주말을 네 번 반복하기만 하면 끝난다는 것을 알고 있다. 주말을 신경 쓰면서 평일을 보낸다. 이것을 네 세트 반복하면 눈 깜짝할 사이에 한 달이 지나 버린다. 그것을 열두 번 반복하면 일 년이다. 그런 일 년을 반복하는 사이에 나의 이십대가 끝나고 삼

십 대가 끝나고 사십 대가 끝나고……. 물론 그만큼 살 수 있다고 가정했을 때의 이야기지만.

고와다는 한동안 누워서 매미 소리를 들었다. 호젓한 저녁이었다. 발 틈으로 저무는 하늘을 멍하니 바라보면서 '긴 여름방학이 생기면 하고 싶은 일 목록'을 작성했다.

한참 후에 고와다는 갑자기 팔꿈치를 괴어 몸을 일으키고 발 너머로 귀를 기울였다.

"축제 소리가 들려."

사람 모습은 보이지 않지만 축제 장소로 걸어가는 사람들의 기척이 있었다. 북적이는 사람들 소리가 희미하게 들린다. 바람에 실려 논을 건너고 발을 흔들며 다다미방으로 불어 들어오는 축제 소리는 기온 축제가 열리는 소리였다.

"그렇구나, 오늘은 요이야마구나."

고와다는 책상다리를 하고 앉았다.

"다들 요이야마에 갔군. 온다 선배와 모모키 씨는 어쩌고 있을까? 계획대로 휴일을 보내고 요이야마를 구경하러 갔을까?"

옆을 보니 물이 담긴 어항이 있었다. 발에서 새어 들어오는 저녁 햇살에 유리 어항이 빛난다. 어항 안을 들여다봐도 금붕어는 없다.

"이게 뭐지?"

고와다는 책상다리를 하고 앉은 채 물밖에 없는 어항을 바라보았다.

곧이어 발 너머로 하늘하늘 움직이는 빨간 물체가 보였다. 고와다가 멍하니 있자 빨갛고 화려한 물체는 발을 지나 방충망을 열고 다다미방으로 들어왔다. 금붕어처럼 새빨간 유카타를 입은 여자아이였다. 보이지 않는 누군가가 간지럼을 태운 것처럼 끊임없이 키득키득 웃고 있는 것이 어쩐지 께름칙했다. 그 여자아이가 다다미방에 들어오자마자 발 너머 논에서는 해가 완전히 저문 듯하다. 주변을 비춘 것은 태양의 빛이 아닌 어딘가에서 비쳐든 제등의 불그레한 빛이었다.

여자아이는 키득키득 웃으면서 고와다를 바라보았다.

"축제에 가는 거니?"

고와다가 묻자 여자아이는 입을 다문 채 고개를 가로저었다. 키득키득 웃는 주제에 고와다에게 화가 난 것처럼 볼이 뽀로통하게 부풀었다. 그 눈빛은 어른처럼 요염하다.

소녀는 뽐내듯이 고개를 들고 품 하고 숨을 내뱉었다. 그 입가에서 빨간 것이 튀어나와 고와다 옆에 있는 어항으로 뛰어들었다.

어항 속에서 빨간 금붕어가 하늘하늘 헤엄치고 있다.

고와다는 어안이 벙벙했다.

"신기한 재주가 있구나!"

여자아이는 소리도 내지 않고 웃었다.

기온 축제 음악이 들렸다.

•••

다마가와는 또다시 야나기코지에서 하치베묘진을 바라보고 있었다.

'정말로 너구리 냄새나는 공간이야. 괘씸할 정도로 멋져.'

그녀는 그렇게 생각했다.

다마가와는 노래하듯이 "귀여워, 귀여워, 너구리 씨." 하고 중얼거렸다.

"또 만났네. 신기해."

혹시 너구리한테 씐 걸까.

다마가와는 한 번도 너구리를 키운 적은 없지만 너구리를 향한 마음은 이만저만한 것이 아니었다.

어릴 적에 그녀의 집에는 너구리와 초승달을 그린 오래된 병풍이 있었다. 병풍은 그녀의 증조할아버지가 친구인 화가에게 선물받았다고 한다. 대학 교수였던 증조부는 너구리들과 사이가 좋아서 '너구리 선생'이라 불렸다.

다마가와 집안에는 가훈처럼 선조로부터 전해오는 감기 치유법이 있었다. 잠자는 아이 주변에 병풍을 둘러 나쁜 바람을 막는 습관이었다. 그녀는 감기에 걸릴 때마다 병풍의 너구리들을 바라보아야 했다. 감기로 몸져누워 있을 때는 할 일도 하나 없고 지루하고 쓸쓸한 법이다. 그럴 때 병풍에 그려진 너구리들이 얼마나 그녀를 위로해 주었던가. 그녀는 병풍 속에서 너구리들과 놀고, 병풍 밖에서 이부자리 주변에 뒹구는 너구리들을 쫓아다녔다.

할아버지가 어렸을 적에는 너구리가 스님으로 둔갑해 집을 찾아와 공작 깃털이 장식된 서양식 방에서 증조할아버지와 밤새 담소를 나누고 건방지게도 포도주를 마시기도 했다고 한다. 어느 날, 할아버지가 돌아가는 너구리 스님 뒤를 밟았는데 스님의 민둥머리에 쑥쑥 털이 나더니 거대한 털 뭉치가 되어 들판을 대굴대굴 굴러다녔다고 한다. 할아버지는 "너구리가 인간으로 둔갑할 때에는 독특한 기척이 있는 법이여." 하고 말씀하셨다.

"아무튼 너구리의 기척이 자욱하게 끼지."

다마가와는 킁킁 콧소리를 내고 하치베묘진에게 말을 걸었다.

"너구리에게 홀리는 건 멋지지만 오늘은 봐주실래요?"

야나기코지에 내리쬐는 햇볕에 희미하게 땅거미의 기척이 뒤섞이기 시작했다.

"짜증 나!"

그녀는 투덜거렸다.

그때 "아가씨." 하고 담뱃가게 할머니가 말을 걸었다.

"또 돌아오셨어?"

"돌아오고 싶지 않았지만 돌아와 버렸어요."

"많이 피곤한가 보네. 쉬었다 가시려우?"

다마가와는 또다시 담뱃가게 이 층으로 올라갔다.

우라모토 탐정이 잠복하던 두 평 남짓한 방에서 야나기코지를 내려다보니 하치베묘진이 바로 내려다보였다. 다마가와는 젖은 수건으로 땀을 닦고 다다미에 벌렁 드러누웠다. 온몸에서 피로가 스며 나오는 것 같았다. 창문의 발을 멍하니 올려다보고 있자 이곳이 신쿄고쿠 상점가 근처라고는 생각할 수 없을 정도로 고요하다. 몸을 옆으로 돌리자 반쯤 열린 반침 아랫단에 사과만 한 크기의 빨간 달마 오뚝이가 보였다. 저녁노을에 떠오른 빨간 제등처럼 빛나 보였다.

그때 우라모토 탐정이 마시다 남긴 술병이 눈에 들어왔다. '덴구브란'이라는 고풍스러운 상표가 붙어 있다.

덴구브란이라는 기묘한 술은 우라모토 탐정에게 들은 적이 있다.

메이지 시대에 아사쿠사의 가미야바(神谷bar)에서 고안된 '덴키브란(브랜디 혼성주로, 전기를 뜻하는 '덴키'와 브랜디의 합성어)'이라는 술이 있다. 당시 교토 전신국의 직원 중에 '이나즈마(일본어로 '번개'라는 뜻) 박사'라 불린 아마추어 발명가가 있었다. 그가 덴키브란을 흉내내려 실험을 거듭해 우연히 발명한 것이 '덴구브란'이다. 끝내주는 맛은 말로 다 할 수가 없고, 취하면 덴구가 되어 하늘을 나는 듯하다고 하여 그런 이름이 붙었다. 한편, 그것은 덴키브란을 의도하여 만들다 실패한 가짜라고 하여 '가짜 덴키브란'이라는 통칭으로 알려져 있다. 덴구브란은 현재도 교토 어딘가에서 비밀리에 제조되어 밤이면 밤마다 거리에 반입된다. 특히 오늘 같은 요이야마 전후, 축제의 기척이 드러날 때는 덴구브란의 유통량도 방대해진다고 한다.

"덴구브란, 어떤 맛일까."

그녀는 손을 뻗다 말고 "안 돼, 안 돼." 하고 도리질 쳤다. "뭐 하는 거야. 일하는 중에 술 따위 마실 수는 없지. 이러다 탐정이랑 똑같아지고 말겠어."

곧이어 담뱃가게 할머니가 차가운 라무네(유리구슬 마개가 있는 청량음료)를 들고 올라왔다.

"덥지? 이거 마시게나."

차가운 라무네가 몸 구석구석까지 스며들었다. "오장육부에 스민다는 건 이런 느낌일까!" 하고 그녀가 말하자 "아가씨는 어려운 말을 쓰네."라며 할머니가 말했다. 다마가와는 풍경 소리에 귀를 기울이면서 꿀꺽꿀꺽 소리 내며 라무네를 마시고는 달콤하고 상큼한 향기가 나는 한숨을 토해 냈다.

"저는 어째서 이렇게 길을 헤매는 걸까요?"

"요이야마 탓이지. 신기한 일이 일어나는 법이거든."

"어릴 적에도 미아가 된 적이 있어요. 그래서 요이야마가 싫어요."

아무래도 어릴 적 일이라 자신의 기억과 나중에 아버지에게 들은 이야기의 경계가 애매하다.

아버지와 요이야마를 보러 가서 미아가 된 적이 있었다. 한참 동안 자신이 어디에서 무엇을 했는지 확실한 것은 알 수 없다. 즐거운 추억이었다는 막연한 감촉만 있을 뿐이다.

"아가씨도 미아가 됐었어?"라며 할머니가 미소 지었다. "나도 헤맨 적이 있지. 그 뒤로는 무서워서 요이야마에는 안 가. 특히 밤이 되면 말이지."

"맞아요. 밤이 되면 더 엄청나죠. 그러니까 이렇게 샛길로

빠질 때가 아닌데……. 아, 할머니랑 이야기하고 싶지 않은
건 아니에요."

"또 길을 헤매면 언제든 들러요."

"고맙습니다. 아무리 그래도 세 번째는 없을 거예요."

"하지만 두 번 있는 일은 세 번 있다고 하니까."

다마가와는 라무네 병을 무릎 사이에 끼고 기운 없이 고
개를 떨어뜨렸다.

"……힘내자."

다마가와가 담뱃가게를 나올 때 시계는 이미 오후 네 시
를 지나고 있었다. 담뱃가게의 어둠 속에서 고양이를 안은
할머니가 손을 흔들었다. 그때 다마가와는 담뱃가게 선반에
늘어선 담배들 사이에 고풍스러운 상표가 붙은 작은 술병을
발견했다. 상표에는 '덴구브란'이라고 적혀 있었다.

•••

다마가와가 담뱃가게를 뒤로하고 반 시간쯤 흐른 뒤에 일
어난 일이다.

야나기코지를 비틀비틀 걷는 검은 그림자가 있었다. 폼포
코 가면이다.

폼포코 가면은 지칠 대로 지쳤다.

시모가모 유스이장에서 간신히 도망친 뒤에도 폼포코 가면은 가는 곳곳에서 쫓겼다. 시모가모 신사에서 노는 아이들은 경보기를 누르며 그를 뒤쫓고, 데마치 상점가는 들르지조차 못하고, 택시는 승차 거부당했다. 가모강 주변에 있는 카페의 어두운 문에서, 오래된 채소가게의 깊숙한 처마 밑에서, 교토호텔 오쿠라의 로비에서, 교토시청 뒷문에서, 잇따라 추격자가 뛰쳐나왔다.

초반에는 폼포코 가면도 공격하는 상대를 붙잡고 자신을 쫓는 이유를 추궁하려 했다. 그러나 다들 도리어 뻔뻔하게 나오고, 삐치고, 울음을 터뜨렸다. 사실은 폼포코 가면의 팬이라고 호소하고, 명령받았을 뿐이라며 변명한다. 어디에서 명령을 받았는지 연락망이 복잡해서 본인들조차 알지 못했다. 명령받은 조직이 다시 명령하거나, 협력을 요청하거나, 명령이 합쳐졌다가 나눠지고 심하면 같은 명령이 빙글빙글 한곳에서 돌고 있었다. 아무리 추궁해도 결말이 나지 않았다.

자신이 가는 곳마다 그토록 호의로 가득했던 도시가 적의로 가득한 도시로 변모해 간다. 사사건건 신고당하던 밑바닥 시절 악몽의 재래. 이제 도망치는 것 말고 다른 수는 없다.

그리하여 야나기코지에 도착한 것이다.

폼포코 가면은 야나기코지에 면한 건물 벽에 달라붙어 앞뒤를 살피고, 추격자의 기척에 귀를 기울였다. 아케이드의 스피커에서 흐르는 기온 음악이 기분 나쁘게 들린다.

"아야야야야……."

폼포코 가면은 어깨를 돌리며 신음했다. 견갑골 주변이 삐걱삐걱 욱신거려서, 당장에라도 악마의 날개가 솟아날 것 같았다. 목과 어깨는 긴장으로 굳었고 살짝 현기증 기운이 있었다.

"온천 가고 싶다……."

폼포코 가면은 좋아하는 기타시라카와의 라듐 온천을 머릿속에 떠올렸다. 탕화가 낀 타일 감촉, 온천수가 흐르는 소리, 뒤쪽에 바싹 붙어 있는 숲에서 들리는 매미 소리를 떠올리면 숨 막힘과 긴장이 풀어진다.

어째서 자신이 이런 꼴을 당해야 하는 건가. 사람들을 위해 애쓴 자신이!

분노가 부글부글 끓어올랐다. 내면의 게으름뱅이가 "이제 지긋지긋해. 지금 당장 온천에 가자!"고 외쳤다. 게으름 피우고 싶다, 게으름 피우고 싶다, 게으름 피우고 싶다…….

습격한 놈들 중에는 한때 자신이 도왔던 이들도 적지 않았다. 은혜도 모르는 놈들. 그런 놈들을 위해 뼈를 깎을 필요가 있는 것인가. 이것이 삶의 보람이라고? 이것이 삶의 보람이라고 자신을 설득하고 있었을 뿐 아닌가. 도망쳐 버리면 그만이잖아! 당장 때려치우고 기타시라카와 라듐 온천에서 빈둥대자!

폼포코 가면은 내면의 게으름뱅이에게 일갈했다.

"닥치지 못하겠느냐!"

게으름을 피울까보냐. 여기서 도망치면 버릇이 된다. 한 번 도망치면 끝장이다. 그런 인간은 많이 보았다. 이 몸은 한 번 결정하면 해내는 남자였고, 앞으로도 그러하다. 네놈은 이제 그만 입을 다물어라, 이 내면의 게으름뱅이 녀석. 지금이 분발할 때다. 태세를 정비하고 어째서 자신이 쫓기는 신세가 되었는지 뒤에서 조종하는 흑막을 밝혀 내야 한다. 주말 안에 해결할 것이다. 그 뒤로는 고와다에게 달렸다. 고와다가 뒤를 이어주기만 한다면 자신은 안심하고 은퇴할 수 있다. 그렇기에 그를 열심히 설득해 오지 않았나.

"어차피 물려줄 생각은 없는 거지?"라고 내면의 게으름뱅이가 예리하게 말했다.

"그러니까 그를 고른 거지?"

폼포코 가면은 흠칫하다가 으르렁거리듯이 중얼거렸다.
……게으름뱅이 녀석, 네놈이 뭘 아느냐!

그러자 그의 내면의 게으름뱅이는 조소했다.

"당연히 알지. 나는 너다."

그때 야나기코지 쪽 담뱃가게 이 층에서 "폼포코 가면 씨, 폼포코 가면 씨." 하는 상냥한 목소리가 들렸다. 올려다보니 살짝 들어 올린 발 틈으로 담뱃가게 할머니가 손짓했다.

"잠깐 들어오시려우?"

내면의 게으름뱅이는 "관둬, 관둬."라고 말했다.

"어차피 대단한 용건도 아니라니까. 달마 오뚝이를 다시 진열해 달라는 것처럼 시시한 부탁일걸. 게다가…… 어쩌면 덫일지도 모른다고."

"아니다. 이 몸은 가겠다."

"정말로 참, 어이가 없네."

내면의 게으름뱅이는 입을 다물었다.

폼포코 가면은 담뱃가게에 발을 들였다.

●●●

"올라오시우."

이 층에서 목소리가 들렸다.

폼포코 가면은 주의하면서 계단을 올라가자 두 평 남짓한 좁은 방이 나왔다. 불이 켜지지 않은 방은 어둑하다. 창문에 친 발 틈으로 저무는 햇살이 어른댔다. 창문 곁에 할머니가 무릎을 꿇고 바르게 앉아 있었다. 할머니 옆에는 보온병과 컵이 놓인 쟁반과 빨간 달마 오뚝이가 놓여 있었다.

할머니는 미소를 짓고 고상하게 고개를 숙였다.

폼포코 가면은 오른손을 내밀면서 물었다.

"무슨 일이 있습니까? 곤경에 처한 사람을 돕는 것이……."

"곤란한 일은 없어. 일전에 손자가 도움을 받았지. 기억나 시우?"

그 말에 기억이 되살아났다. 아직 폼포코 가면으로 활동을 시작한 지 반년도 지나지 않은 무렵의 일이다. 산조대교 기슭에서 미아가 되어 우는 아이와 미아를 찾으며 허둥대는 할머니를 발견하고, 다급히 두 사람을 만나게 해 주었다. 손자는 폼포코 가면 차림을 보고 경계했지만, 할머니랑 다시 만나자마자 "고맙습니다!"라며 펄쩍펄쩍 뛰면서 괴인의 망토를 잡아끌었다. 할머니는 눈물을 흘리며 감사했다. 그 선행을 목격한 많은 사람 덕에 폼포코 가면의 평가가 눈에 띄게 올라가게 되었다.

"……그때는 제대로 인사도 못 해서."

"이 몸은 남을 돕는 것이 일이니 신경 쓰지 마시오."

자, 보았는가. 이처럼 이전의 선행을 기억해 준 사람도 분명히 있다! 폼포코 가면은 그렇게 외치고 싶은 심정이었다. 할머니는 다다미에 놓은 쟁반에 손을 뻗었다. 보온병에서 유리잔으로 보리차를 부었다.

"더웠지요. 자, 이거 마셔요."

"환대해 주는 것은 고맙지만······."

"알지. 쫓기고 있지요?"

할머니가 폼포코 가면 앞으로 보리차를 내밀면서 차분한 목소리로 말했다.

폼포코 가면은 놀랐다.

"어떻게 그것을 아시는지?"

할머니는 손에 쥔 달마 오뚝이를 무릎 위에 놓고 애지중지하듯이 쓰다듬었다.

"내 담뱃가게를 하고 있다만, 덴구브란 판매도 직접 하고 있지요."

"덴구브란?"

"다들 아는 비밀의 술. 이 술을 누가 가져오는지 아시우?"

그러더니 할머니는 '덴구브란 유통기구'에 대해 이야기했다.

덴구브란 유통기구란 교토 시내 모처에 있는 공장에서 제조된 환상의 술 덴구브란의 유통을 한 손에 장악하고 있는 단체다. 모두가 아는 비밀의 술 공급을 자유롭게 조종할 수 있다는 것은 절대적인 영향력을 지녔다는 뜻이다. 조직의 정점에서 지휘하는 총지배인은 '5대'라 불린다. 유통기구의 지배인은 소문에 따르면 신바시 거리에서 가게를 하는 골동품상이라던가. 풍모는 알파카를 쏙 빼닮았다고 한다.

"5대에게서 명령이 떨어졌지."

할머니는 말했다.

5대가 내린 수상한 명령은 덴구브란 유통기구를 통해 말단 판매점인 담뱃가게 할머니한테까지 도달했다. 그들은 눈에 불을 켜고 폼포코 가면을 찾고 있다. 요 며칠 자신들만으로는 감당이 안 된다 싶었는지 복잡하게 뒤얽힌 마을 조직까지 불러들여 포위망을 더욱 넓혔다. 5대는 초조해하고 있다. 현재는 교토 시내의 모든 공중목욕탕, 모든 고서점, 모든 이발소, 모든 카페, 모든 정식집, 모든 상점가 그리고 교토시청과 상공회의소, 신사와 사찰 일부 세력, 각 야마호코 보존회에 이르기까지 포위망을 넓혔다.

할머니는 달마 오뚜이를 쓰다듬으며 말했다.

"솔직히 말씀드리면 나도 덴구브란 유통기구의 일원이지."

폼포코 가면은 벌떡 일어나 한 발자국 떨어졌다.

방이 한층 어두워진 것 같았다.

"이 몸을 잡으려는 건가?"

할머니는 미소 짓고 발 틈으로 밑을 살폈다. 그 시선 끝에는 야나기코지가 있고 하치베묘진의 작은 사당이 있다. "당신은 하치베묘진 님의 사자입니다." 하고 할머니는 말했다.

"그리고 손자의 은인. 어찌하여 그럴 수가 있을까요?"

"하치베묘진……."

폼포코 가면은 중얼거렸다.

처음 야나기코지에서 헤매다가 그 작은 사당을 발견했을 때, 자신이 '하치베묘진'의 이름을 사칭하게 될 줄은 꿈도 꾸지 않았다. 지금도 하치베묘진의 이름을 판 것을 면목 없게 생각한다. 하다못해 속죄의 의미로 아침 프로토콜에 하치베묘진 참배를 집어넣어 정성껏 기도드리고 있다. 주말 아침에 "멋대로 이름을 써서 죄송합니다." 하고 고개를 숙일 때마다 그의 머릿속에는 털북숭이 신이 대굴대굴 구르며 "괜찮아! 괜찮아! 신경 쓰지 마!"라고 말해 주었다.

폼포코 가면은 할머니에게 말했다.

"그렇고 말고. 이 몸은 하치베묘진의 사자……."

"부디 한동안 숨어 있어요. 설령 행실은 바르더라도 흐름에 거스르면 망가지지. 자기 행동이 정당하다고 우쭐하지 말고 흐름이 바뀔 때까지 참아요."

마치 어머니 같은 말이라고 폼포코 가면은 생각했다.

그때 살찐 고양이 한 마리가 방을 가로질러 오더니 할머니 무릎 위로 올라갔다. "오오, 착하지 착해." 하고 할머니가 고양이 머리를 쓰다듬자 그 뚱뚱한 고양이는 고롱고롱 기묘한 소리를 냈다. 할머니는 고양이와 달마 오뚝이를 무릎 위에 얹고 "이걸로 됐다."며 만족스러운 얼굴을 했다.

"이 소동이 잦아들 때까지 저는 모습을 감추기로 하지요."

"잠깐만. 아직 온통 모르는 일투성이……."

"안녕히, 폼포코 가면. 응원하는 사람이 있다는 걸 부디 잊지 말아요."

할머니는 뚱뚱한 고양이를 끌어안고 훌쩍 일어나고서는 무릎에 있던 오뚝이를 폼포코 가면 눈앞으로 굴렸다. 문득 달마 오뚝이가 풍선처럼 부풀어 빵 하고 소리 내며 터지더니 연기가 자욱하게 피어올라 폼포코 가면의 시야를 가로막았다.

그리고 연기가 걷혔을 때, 할머니와 고양이 모습은 홀연히 사라졌다.

···

   폼포코 가면은 계단을 내려갔다. 담뱃가게에 인기척은 없다.

   폼포코 가면은 망토를 벗고 땀으로 구깃구깃해진 너구리 가면을 벗었다. 가발을 벗자 땀에 젖은 대머리가 번뜩였다. 담뱃가게 점포에서 바깥으로 나오자 심하게 어지러웠다. 파도에 흔들리는 배 갑판처럼 지면이 천천히 왼쪽으로 기운다. 폼포코 가면은 담뱃가게 유리문을 손으로 짚었다.

   "일단 비밀기지로 철수하자."

   그러나 비밀기지로 돌아가도 쉬고 있을 수만은 없다. 일은 산더미처럼 쌓여 있다. 활동 일지를 써야 하고, 오려 낸 신문 기사를 스크랩해야 한다. 호신용 무기인 '무척 고약한 향'을 만들어야 한다. 찢어진 망토도 기워야 한다. 그에게 최첨단 과학병기를 갖춘 비밀기지는 없다. 배트모빌처럼 멋진 이동수단도 없다. 그런 호들갑스러운 물건을 가진다고 해서 무슨 도움이 되겠는가. 폼포코 가면은 지나가는 사람에게 친절을 베풀 뿐인 옹색한 괴인이었다. 위험한 악의 조직과 싸울 필요는 없었다. 오늘까지는.

   폼포코 가면은 비밀기지로 돌아가려 했지만 발은 한 걸

음도 움직일 수 없었다. 하는 수 없이 담뱃가게 앞에 주저앉았다.

야나기코지 한 귀퉁이는 한발 먼저 땅거미가 찾아온 것처럼 어둑어둑했다. 양쪽 처마에 가려진 하늘은 복숭앗빛으로 물들었고, 이제 곧 가로등이 켜지기 시작할 때이다. 바로 눈앞에 작은 하치베묘진 사당이 있고 도자기로 된 너구리들이 어스름한 어둠 속에 웅크리고 있다.

주머니에서 부스럭 소리가 난다. 꺼내 보니 편지였다. 까맣게 잊고 있었지만, 시모가모 유스이장에서 궁지에 몰렸을 때 구해 준 남녀에게 받은 편지다. 그는 미소를 짓고 문장을 읽었다. 말미에는 '온다·모모키'라고 사인이 있었다.

"부하에게 팬레터를 받을 줄이야."

폼포코 가면은 손수건으로 빡빡머리의 땀을 닦고 주머니에서 꺼낸 색안경을 썼다. 그 중머리와 색안경 때문에 자신이 악의 조직 대간부처럼 보인다는 것은 알고 있었다.

"그건 그렇고 대체 이 무슨 주말인가."

폼포코 가면은 천천히 한숨을 쉬었다. 몸이 몹시 무겁다. 자신의 것이 아닌 것만 같다. 그러나 이런 괴로움은 여태까지 몇 번이고 극복했다. 튼튼한 점을 궁지로 삼고 온갖 난국에 맞서며, 나약한 자들을 쫓아내고, 다른 사람은 내지 못할 성과를 내온 자신이 아닌가. 여기서 쓰러질까 보냐. 피로의 허점을 찔러 주겠다. 나는 비법을 알고 있다.

"쉬는 게 아닙니다. 이건 쉬는 게 아니야."

고토 소장은 힘없이 눈을 감았다.

"……나는 싸울 준비를 하는 겁니다."

$$\cdots$$

초등학생 때 미아가 된 이후로 다마가와는 요이야마를 가까이하지 않았다.

그 이후로 다마가와가 요이야마에 발을 들인 건 바로 작년 일이다. 우라모토 탐정 사무소에서 아르바이트를 막 시작하고 얼마 되지 않아서였다. 곰팡이가 잔뜩 슨 비옷을 소파 밑에서 발견하고 비명을 지르거나, 텅 빈 바이올린 케이스를 발견해 우라모토 탐정에게 달라고 조르거나 하는 사이 시간이 흘러 어느덧 기온 음악이 들리는 시기가 되었다. 사무실 계단을 내려가 무로마치 거리로 나가자 기온 음악이 들렸고, 그곳은 요이야마가 한창이었다.

"설마 이 나이에 미아는 되지 않겠지."

그건 착각이었다. 가도 가도 요이야마의 번잡함 밖으로 나가지 못한 채 "이대로 밤을 새우는 수밖에 없다."며 민가 처마 밑에 쪼그려 앉아 빨간 물통을 바라보고 있을 때, 괴인이 나타났다.

일 년 전, 괴인은 거의 무명의 존재였고, 사람들에게 마구 신고당하던 시절이었다. 당연하다. 장난 같은 너구리 가면에 시대착오적인 구제고등학교의 검은 망토 차림을 한 괴인이었으니 말이다. 그러나 그날 밤 거리는 요이야마의 열기에 뒤덮여 평소보다 괴인에게 관대했다.

"아가씨, 곤경에 처했나?"

괴인이 물었다.

"어머나, 멋진 너구리 가면! 그 가면은 어디에서 팔아요?"

"이 가면은 직접 만든 거야, 아가씨."

"어이없어!"

"그리 말하지 마시게. 이 몸은 사람을 돕는 괴인이다."

"정말로? 길을 잃었는데 도와줄래요?"

그러자 괴인은 몸을 굽혀 오른손을 뻗었다.

"곤경에 처했다면 이 몸의 손을 잡아라."

다마가와가 손을 뻗자 괴인은 그 손을 잡고 그녀를 일으켰다. 꼭 외국인처럼 커다란 손이었다.

괴인은 앞장서 걷고 그녀는 검은 망토를 잡고 걸었다. "저

게 뭐야?"라는 숙덕거림이 들렸지만 다마가와는 부끄러워할
여유도 없을 만큼 지쳐 있었다.

이내 요이야마가 끝나는 곳까지 이르렀고 폼포코 가면은
지하철 가라스마선의 계단으로 된 입구를 가리키며 "조심해
서 돌아가라."고 말했다.

다음 주말, 우라모토 탐정 사무소에 가서 다마가와가 그날
밤 있었던 일을 이야기하자 우라모토 탐정은 "그게 뭐야!"라
고 자지러지게 웃어서 다마가와를 크게 분노케 했지만, 그때
두 사람은 아직 알지 못했다. 다마가와가 만난 괴인이 바로
'폼포코 가면'으로, 당대를 풍미하게 될 줄은.

그리고 지금, 저물어가는 거리를 걸으면서 다마가와는 생
각했다.

'폼포코 가면, 어디 있어요? 지금이야말로 도움이 필요한
때라고요, 여러모로!'

담뱃가게 할머니의 재수 없는 예언대로 야나기코지에 세
번째로 돌아왔을 때, 다마가와는 한참 망연히 서 있기만 했
다. 좁디좁은 골목에는 빠르게 땅거미가 졌다. 마침 그때 어
딘가의 시원한 카페에서 차가운 커피를 마시는 듯한 우라모
토 탐정에게 전화가 왔다.

"어차피 돌아올 거면 여기에 있을 걸 그랬어요."

다마가와가 한탄하자 우라모토 탐정은 "어쩔 수 없지."라며 위로했다.

"헤매야 할 때에 헤매는 것도 재능이네."

"그 재능이 어디에 도움이 되죠? 제 모험은 어디 있나요?"

"산책했다고 생각하면 되잖아. 아, 그렇지. 모처럼 야나기 코지에 있으니까 담뱃가게 이 층을 정리하고 오겠어?"

"네? 이제 잠복은 끝이에요?"

"이제 슬슬 때가 됐잖아?"

"하지만…… 하지만…… 아직 사건은……."

"잘 부탁하네!"

우라모토 탐정은 그렇게 말하고 전화를 끊었다.

다마가와는 휴대전화를 노려보고 "정말로, 참." 하고 투덜거렸다.

그때 그녀는 담뱃가게 앞에 웅크리고 있는 한 남자를 발견했다. 남자는 무릎을 세워 앉아 있고, 대머리가 어둠 속에서 흐릿하게 빛났다. 박력 있는 대머리는 잊으라고 해도 잊을 수 있는 존재가 아니다. 오늘 아침 스마트카페에서 고와다와 이야기를 나누던 인물이다. 온다 선배가 '귀재'라 부른 연구소 소장. 그건 그렇고 '오늘 아침'이 어쩜 이리 아득하게 느껴질까.

다마가와는 "괜찮으세요?" 하고 물었다.

소장은 움찔 어깨를 떨고 고개를 천천히 들었다. 무시무시한 풍모와는 달리 정중한 말투로 말했다.

"이거 죄송합니다. 놀라게 해서 면목이 없군요."

"아프신 것 같은데요."

"신경 쓰실 정도는 아닙니다. 잠깐 쉬고 있을 뿐이에요."

'그리 보이지는 않는데……' 하고 다마가와는 생각했다. 기진맥진한 것처럼 보인다. 나도 녹초가 되었지만 이 사람은 적게 어림잡아도 열 배는 지쳐 있다. 무슨 일을 하면 이렇게 지치지.

소장은 무릎을 두드리며 말했다.

"그럼 슬슬 가겠습니다."

"일어날 수 있어요?"

"일어날 수 있죠."

그러나 소장은 후우후우 하고 숨을 들이쉬기만 할 뿐 꿈쩍도 하지 않았다.

다마가와가 "상당히 지치신 것 같네요."라고 말하자 소장은 쓴웃음을 지으며 고개를 가로저었다.

다마가와는 손을 내밀었다.

소장은 주저하며 "아니, 그런."이라며 중얼거렸다.

"곤경에 처하셨죠?"

"⋯⋯곤경에 처한 사람을 돕는 것이 아가씨의 일인가요?"

그러더니 소장은 오른손을 내밀어 그녀의 손을 잡았다. 외국인처럼 커다란 손이었다. 소장이 몸을 움직이자 우득우득 소리가 났다. 그는 일어났지만 한동안 담뱃가게 유리문에 손을 짚고 가만히 있었다. 발치를 확인하는 듯한 몸짓이었다.

"고맙습니다. 기운이 마구 납니다."

전혀 기운이 난 것 같지 않다.

그때 그녀의 탐정적 직관이 '이 남자다!'라고 속삭였다.

이 남자를 붙들어야 한다. ⋯⋯그러나 무슨 까닭이 있어 이 남자를 붙들어야 한단 말인가?

다마가와가 망설이는 사이에 소장은 "그럼 길을 서두르는 중이라⋯⋯."라고 인사했다. 그는 하치베묘진을 향해 가볍게 합장하고 나서 비틀비틀 걸어간다. 담뱃가게 앞에 검은 천으로 싼 짐이 남아 있었다. 다마가와가 "놓고 가셨어요."라고 말하자 그는 허둥지둥 돌아와서 그녀가 주우려 한 물건을 옆에서 낚아챘다. 그러고는 가슴에 끌어안고 "고맙습니다." 하고 연이어 말했다.

"죄송합니다."

"정말로 괜찮으세요?"

"괜찮습니다. 혼자서도 괜찮습니다. 혼자서……."

소장은 색안경 너머로 그녀를 바라보았다. 노려보는 듯한 눈초리였다. 그가 색안경을 쓰는 이유는 그 날카로운 안광을 감추기 위해서인지도 모른다.

소장이 떠난 뒤, 그녀는 담뱃가게 앞에 쭈그려 앉았다.

"더는 못 걷겠어. 이제 무리야."

마치 소장의 양어깨를 뒤덮었던 피로가 자신에게 옮겨 온 것 같았다.

다마가와는 눈앞의 하치베묘진을 멍하니 바라보았다. 그러고 보니 조금 전 소장은 하치베묘진에게 합장했다. 이렇게 작은 신이라도 여러 사람이 참배하러 온다. 우라모토 탐정은 '폼포코 가면은 하치베묘진의 사자니까 하치베묘진을 감시해 보자.' 같은 소리를 했지만, 이럴 줄 알았다. 그런 엉터리 추측이 잘될 리가 없다. 지역민뿐만 아니라 너구리와는 인연도 관계도 없어 보이는 무섭게 생긴 소장까지 참배는 하니까. 그런 사람조차…….

"잠깐만!"

다마가와는 벌떡 일어나 가공의 누군가에게 말했다.

"지금 생각 중이야. 방해하지 마."

오른손을 쥐었다 폈다 하며 조금 전 소장을 도와 일으켰을 때의 감촉을 반추했다.

다마가와는 외국인처럼 커다란 손의 감촉을 기억했다. 누군가의 손과 비슷하다. 아무 남자하고나 손을 잡은 적은 없으니까 그 기억은 한정되어 있다. 어디에서 잡았을까.

마침내 그녀의 머릿속에 일 년 전 요이야마 광경이 떠올랐다. 손을 내밀어 준 사람은 누구였던가.

"곤경에 처했다면 이 몸의 손을 잡아라."

괴인은 말했다.

• • •

대어를 놓친 사실을 깨달았을 때 다마가와의 절망이란 자세히 이야기하기도 꺼려질 지경이다. 필자도 동정을 금치 못한다. 놓친 모험은 크게 느껴지는 법이다.

소장은 이미 북적이는 거리로 자취를 감추어 이제 와 쫓을 수도 없었다.

"이럴 수가!"

다마가와는 한동안 일어날 생각도 하지 못하고 담뱃가게 앞에서 고개를 축 늘어뜨렸다. 몸은 땀으로 끈적거린다. 오물을 가득 담은 물풍선이 된 것 같은 기분이었다. 그러는 사이에도 저녁 하늘 빛깔은 시시각각 바뀌어 거리는 밤의 축제 속에 잠겨 간다. 기온 축제의 요이야마가 시작된다. 어릴 적에 미아가 되었고, 하필이면 작년에도 미아가 되어 괴인의 신세를 졌다. 그 요이야마가 찾아온다.

어딘가에서 시원한 바람이 불었다.

다마가와는 갑자기 불안해졌다. 여름 해 질 녘에 홀로 집을 지키는 아이 같다. 다다미 위에서 졸다가 문득 눈을 떠 보면 혼자 남겨져 있고는 했다. 자신은 어디에 있는 걸까. 어릴 때는 그런 기분이 들 때가 많았다. 이렇게 쓰면 다마가와는 "다시 말해 나는 전혀 성장하지 않았다는 말인가요?"라며 필자에게 시비조가 될지도 모르겠다. "물론 내가 야나기코지에 있다는 것쯤은 알아요!"라고 할 테지.

"하지만 다른 장소에 갈 수 없다면, 여기가 야나기코지라는 걸 안다고 해서 뭐가 달라지죠. 어디에도 갈 수 없다면 지금 있는 곳이 야나기코지든 몽파르나스 언덕이든 관계없잖아. 헤매야 할 때 헤매는 것도 재능이라고 해도 헤매야 할 때를 모른다면 의미가 없잖아!"

다마가와는 완전히 심통이 났다.

"하치베 님, 하치베 님!"

다마가와는 땅거미에 젖어 들어가는 도자기 너구리들을

불렀다. 너구리들은 그녀의 비탄 따위 개의치 않고 태평하게 허공을 보고 웃고 있다. 천진난만한 너구리들은 "신경 쓰지마! 신경 쓰지 마! 작은 일이잖아! 마음에 털을 좀 더 북슬북슬하게 길러 봐!"라고 말하는 것 같았다.

너구리들을 바라보는 사이에 다마가와의 초조함은 가라앉았다.

"그래, 힘내자."

그녀는 주말 탐정이다. 일이 있다. 거대한 사냥감을 놓쳤다고 맥을 놓을 때가 아니다. 먼저 담뱃가게 이 층을 비워야한다.

"아무튼 정리할 수 있는 것부터 해치우자."

그녀는 담뱃가게를 들여다보았다.

불은 꺼져 있고 할머니 모습도 보이지 않는다.

다마가와는 유리문을 열고 "실례합니다." 하고 말했다. 가게에서 올라간 안쪽은 캄캄했다. 바로 오른쪽에 계단이 있고 이 층의 좁은 방으로 이어진다.

안쪽 어둠에서 시원한 바람이 불어 들어 그녀의 땀에 젖은 볼을 어루만졌다. 그 바람에는 신비한 향기가 섞여 있다. 기분 나쁜 공작 털이 장식되어 있던 오래된 서양식 방의 냄새, 동아리 동료가 살던 기타시라카와 시부세초에 있는 공동주택 신발장 냄새, 어머니의 경대 주변에 감돌던 냄새, 기분 전환을 위해 가끔 산책에 나서는 근처 절의 본당 냄새.

신기하게도 그 어둠 안쪽에서 기온 음악이 한층 더 크게 들렸다.

"할머니, 안 계세요?"

다마가와는 불안해져서 외쳤다. 대답이 없다.

"우라모토 탐정 사무소의 다마가와예요."

안쪽으로 나아가려던 순간 다마가와는 균형을 잃었다. 바닥에 발이 닿지 않았다. 시커먼 구멍이 뚫려 있었다.

다마가와는 비명을 지를 새도 없이 떨어졌다.

* * *

다마가와가 떨어진 구멍 바닥에는 푹신푹신한 것이 쌓여 있었다. 주변에는 신기한 냄새가 가득하다. 아무것도 보이지 않으니까 냄새가 한층 더 코를 찌르는지도 모르겠다. 다마가와는 자신을 받아 준 부드러운 물체를 손으로 더듬었다. 작고 두껍고 네모나고 표면이 서늘하다.

"······방석?"

눈이 어둠에 익자 어딘가에서 새어 들어오는 빛이 느껴졌다. 이렇게나 많은 방석을 보기는 처음이다. 몸을 조금 움직이자 방석 바닥으로 푹푹 가라앉는다. 어째서 담뱃가게 안쪽이 이런 방석 세계로 이어졌을까.

어떻게든 기어 나오려고 버둥대다가 방석의 바다에 떠서 태평하게도 새근새근 잠든 남자를 발견했다.

다마가와는 그 남자의 얼굴을 들여다보았다.

"이런 곳에 있었어……."

그녀는 어이가 없었다.

평온하게 자는 남자의 얼굴을 보는 사이에 다마가와의 뱃속에서 불끈불끈 끓어오르는 것이 있었다. 이 중요한 토요일을 꼬박 허탕 쳤다는 분노와, 장대한 허비를 만회할 기회를 눈앞에 두고 놓쳐 버렸다는 절망과, 눈앞에서 도망친 기회를 어떻게든 되찾겠다는 불굴의 투지였다.

다마가와는 방석을 붙잡고 게으름뱅이의 얼굴을 퍽퍽 때리면서 외쳤다.

"고와다 씨! 일어나!"

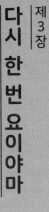

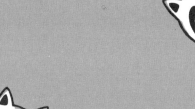

'요이야마'란 기온 축제 행사 중 하나이다.

여름 해가 저물면 축제용 제등을 밝힌 야마와 호코가 각 마을 안에 우뚝 치솟고, 시조가라스마의 오피스가에는 징과 피리 소리가 울려 퍼지고, 마계의 빛 같은 것이 거리를 가득 채운다. 초여름 풍물시로 꼽히는 이 광경을 여러분도 뉴스 영상에서 본 적이 있을지도 모른다.

필자는 대학교 이 학년 때 처음 요이야마 구경을 갔다.

친구와 둘이서 갔는데 놀랍게도 우리는 둘 다 '야마호코'를 몰랐다. 야마호코란 오랜 역사 이야기를 현란한 장식으로 꾸민 축제용 장식 수레이다. 요이야마의 밤이 되면 야마호코 앞에 수없이 줄지은 축제용 제등을 매달아 모든 것을 몽상적인 빛으로 감싼다.

야마호코는 기온 축제의 상징이다. 그럼에도 우리는 기온 야사카 신사에서 참배만 하고 "딱히 재미있는 것도 없네."라며 지레짐작하고서는 야마호코도 보지 않고 돌아가 버렸다. 멍청한 것에도 정도가 있다.

그런 주제에 해마다 구경을 간다.

···

작년에도 필자는 요이야마를 구경하러 갔다.

지하철 가라스마선 오이케역에서 내려 지상으로 나가자 하늘은 맑은 쪽빛이었다. 가라스마 거리에서는 교통 통제가 시작되었고, 노점 불빛이 바닥을 빛냈다. 셀 수 없이 많은 노점 행렬 너머에 교토타워가 보이고, 축축한 저녁 바람이 탄소스 향기를 실어 왔다.

필자는 가라스마 거리에서 서쪽으로 들어가 무로마치 거리를 남쪽으로 걸어가 보았다.

'구로누시 야마'라는 야마호코를 지나친 부근에서 오른편에 오 층짜리 잡거빌딩을 발견했다. 낡은 콘크리트의 멋없는 건물이다. 일 층 이발소 앞에 늘어선 노점에서 철판이 치이익 치이익 소리를 내고, 평상에는 유카타 차림 구경꾼들이 앉아 있다.

우라모토 탐정 사무소는 그 건물 삼 층에 있고, 거리에 면한 창문으로는 불빛이 새어 나왔다. 요이야마 불빛과 열기가 거리를 삼켜도 우라모토 탐정은 여전히 '때가 무르익는' 상황을 멀리서 구경하며 사무실에서 빈둥거리고 있는 모양이다. 갑자기 필자는 이발소 옆에 있는 좁은 계단을 올라가 탐정 사무소를 방문하고 싶어졌다. 요이야마의 번잡함을 피해 낡은 소파에 벌렁 누워 덴구브란이라도 한잔하면서 '폼포코 가면 사건'의 전말에 대해 우라모토 씨에게 상담하고 싶다. 그러나 그는 세계에서 가장 게으른 탐정으로 유명하다. '최선을 다하지 않고 천명을 기다린다.' 같은 말에 현혹되었다가는 애초에 제때 마감을 못 한다.

"안 돼, 안 돼. 그건 곤란해."

필자는 등을 구부리고 다시 요이야마의 소란 속을 홀로 걸었다.

곧 시조가라스마 교차점이 나왔다. 시조가라스마란 시조 거리와 가라스마 거리가 교차하는 교차점이다.

북동쪽의 교토 미쓰이 빌딩, 북서쪽의 어반넷 시조가라스마 빌딩, 남서쪽 시조가라스마 빌딩, 남동쪽 교토 다이야 빌딩이 하늘을 지탱하는 기둥처럼 서 있다. 동서남북 어느 쪽으로 가더라도 광활한 빌딩가의 계곡을 관광객들이 오가고, 노점 전구 불빛이 밤 밑바닥을 빛낸다. 동쪽에는 언월도 호코, 서쪽에는 함곡 호코와 달 호코가 우뚝 솟아 있고 엄청난 군중이 뒤섞이고 기온 음악이 울려 퍼진다.

여기서 하늘은 땅에 가까워지고 시간의 흐름은 멈춘다. 이곳을 '시조가라스마 대교차점'이라 경의를 담아 부르도록 하겠다.

대교차점 한가운데에서 사흘 밤낮 드러누워 있으면 텐구가 되는 계단을 오를 수 있다는 소문이 자자했다. 교차점이란 그토록 신비롭다. 그리고 이 대교차점이야말로 이야기가 끝나는 지점이며 새로운 이야기가 시작되는 지점이다.

"그걸 안다면 얼른 이야기를 진행해. 우리는 바쁘니까!"

그렇게 말씀하시는 분도 계실지 모르겠다. 잠깐 기다려 달라. 그렇게 서둘러서 어딜 가겠는가. 애초에 그렇게 급했다면 이런 문장을 읽지 말아야 하지 않겠는가?

아무튼 주인공인 고와다와 다시 만나야 한다.

우리의 밤은 그곳에서 시작된다.

• • •

그때 고와다는 초등학교 시절 여름방학 같은 세계에서 빈둥대고 있었다.

고와다는 혼자다. 빨간 유카타를 입은 소녀는 키득키득 웃으면서 어딘가로 가 버렸다. 고와다는 다다미 위에 누워 어항 속에서 하늘하늘 헤엄치는 금붕어를 바라보았다. 발 너머로 해가 저무는 마을에서는 멀리 축제 소리가 들린다. 무한하게 느껴지는 여름방학이 눈앞에 펼쳐져 있고, 시간은 쓸어 담아 버릴 만큼 많다. 찬탈당한 황금의 나날을 되찾아 고와다는 기분이 좋았다.

그러나 여름방학을 중단시키려는 사악한 인간의 목소리가 들렸다.

"고와다 씨! 고와다 씨! 일어나요! 일어나!"

세상모르게 잠들었는데 누가 들들 볶아 깨우는 것만큼 괴로운 일은 없다. 어째서 자신이 이런 일을 당해야 하는 건가, 그렇게까지 해서 기상해야 하는 인생이란 대체 무엇인가. 내면의 게으름뱅이가 격분한다. 당신, 무슨 권리로 잠자는 사자를 깨우려 하는 거지?

한동안 자신이 어디에 있는지 알 수 없었다.

"드디어 일어났나 보네요."

그런 목소리가 들렸다. 올려다보니 방석의 산을 밟고 우뚝 서 있는 그림자가 보였다. 고와다는 하품을 했다.

"어라, 다마가와 씨? 안녕하세요."

"이런 곳에서 뭘 하고 있는 거예요?"

"소위 말하는 낮잠이란 것이지."

"아무리 깨워도 일어나지 않던걸요. 죽은 줄 알았어요."

"나는 돌처럼 자거든. ……그런데 지금은 몇 시지?"

"이제 곧 날이 저물어요."

"한나절이나 잤나. 어쩐지 기분이 상쾌하더라, 아하하."

"그럼 줄곧 여기서 잔 건가요? 어이없어서 말도 안 나와!"

다마가와가 분노로 목소리를 떨자 고와다는 방석 위에 책상다리를 하고 앉아 뜻밖이라고 대꾸하는 것처럼 그녀를 올려다보았다.

"다마가와 씨, 오늘은 휴일이야. 나에게는 자유롭게 늘어져 있을 권리가 있어. 내가 줄곧 여기에 있던 덕분에 당신에게 편의를 도모했다고 볼 수 있지. 미행하기도 편했겠지?"

다마가와는 "고와다 씨가 이런 곳에서 자는 줄 저는 몰랐는걸요!" 하고 분노를 고스란히 드러내며 날뛰었다.

"고와다 씨가 지장보살처럼 방석에 파묻혀 있는 동안에 제가 얼마나 거리를 빙글빙글 돌아다녔는지 아세요?"

"그렇게 화내지 마. 아무튼 여기서 나가자고."

고와다는 방석더미에서 뛰어내려 어두운 광 안을 걸어갔다. 광의 문은 단단히 닫혀 있어서 밀어도 당겨도 꿈쩍하지 않았다. 누가 바깥에서 잠근 모양이다. 천장 근처 작은 구멍에서 빛이 새어 나왔지만 그런 곳으로는 마술사나 장어 정도나 탈출할 수 있다.

"당신은 어디로 들어온 거야?"

고와다가 팔짱을 끼고 있자 다마가와는 서랍장을 밀어젖히고 어둠 안쪽으로 나아가면서 "고와다 씨, 이쪽이에요."라고 말했다.

　"그런 어두운 곳으로 들어가는 건 사양하겠어."

　"맛있는 냄새가 나요. 샛길이 있지 않을까요."

　광 안쪽은 어두웠고 코앞으로 손을 가져가도 보이지 않을 정도였다.

・・・

　"고와다 씨, 이쪽이라니까요."

　"이쪽이라고 해도 하나도 안 보여. 기다려 봐."

　"이 부분만 바닥 높이가 달라요. 조심하세요."

　"너무 캄캄해. 그만두자."

　"꺅! 뭔가가 얼굴에! 얼굴에 뭔가가!"

　"진정해. 거미줄이야."

　"정말로 거미줄인가요? 꼭 해먹 같은 탄력이었는데요."

　"음, 그거 기분 나쁠 정도로 커다란 거미줄이로군."

　"그만해요, 상상하게 하지 마요."

　"틀림없이 털게처럼 커다란 거미가 그 안쪽에……."

"그만하라고 했잖아요!"

"이 캄캄한 어둠 속에서는 괴수가 있어도 안 보여."

"기요미즈데라 안을 순례하는 것 같네요."

"……다마가와 씨, 돌아간다는 선택지는 없을까?"

"그런 어려운 말 하지 말아요."

"왔던 길을 돌아가면 그만이잖아."

"진짜, 정말로, 그 말에는 신물이 나요. 제 사전에 '되돌아간다.'는 말은 없습니다. 오늘 제가 돌아갔다 손해를 얼마나 봤는지 아세요?"

"흐흥, 알았다. 당신은 방향치로군."

"앗!"

"왜 그러지?"

"……아무것도 아니에요."

"아무것도 아닌 게 아니잖아?"

"고개를 숙이세요. 여기에 뭔가 삐죽삐죽한 게 있어요."

"당신 표현은 너무 추상적이야."

"……아, 봐요! 바람이 불어요! 좋은 냄새가 나죠. 느껴져요?"

"오호라. 이건 요이야마 냄새야."

"제가 옳았죠? 빠져나갈 구멍이 있어요!"

"오코노미야키랑 다코야키랑 카스테라 냄새를 베이스로 닭꼬치와 사과 사탕 냄새가 조금 나네. 배가 고프군. 이곳을 나가면 노점에서 뭔가 먹자."

"국수를 그렇게 많이 먹어 놓고는……."

"그것도 한나절 전 일이라……. 내가 자는 동안에 무슨 재미난 일 없었어?"

"폼포코 가면을 노리는 사람들이 나타났어요. 드디어 엄청난 모험이 시작될 때가 왔는데 저는 버림받았어요. 전부 고와다 씨 책임이에요."

"뭐랑 뭐가 내 책임이라고?"

"후계자로서 조금 더 책임감을 가지세요. 하지만 이렇게 고와다 씨를 다시 붙잡았으니 아직 기회가 있는 거겠죠. 이번에는 놓치지 않겠어요. 폼포코 가면 1호가 악의 조직과 싸우는데 폼포코 가면 2호가 멀리서 구경만 한다니 이상해요. 분명히 고와다 씨도 이 모험에 휘말릴 거예요."

"불길한 예언은 그만두지."

"탐정의 직관이 속삭여요. 이제 저도 엄청난 모험에 휘말려 우라모토 탐정 사무소는 유명해지고……. 아, 안 돼. 상상만으로도 좋아서 코피를 쏟을 것 같아."

"당신이 무엇을 목표로 움직이는지 알 수 없어졌어. 폼포코 가면 따위 어떻게 되든 상관없어 보이는데? 불순한 동기가 있는 것 같군."

"불에 날아드는 벌레라고 하잖아요."

"무슨 소리야?"

"벌레는 불길을 향해 뛰어들죠. 저는 모험을 향해 뛰어드는 겁니다."

• • •

모험을 향해 뛰어드는 주말 탐정이 기어 나온 곳은 신마치 거리의 야마호코 '북관음 야마' 밑이었다.

다마가와에 이어 고와다가 기어 나왔을 때, 그는 자신의 바로 위로 야마호코를 보았다. 저무는 쪽빛 하늘에 수많은 제등이 빛났다. 어둠에 익은 눈에는 눈에 부실 지경이다.

"이상한 곳으로 나왔어."

"고와다 씨, 먼지투성이예요."

"다마가와 씨도 마찬가지야."

울타리 바깥에서 야마호코를 촬영하던 관광객이 놀라서 그들을 바라본다.

고와다와 다마가와는 야마호코 보존회 사람들에게 들키지

않도록 울타리를 넘어 요이야마의 혼잡함 속에 뒤섞여 걸었다. 데신 병원 전기 간판이 어스름 속에 빛나고 좁은 거리에는 노점이 늘어섰다. 야마호코에 올라가기 위해 대기하는 행렬이 늘어서고 관광객이 끊임없이 이어진다. 오래된 민가 처마 앞에서 사다리에 오른 노인이 '고신토(御神燈)'라 적힌 제등을 매달고 있다. 아스팔트의 남은 열기, 사람들의 체온, 노점의 달군 철판이 시원해야 할 저녁 바람을 열풍으로 바꾸었다. 광 안쪽과는 딴판으로 뜨거운 탕 속 같은 더위였다.

"우리는 어디에 있는 거죠?"

"저 야마호코에는 '북관음 야마'라고 적혀 있어."

고와다는 돌아보며 가리켰다.

좁은 길을 가로막듯이 밝은 빛이 가득했다. 쌓아 올린 야마호코는 거리의 전선보다도 드높이 솟아 있다. 세로로 줄지은 제등 행렬이 여러 겹 드리워 야마호코를 빛냈다. 지붕에는 푸른 소나무 가지가 꽂혀 있다.

다마가와는 고와다의 팔을 잡았다.

"우라모토 탐정 사무소까지 데려가 주실래요? 주소는 명함에 적혀 있어요."

"그렇게 멀지 않잖아?"

"여기서 두고 가면 저는 또 야나기코지로 돌아가 버릴 거예요. 놓치지 않겠어요."

그렇게 말하자마자 다마가와는 손수건을 꺼내 자신의 손목과 고와다의 손목을 묶었다.

"떨어지면 두 번 다시 만나지 못한다고 생각하세요."

"알았어, 알았다고. 호들갑스럽긴."

고와다는 다마가와를 데리고 우라모토 탐정 사무소를 향해 걸음을 뗐다.

이름 모를 사거리에서는 어디를 향하든 관광객과 노점 불빛밖에 보이지 않는다.

고와다는 교통정리를 하던 경찰에게 길을 물었다. 경찰은 고와다에게 길을 가르쳐 주면서 다마가와의 얼굴을 보고 "어!" 하며 알은척했다. "세 번째네요."라고 경찰관은 말했다. 다마가와는 얼굴을 붉히며 "신세를 졌어요."라고 말했다.

"어라, 아는 사이?"

고와다가 묻자 다마가와는 "몇 번 길을 가르쳐 주셨어요." 라며 애매한 대답을 했다. 경찰관은 다마가와와 고와다를 묶은 손수건을 흘끔 보고 살짝 미심쩍은 표정을 지었지만 "아는 사람이랑 함께라면 괜찮겠죠."라고 말했다.

그들은 구경꾼으로 가득한 무로마치 거리를 북쪽으로 걸어갔다. 좁은 길 양쪽에 노점이 북적이며 거리 바닥이 황금빛으로 빛난다. '대중 유희장' 간판을 건 비비탄 사격장, 제비뽑기, 빙수, 금붕어 건지기, 카스테라, 통오이 절임, 히로시마야키, 솜사탕과 달고나, 다코야키, 야키소바, 닭꼬치, 하시마키(오코노미야키를 나무젓가락에 말아 구운 길거리 음식), 얌체공 건지기……. 뭔가를 굽는 철판에서 피어오르는 연기가 알전구의 불빛 속에 소용돌이 쳤고, 맛있는 냄새가 뜨거운 바람을 타고 실려 왔다.

"좋은 냄새가 나."

"고와다 씨, 샛길로 새지 마세요."

"이걸 참으라니 인권침해도 정도가 있지."

어느 노점의 가스버너에서 피어오르는 열기 너머에 다부진 체격의 중년 남자가 서 있다. 티셔츠를 땀으로 적시고 머리에는 수건을 둘렀다. 포장마차 텐트에는 '닭꼬치'라고 적혀 있다. 고와다가 검술 시합을 신청하듯이 "하나."라고 말하자 중년 남자는 말없이 고개를 끄덕였다. 이내 건넨 꼬치에 꽂은 고기는 아직 뜨거운 기름이 치익치익 소리를 내고, 감칠맛이 나는 정체 모를 가루가 듬뿍 뿌려져 있었다. 암시장 물건 같은 그 거친 모습이 한층 식욕을 자극했다.

고와다가 닭고기를 씹으면서 옆을 보니 다마가와도 이미 악마의 길에 떨어져 보석 같은 사과 사탕을 날름날름 핥고 있고, 얼굴 옆에는 어느새 울트라맨 가면을 달고 있다. "고와다 씨, 놀 때가 아니에요."라며 그녀는 말했다.

"댁도 만끽하고 있잖아. 그런 가면까지 사고."

"이건 업무에 쓸 수 있을 것 같았어요. 변장할 때라든가."

그때 고와다의 눈앞에 빨간 유카타를 입은 여자아이들이 팔랑팔랑 지나갔다. 화사하기 그지없건만 소녀들 주변만 쥐 죽은 듯이 고요하게 느껴졌다. 마지막에 지나간 한 명이 고와다를 흘끔 보았다. 본 적이 있는 얼굴 같았다.

•••

고와다가 우라모토 탐정 사무소를 찾아냈을 때, 다마가와는 도무지 믿을 수 없었다. 고와다가 "여기지?" 하고 말해도 사과 사탕을 씹으면서 어리둥절했다.

잡거빌딩 일 층에 있는 이발소 앞에는 노점이 늘어섰고 평상이 나와 있었다. 관광객들이 쉬면서 다코야키며 빙수를 먹고 있다. 불을 끄고 커튼을 친 이발소 앞에는 '고신토'라 적힌 제등이 빛났다. 고와다는 다마가와를 잡아끌고 노점 사이를 지나 건물 계단 입구까지 가서 우편함을 가리켰다.

"자, 여기를 봐. '우라모토 탐정 사무소'라고 적혀 있지?"

"오호라."라고 다마가와가 중얼거렸다.

"둔갑하려면 둔갑할 수 있는 거였구나."

"그러니까 길을 헤매는 거야."

"우습게 보지 말아 주실래요? 요이야마 탓이에요."

우라모토 탐정 사무소는 그 건물 삼 층에 있다. 한 층에는 방이 세 개 있고, 우라모토 탐정 사무소는 가장 앞쪽에 있었다. 옆은 법무사 사무실이고 가장 안쪽은 공실인 듯하다.

"여기예요."

다마가와가 사무실 문을 열자 어둑한 실내에는 여름 열기가 괴어 있었다.

약한 형광등 불빛이 여섯 평 정도 되는 공간을 비추었다.

싸구려 파티션 너머에 고물상에서 헐값으로 팔 듯한 합성 가죽의 긴 소파가 테이블을 끼고 마주 놓여 있다. 그 옆에 작은 나무 의자가 두 개, 서류 파일과 잡서로 가득한 서가, 싸구려 간이침대, 그 틈에 놓인 텔레비전, 뭐가 들어 있는지 모르겠는 상자더미가 있었고 블라인드는 햇볕에 바래 색이 변했다. 사무 책상은 위고 아래고 서류와 책에 파묻혀 책상으로서 기능을 잃었다. 주간지와 탐정소설이 뒤섞여 있는데, 그것이 '탐정'이라는 업무를 위한 자료인지 그저 의뢰인을 기다리는 동안 시간을 때우기 위한 도구인지 확실치 않다. 마치 남을 비웃는 듯한 너구리 모양 도자기, 정체 모를 달마 오 뚝이 더미, 타이어가 펑크 난 자전거……. 더러운 개수대에는 빈 컵라면 용기와 마시다 남은 페트병이 쌓여 있다. 천의무 봉의 한심함이다. 자신의 사무실조차 정리하지 못하는 탐정 이 사건을 정리할 수 있을까. 그렇게 생각하는 의뢰인이 있 어도 이상하지 않다.

"멋진 곳이잖아. 마음이 편안해져."

"어디가요? 쓰레기장 같아요. 이상한 냄새도 나고!"

다마가와는 개수대 위에 있던 탈취 스프레이를 들고 여기 저기 뿌리며 돌아다녔다. 어찌나 꼼꼼한지 고와다한테까지 뿌릴 기세다.

"하기야 이 사무실을 보면 의뢰인은 걱정하겠지."

"애초에 이 정도로 기가 죽을 사람은 의뢰하러 오지 않지 만요."

"좀 치우지."

"이것도 꽤 치운 거니까요. 바닥이 보이는 것만으로도 다 행이에요. 이대로는 쓰레기에 묻혀 죽겠다 싶어서 저를 아르 바이트로 고용한 거예요. 그런데 치우자마자 옆에서 탐정이 엉망으로 만들어 버리죠. 지금은 두 사람의 힘이 맞버티고 있으니까 이 정도로 끝나는 거라고요."

"그렇군. 우라모토 탐정이라는 인물은 대단한 사람이구나."

"대단한 게으름뱅이에요."

다마가와는 자신과 고와다를 연결한 손수건을 풀고 화장실에 다녀오겠다며 나갔다.

고와다는 땀범벅이 된 셔츠를 벗고 차가운 수돗물에 수건을 적셨다. 수건으로 몸을 문지르는 사이에 건포마찰을 하는 초등학생 같은 건강한 힘이 샘솟았다. 허리를 파르르 흔들면서 "어기영차! 저기영차!" 하고 말하자 점점 더 유쾌해졌다.

개운해지자 고와다는 셔츠를 입고 소파에 앉아 남은 닭꼬치를 먹었다. 소파 옆에는 크고 작은 갖가지 달마 오뚝이가 쌓여 있다. 조금 전까지 왁자지껄 떠들던 녀석들이 고와다와 다마가와가 들어온 것을 알아채고 입을 꾹 다문 것 같은 기척이 넘쳐났다.

"어이, 너희들."

고와다는 달마 오뚝이에게 말을 걸었다.

"그런 곳에서 뭘 그리 심각한 얼굴을 하고 있어. 오늘은 축제의 날이다."

그때 다마가와가 돌아와서 "달마 오뚝이랑 무슨 얘기를 하고 있어요?"라고 젖은 수건을 펄럭이며 물었다. 개수대 옆에 있는 작은 냉장고를 열고 "캔맥주 님, 캔맥주 님, 어서 오십시오." 하고 중얼거리면서 우라모토 탐정의 사유재산임 직한 캔맥주를 두 캔 꺼냈다. 아령처럼 양손에 들고 와서 소파 앞 테이블에 놓았다.

"다마가와 씨, 갑자기 기분이 좋아졌네."

"일단 무사히 탐정 사무소로 돌아왔고, 땀을 닦아 개운해졌고, 무엇보다 고와다 씨의 신병을 확보했으니까요."

"범인을 잡은 것처럼 말하지 마."

"고와다 씨는 폼포코 가면과 연결된 중요한 실마리인걸요. 아직 모험의 기회는 있다는 거죠."

"이만하면 모험은 충분히 했어."

"무슨 나약한 소리를. 이제부터! 이제부터라고요!"

고와다는 캔맥주를 땄다. 다마가와도 땄다. 두 사람은 꿀꺽꿀꺽 목을 축이며 맥주를 마시고 고와다는 "맛나구나!"라고 달마 오뚝이들에게 말했다.

"그렇지만 토요일이 거의 끝나 버렸어. 이대로 멍하니 있다가는 월요일이 오겠군."

"고와다 씨는 무슨 일을 하세요?"

"식품 보존에 이용하는 신소재 연구를 하고 있어."

"그게 뭐야, 엄청 정상적이잖아요."

"저는 지극히 정상적입니다. 이봐요, 대체 무슨 말을 하는 거야!"

"하지만 소장도, 온다 씨도, 고와다 씨도 하나같이 이상한 사람인걸요."

"다마가와 씨가 날마다 아무렇게나 막 쓰는 일용품도 말이지, 나나 온다 선배 같은 뛰어난 인물이 실장과 소장에게 쥐어 짜이면서 꾸준히 연구한 성과를 이용한 거야. 숨은 공로자지. 고맙게 여겨 줘. 그리고 사 주셔서 감사합니다."

"예, 예, 미처 알아 뵙지 못했습니다."

"그렇긴 하지만 나는 아직 말단이야. 측정 장치 사용법과 업무 절차를 파악하고, 온다 선배에게 칭찬받고 싱글벙글한다거나 연구소 안에서 발표를 하는 정도지. 하찮은 일뿐이야. 흠, 만약 내가 출세한다면 주휴 오일제를 억지로 도입해서 회사가 망하겠지."

"출세할 걱정은 없는 거 아닌가요."

∙∙∙

무로마치 거리에 면한 사무실 창문에는 축제 불빛이 아물거렸다. 그 너머에는 철판에서 피어오르는 연기와 관광객의 열기가 자욱하게 소용돌이 치고 알전구와 축제 제등의 불빛이 가득할 것이다.

고와다는 길거리에서 들리는 요이야마의 소란에 귀를 기울이며 한동안 멍하니 있었다.

문득 정신이 들어 주변을 살피자 다마가와는 한 손에 맥주 캔을 들고 바닥에 털썩 앉아 테이블에 편지지를 펼치고 다소곳이 글을 쓰고 있다. 고와다가 들여다보자 다마가와는 편지지를 양손으로 숨겼다.

"남의 편지를 훔쳐보다니! 무례하군요."

"폼포코 가면에게 보내는 팬레터야?"

"맞아요."

"그 정도로 좋아한다면 정체를 폭로하는 건 그만두지."

"모순된 일이란 건 알아요. 하지만 일인걸요."

다마가와는 새치름한 얼굴로 편지를 마저 다 쓰고 봉투에 넣었다. 그리고 하품하는 고와다를 눈치 빠르게 발견하고 "아직도 졸려요?" 하고 물었다. "잠자려는 의지만 있으면 나는 언제든 잘 수 있어."라고 고와다는 대답했다.

"그딴 광 안에서 잘도 한나절이나 잤군요."

"덕분에 별스러운 꿈을 꿨어."

고와다는 남쪽 섬의 바캉스, 이다선의 기차 여행 그리고 초등학교 시절 여름방학의 묘미에 대해 이야기했다. 온다 선배와는 다른 방법으로 고와다는 주말을 충실히 보냈다.

다마가와가 "고와다 씨는 꿈속에서도 게으름뱅이로군요."
라고 말했다.

"남쪽 섬에서 바캉스를 즐기고, 한가로이 열차를 타고, 초
등학교 시절 여름방학을 보내다니 맨 놀기만 했네요."

"꿈속 정도는 게으름 부려도 되잖아. 원래 우리는 게으름
을 부리기 위해 자는 거야."

"잘 때가 아니에요. 저는 현실 세계에서 열심히 활약하고
싶다고요. 안 자고 안 쉬고 일해 주마!"

다마가와는 대학교 삼 학년이다. 앞으로 시작되는 여름방
학에는 우라모토 탐정 사무소에서 종횡무진 활약할 작정이
라고 굳은 결의를 이야기했다. 이 사무실도 구석구석 깨끗하
게 치우고 안건 파일 관리 시스템을 확립하고 이상야릇한 사
건에도 모조리 참견하며 모험을 하겠다고 한다. 참으로 놀라
운 기백이다.

"오늘부터 활약하려고 했는데 한나절을 헛되이 썼어요."

"다시 말해 너는 게으름을 피운 거로군?"

"게으름 피우지 않았어요! 정말로 필사적이었다고요."

"목적지로 곧장 가지 못해서 우회한 거구나. 그건 그냥 '한
눈팔기' 아닐까."

"얄미운 소리를 하는군요."

다마가와는 조금 머뭇거리다 작은 목소리로 변명하듯이 말했다.

"……우라모토 탐정은 헤매도 된다고 했어요. 헤매야 할 때는 헤매는 것도 재능이래요."

"그쪽 고용인은 멋진 말을 하는구나."

"저 그런 위로는 싫어해요. 너의 고생은 절대로 헛되지 않았다. 그런 말요. 안이해! 쓸데없는 건 쓸데없는……."

다마가와는 퍼뜩 어떤 중요한 점에 생각이 미친 모양이었다. 폐 가득 들이마신 공기가 빠진 것처럼 시들해졌다. 그러더니 완전히 다른 빛이 눈동자에 돌았다. 덤벼들 듯한 기세는 사라졌다.

"……우라모토 탐정은 명탐정은 아니지만 아마 천재일 거예요."

"흥미로운 사람이네. 나랑 마음이 맞을 것 같아."

"……하지만 정말로 아무것도 하지 않는 사람이에요! 정말 얄미워."

"다마가와 씨도 아무것도 하지 않았잖아?"

"좀 조용히 해 주실래요? 그 건은 끝났어요!"

다마가와는 캔맥주를 다 마시고 "사라졌어." 하고 중얼거렸다. 그녀의 얼굴은 술기운으로 불그레했다. 그녀가 "이봐, 술을 가져와!"라고 해서 고와다는 냉장고로 걸어가 캔맥주를 가져왔다. 캔맥주를 받아들자 다마가와는 기뻐하며 씩 웃었다.

"다마가와 씨는 대학을 졸업하면 명탐정이 될 생각이야?"

"그럴 리 없잖아요. ……어떻게 해야 할까요."

"나에게 상담해도 쓸모없는 이야기밖에 안 하겠지."

"걱정하지 마세요. 고와다 씨에게 인생 상담할 마음은 없습니다."

"다마가와 씨는 내 위대함을 알아차리지 못했으니까."

"자신이 위대하지 않을 가능성은 고려하지 않는군요. 하지만 고와다 씨 일하는 거 재미있어 보여요. 온다 씨처럼 좋은 선배도 있고."

"나는 사랑받으니까."

"그런 소리를 잘도 뻔뻔하게 말하는군요!"

"연구소에서는 나에게 마른오징어 같다고 해. '별것 없지만 씹으면 씹을수록 맛이 나오는 남자'지. 너나 할 것 없이 나를 좋아해."

그런 이야기를 하는 사이에 마법처럼 포도주병과 잔 두 개가 테이블 위에 나와 있었다. 다마가와는 포도주의 코르크

마개를 따고 잔에 쪼르륵 소리까지 내며 따랐다. 어둑한 형광등 불빛 아래에서 포도주의 붉은빛이 선명했다. 문득 고와다는 요이야마를 가로질러 가던 빨간 유카타 소녀들을 떠올렸다. 그와 동시에 빨간 풍선이 와르르 하늘을 나는 광경이 머릿속을 스쳤다.

"꼭 허공에 떠 있는 것 같아."

고와다가 중얼거렸다.

"무슨 얘기예요?"

"바깥에서는 축제를 하고 있는데 우리는 그 한가운데에서 널브러져 술을 마시고 있지."

"이 게으름뱅이!"

"말해 두지만 다마가와 씨도 동류인걸."

그리고 그들은 포도주가 든 잔으로 건배했다.

"우리 내면의 게으름뱅이에게."

고와다는 말했다.

• • •

다마가와는 숭고한 예언을 하는 부족의 장로처럼 수건 재질 이불을 어깨에 걸쳤다. 그녀는 포도주를 마시고 잔을 형광등에 비추며 선명한 붉은빛을 응시했다. 고요한 탐정 사무소에서는 오래된 에어컨 소리와 창밖으로 요이야마의 떠들썩함만이 희미하게 들린다.

고와다는 꾸벅꾸벅 졸았다.

"졸려요?"라며 다마가와가 들뜬 말투로 물었다.

"자 버리는 거예요?"

"자려고 마음먹으면 언제든 잘 수 있어. 의지의 문제지."

"무슨 나약한 소리를 하는 거예요. 조금 더 마시자고요. 아하하."

"다마가와 씨, 이상한 술버릇이 있구나."

"곰곰이 생각하면 이상한 하루였구나 싶어서 괜히 유쾌해졌어요."

"그거 잘됐군."

"쿨쿨 자도 괜찮아요. 나는 혼자서 마실 거야."

"잘 모르는 남자 앞에서 만취하는 건 좋지 않아."

"어디가 취했죠? 저는 냉정하고도 침착함 그 자체예요. 우후후."

고와다는 일어나 소파 옆 선반에 빼곡하게 늘어선 달마 오뚝이들을 바라보았다. 커다란 달마 오뚝이도 작은 달마 오뚝이도 다들 하나같이 괴팍한 얼굴을 하고 있다. 현란한 빨간색이 불타오르는 듯하다. 소프트볼만 한 크기의 작은 달마 오뚝이를 들어 보았다. 양쪽 눈이 까맣게 칠해져 있다(눈동자를 칠하지 않은 달마 오뚝이에 소원을 빌면서 한쪽 눈을 칠하고, 그 소원이 이루어졌을 때 나머지 한쪽 눈을 칠하는 일본 풍습이 있다). 그 등에는 작은 종이가 붙어 있고 '구약감자 가짜 유족 사건'이라는 메모와 의뢰일과 해결일이 적혀 있었다.

"사건 의뢰가 있으면 달마 오뚝이를 준비해 한쪽 눈을 그려 넣어요. 사건이 해결되면 또 다른 한쪽 눈을 칠하죠. 만약 사건이 해결된 뒤에 의뢰인이 원하면 추억 삼아 드려요. 우라모토 탐정 사무소 서비스, 달마 오뚝이 수사법입니다."

"이만큼 많다는 건 실적이 제법 있다는 얘기군."

"의뢰인도 이 실적더미를 보며 안심하는 거죠."라며 다마가와는 키득키득 웃는다.

"제 아이디어예요!

유난히 커다란 달마 오뚝이 하나가 고와다에게 윙크한 것 같았다. 고와다는 그것을 안아 들었다. 등에는 '폼포코 가면 사건'이라고 적혀 있고 의뢰일은 이 주 정도 전이다. 고와다는 어린아이를 안듯이 그 달마 오뚝이를 들고 소파로 돌아와 무릎 위에 놓고 탁탁 때렸다.

"오뚝이를 가지고 놀지 마세요."

다마가와가 말했다.

"이 달마 오뚝이에 다른 한쪽 눈을 그려 넣을 가망은 보여?"

그러자 다마가와는 씩 웃었다. 그녀는 거드름을 피우듯이 와인을 마시고 잔을 내려놓고서 소파에 몸을 깊이 묻었다. 그러고는 런던의 유명한 명탐정처럼 양손 손가락을 모았다.

"역시 고와다 씨 역할이 중요해요."

"그럴까. 나는 세상 전반에서 비교적 중요하지 않은 인물이라고 생각하는데."

"어쩌다 폼포코 가면을 만났는지 가르쳐 주세요!"

고와다는 온다 선배와 우류산에 갔던 이야기를 했다. 다마가와는 와인을 마시면서 귀담아들었다. 이야기를 마쳤을 무렵 다마가와의 눈은 한층 더 생생하게 빛났다.

"이상해! 우연히 산에서 만나 그 자리에서 후계자를 결정하다니 이상하지 않아요?"

"이상하고말고. 폼포코 가면은 내가 얼마나 게으름뱅이인지 모르는 거야."

그러자 다마가와는 기다렸다는 듯이 외쳤다.

"그렇지 않아, 왓슨!"

"뭐야, 뭐야."

다마가와가 "술을 마시면 머리 회전이 장난 아니야…….

나, 천재일지도."라며 중얼중얼 말했다.

"틀려요. 폼포코 가면은 고와다 씨를 알고 있어요."

그리고 그녀는 바이올린 케이스를 열고 너구리와 달마 오뚝이 스티커를 더덕더덕 붙인 두꺼운 노트를 꺼냈다. 손때가 묻은 빨간 노트에는 폼포코 가면의 활약을 보도한 신문기사 스크랩, 하치베묘진의 역사, 폼포코 가면에게 보낼 팬레터 초안부터 털북숭이 너구리를 향한 애정 어린 말 따위가 적혀 있다. 그녀는 페이지를 넘기며 요일별로 만든 그래프를 가리켰다.

"폼포코 가면이 활약하는 시간대와 요일을 기록해 봤어요. 평일에는 기본적으로 밤이 많죠? 낮에는 거의 모습을 보이지 않아요. 폼포코 가면의 활약이 가장 두드러지는 날은 금요일 밤이고요. 그리고 주말과 휴일은 아침부터 밤까지 골고루 활약해요. 이걸로 폼포코 가면은 직장인이고 여가를 이용해 활동한다는 점을 알 수 있죠. 고와다 씨 이야기를 듣고 생각해 보면 폼포코 가면은 이전부터 고와다 씨를 잘 알고 있었어요. 즉……."

"동료 아니면 친구?"

"무간 국수 가게에 폼포코 가면이 나타났을 때, 온다 씨와 모모키 씨는 그 자리에 계셨어요. 그러니까 온다 씨도 아니고 모모키 씨도 아니에요. 하지만 저는 그 사람을 만난 적이 있는 것 같아요."

그녀는 의미심장한 침묵을 두었다.

잠시 뒤 고와다는 흠칫 놀랐다.

"설마 소장인가?"

"그래요. 그게 제 추리예요."

"다마가와 씨! 다마가와 씨! 아무리 그래도 그건 아니야."

"사실은 광 안에서 고와다 씨와 만나기 전에 야나기코지에서 소장인 듯한 사람과 만났어요. 그 까까머리를 잘못 볼리가 없어요. 축 늘어져 주저앉아 있기에 도와줬죠. 소장의 손을 잡았을 때 느꼈어요. 사실은 이전에 저는 폼포코 가면에게 도움을 받은 적이 있거든요. 그 손 감촉은 잊을 수 없어요. 외국인처럼 커다란 손에 엄청 든든했다고요……."

"그러나 그것만으로는 증거가 불충분해."

"당연히 그렇죠."라고 말하며 다마가와는 노점에서 산 울트라맨 가면을 썼다.

"제대로 확인하려 가면을 벗기는 수밖에 방법이 없어요."

고와다는 무심결에 중얼거렸다.

"……소장은 그런 바보 같은 짓은 하지 않아."

"폼포코 가면이 된다는 게 그렇게 바보 같은 짓인가요?"

소장이 폼포코 가면이라니, 고와다는 도저히 상상이 되지 않았다. 그러나 인간은 무언가에 내몰려 울분이 쌓이면 스스로도 깜짝 놀랄 이상한 짓을 저지르곤 하는 생물이다. 다마가와에게 지적받고 나서야 회식 중간에 빠져나가는 소장의 버릇, 수수께끼 베일에 싸인 휴일 행적과 사는 곳, 오늘 아침 스마트카페에서 소장과 나눈 대화 하나하나…… 기억들이 감춰졌던 의미를 속삭이기 시작한다.

고와다가 "하지만…… 어째서 나지?"라며 물었다.

"만약 폼포코 가면이 소장이라면 내가 얼마나 게으름뱅이인지 알 거야. 나만큼 뒤를 잇지 않을 것 같은 인간은 또 없다고."

"그러게요."

"어째서 하필이면 나 같은 게으름뱅이를?"

"사실은 아무에게도 물려주고 싶지 않은 걸지도 모르겠다는 생각을 했어요."

그 말을 계기로 생긴 침묵을 깬 것은 다마가와의 휴대전화였다. 그녀는 전화를 받고 "어라! 우라모토 탐정! 저는 무사히 사무실까지 돌아왔어요!"라며 뽐냈다. 조금 떠들더니 다마가와의 미간에 주름이 생겼다.

"금방 가겠습니다."

다마가와는 전화를 끊더니 "정말로 참!" 하고 투덜거리며 일어났다. 그러더니 고와다의 팔을 잡아끌었고 고와다가 "뭔데, 뭔데." 하며 물었다.

"우라모토 탐정은 옥상에 있답니다. 덴구브란을 마시고 있대요!"

· · ·

고와다와 다마가와는 좁은 계단을 통해 옥상으로 나갔다.

이미 날은 저물었다. 옥상은 휑한 곳이었다. 실외기와 물탱크와 안테나가 거리의 불빛을 배경으로 시커멓게 드러났다. 그곳에 덴구 같은 것들이 마구 날뛸 듯한 옥상 세계가 펼쳐졌다.

"덴구가 되어 하늘을 날 수 있을 것 같군."

실외기에서 내뿜는 뜨거운 바람을 등으로 맞으며 고와다는 밤거리를 둘러보았다. 다마가와가 "우라모토 탐정!" 하고 외치며 옥상을 향해 걸어갔다.

"여어, 다마가와 양. 용케 사무실로 돌아왔군. 장하다, 장해."

태평한 목소리가 응답했다.

"놀리지 말아 주실래요?"

횅한 옥상 한가운데에 파라솔과 등나무 의자가 놓여 있다. 화려한 무늬의 셔츠를 입은 남자가 그곳에 누워서 빈둥대고 있었다. 테이블에는 술병과 잔이 놓여 있다. 등나무 의자 밑에 아이용 비닐풀이 놓여 있고 작은 집배를 띄웠다. 탐정은 바짓단을 걷어붙여 털 많은 정강이를 드러내고 비닐풀 물에 발을 담갔다. 요이야마 밤인데 탐정 홀로 남국 해변에 있는 것 같다.

고와다가 다가가자 우라모토 탐정은 등나무 의자에 앉은 채 인사했다.

"처음 뵙겠습니다. 고와다 씨로군요."

"당신이 우라모토 탐정이군요."

"보시는 바와 같이 세계에서 가장 게으른 탐정이죠."

그때 우라모토 탐정 주머니에서 휴대전화 벨소리가 들렸다. 탐정은 귀찮은 듯이 전화를 꺼내 이름을 흘끔 확인하더니 다시 주머니에 쑤셔 넣는다. 다마가와는 테이블의 술병을 들었다. 상표에는 덴구브란이라는 글자가 보였다. 그녀는 분노했다.

"이런 곳에서 술이나 마시고!"

"그렇게 화내지 말게."

"결국 탐정은 아무것도 돕지 않았어요."

"갈 수 있으면 가겠다고 했지? 갈 수 없었으니 가지 않은 거야."

"여기서 태평하게 술을 마시고 계셨잖아요!"

"아름다운 조수여, 곰곰이 생각해 보게. 자네는 무사히 사무실로 돌아왔어. 사건의 중요참고인도 확보했어. 그리고 나는 여기에서 보고를 받고 있지. 모든 것이 잘되고 있네. 어디에 문제가 있다는 거지?"

"정말로 참!"

발을 구르는 다마가와와 반대로 우라모토 탐정은 여유로웠다.

다마가와는 여태껏 있었던 일을 설명하고 우라모토 탐정은 유쾌한 음악이라도 듣는 양 귀를 기울였다. 다마가와가 '폼포코 가면은 고토 소장'이라는 가설을 얘기하자 태평한 탐정은 고와다를 향해 "당신, 다마가와 양의 추리를 어떻게 생각합니까?"라고 물었다.

"글쎄요. 그런 건 본인에게 물어보지 않으면 모르죠."

"정론이군요. 정론이야."

다시 우라모토 탐정의 전화가 울렸다. 그가 주머니에서 전화를 꺼냈을 때, 빈틈을 타 다마가와가 빼앗으려 했다. 우라모토 탐정은 게으름뱅이에 어울리지 않는 재빠른 몸짓으로 피하며 씩 미소 지었다.

다마가와가 날카로운 목소리로 "역시! 의뢰인 전화군요?"
하고 말했다.

"그렇군."

"호출이죠?"

"지금은 때가 무르익기를 기다리는 참이야. 언젠가 모든
것이 있어야 할 자리에 안착하지. 타이밍을 지켜보며 확인하
는 것이 중요해. 우리의 이익과도 관련 있지. 여기서 의뢰인
에게 쓸데없는 소리를 하면 타이밍 재기가 어려워지네."

우라모토 탐정은 웃으며 말을 계속했다.

"아아, 일 따위는 됐고 일단 마시자고. 오늘은 축제의 날
이다."

"맞아, 다마가와 씨. 마시자, 마시자."

고와다도 말했다.

다마가와는 울컥한 얼굴로 들고 있던 포도주병을 테이블
에 내려놓았다.

"센스가 있어."

우라모토 탐정이 나직하게 말하더니 테이블 위에 잔을 세
개 나란히 놓고 덴구브란을 조금씩 따르고는 그 위에 포도주
를 따랐다. 각각의 잔은 마치 붉은 제등 같은 신비로운 빛을

발산했다.

다마가와는 홀짝홀짝 마시면서 투덜거렸다.

"또 사건에 버림받겠어."

"다마가와 양, 안달하지 말게. 고용주가 놀라고 말하고 있 잖아."

"이대로는 길가의 돌멩이나 다름없는 존재인걸요."

"돌멩이라도 좋지. 언젠가 커지면 돼."라고 우라모토 탐정 은 빨간 잔을 거리 등불에 비쳐 보면서 말했다.

"나는 아직 어중간한 돌멩이지만 언젠가 큰 바위가 되고 싶다."

그리고 우라모토 탐정은 고와다를 보며 말했다.

"여기에 강이 흐른다고 칩시다. 커다란 바위와 작은 돌멩 이가 잔뜩 굴러다니고 있죠. 작은 돌은 강물의 흐름을 따라 하류 쪽으로 흘러갑니다. 그럼 큰 바위는 어떻게 될까?"

"흘러가지 않겠죠."

"틀렸어. 잘 들어요. 여기가 멋진 부분이지."

우라모토 탐정은 기쁜 듯이 술을 마신다.

"여기에 큰 바위가 있다고 칩시다. 아무리 강의 흐름이 빨 라져도 큰 바위는 꿈쩍하지 않습니다. 그러면 강물이 큰 바 위에 부딪치는 곳의 강바닥이 물살로 파일 겁니다. 점점 파이다 보면 언젠가 큰 바위는 균형을 잃고 상류를 향해 한 번데굴 구르겠지요. 그런 과정이 반복되면 어떻게 되겠습니까? 강물에 절대로 흘러가지 않는 큰 바위는 오히려 강을 거슬러 올라가게 됩니다. 어때요, 멋지죠?"

다마가와는 "그 이야기는 신물이 나요."라며 투덜거렸다.

우라모토 탐정은 조금도 개의치 않고 우쭐댔다.

"사건 해결도 마찬가집니다. 강은 언제나 흐르죠. 모두 흘러가겠죠? 사람들은 흘러가면서 어떻게든 해 보려고 해요. 내 방식은 다릅니다. 아무것도 하지 않고 멍하니 자리 잡고 있습니다. 그러면 멋대로 변화하는 상황이 나를 진상으로 데려가 줍니다."

"그건 탐정이 천재이기 때문이에요."

"다마가와 양은 행동하는 사람이지만, 행동하는 방향을 툭하면 잘못 잡아."

"방향치인걸요."

"말해 두지만 나는 그런 사람도 나름대로 싫지 않아. 나한테는 남동생이 있는데, 그 녀석은 이상한 소동만 일으키는 녀석이야. 하지만 미워할 수 없는 놈이지. 사태가 엉망진창이 될수록 생기가 넘치는 구석은 다마가와 양과 판박이라니까."

다마가와는 입을 다물어 버렸다.

우라모토 탐정은 고와다를 향해 말했다.

"이래 보여도 나도 꽤 오랫동안 은둔하며 산 적이 있습니다. 그 시절에는 신변 상담을 했죠. 그 경험을 통해 우라모토식 탐정술을 터득한 겁니다."

고와다는 조용히 감탄하며 수수팥떡처럼 소복하게 이끼가 낀 커다란 바위 모습을 머릿속에 그렸다. 고와다가 말없이 잔을 들자 우라모토 탐정 또한 잔을 들었다. 두 사람은 묵례했다. 잔과 잔이 부딪쳐 맑은 소리가 났다. 그건 서로의 게으름뱅이가 공명하는 소리였다.

"도움이 되려 하다니 자기 과신이지."

우라모토 탐정은 말했다.

• • •

눈 아래 무로마치 거리에서 요이야마의 떠들썩함이 들끓었다. 고와다는 난간에 기대 포도주를 섞은 덴구브란을 맛보았다.

덴구브란은 신비한 술이었다. 아니, 이건 정말로 술인 걸까. 포도주의 맛을 감싸고 있는 것은 투명하고 좋은 향기가 나는 애매한 액체였다.

"맛있다고 해야 할까. 어딘가 이상한 술이야. 향기를 마시는 것 같아."

"왜 섞었는데도 덴구브란의 맛이 날까요. 얼마든지 마실 수 있어요. 어차피 오늘 모험은 이걸로 끝이니까. 우라모토 탐정은 의욕도 없고."

다마가와는 꿀꺽꿀꺽 마셨다. 그 눈동자에는 덴구브란 안개가 끼었다. 고와다는 눈동자를 들여다보고 "다마가와 씨, 취했네." 하고 말했다.

"쪼끔도 안 취했어요!"

"취하지 않았다고 우기는 사람은 취한 법이지."

"그러면 난 취했어. 취해따아아아."

우라모토 탐정은 등나무 의자에서 일어나 걸어왔다. 우라모토 탐정은 고와다의 옆에 나란히 서 덴구브란을 불빛에 비쳐 보며 요이야마 거리를 내려다보았다.

"나는 옛날부터 이 술이 좋았어. 멋지지."

"멋지네요."

"마시면 덴구가 된 듯한 기분이 드니까 '덴구브란'이라는 사람도 있고, 덴구가 발명해서 그런 이름이 붙었다는 사람도 있지. 애초에 아사쿠사의 바에서 제조한 '덴키브란'을 본 따 만들었으니 '가짜 덴키브란'이 옳다는 사람도 있어."

"어디서 만드는 거죠?"

"나는 알지만 침묵해 두지. 목숨이 아까운걸."

"누구나 아는 비밀의 술이네요."

"눈 아래에 펼쳐진 것은 덴구브란의 강이다."

우라모토 탐정은 덴구브란이 담긴 잔을 벌컥벌컥 비우고 눈을 감았다.

"덴구브란을 마시고 이렇게 눈을 감고 양팔을 펼쳐 보게. 하늘을 날기 직전인 것만 같군. 날지 말지는 운에 달린 느낌이야. 덴구브란을 마시고 덴구의 기분을 가볍게 맛보자고. 우리는 밤마다 덴구가 되는 거야."

고와다는 눈을 감아 보았다.

그렇게 요이야마의 떠들썩함에 귀를 기울이자 자신이 서 있는 위치가 애매해졌다. 아무래도 조금 떠 있는 것 같다. 눈을 뜨면 원래대로 돌아가 버린다. 또 눈을 감자 몸은 다시금 떠오른다. 그런 행동을 되풀이하며 노는 사이에 자신의 위치를 조금씩 끌어올릴 수 있을 것 같았다. 눈을 감고 있으면 자신이 허공에 있는 것처럼 느껴졌다. 볼에 닿는 바람은 분명히 하늘을 가로지르는 바람이다.

"어이쿠, 전화가 또 왔군. 끈질겨."

우라모토 탐정의 목소리가 들렸다.

고와다는 눈을 휘둥그레 떴다.

탐정이 주머니에서 전화를 꺼낸 순간이었다. 다마가와가 고와다를 젖히고 뛰어올라 탐정의 손에서 전화를 빼앗았다.

"접수!"

다마가와는 외치며 재빠르게 탐정과 간격을 두었다.

우라모토 탐정은 텅 빈 오른손에서 다마가와 쪽으로 시선을 옮겼다. 다마가와는 계속 울리는 전화를 올림픽에서 획득한 메달처럼 자랑스레 들어올렸다. 그 눈동자는 의욕으로 가득 찼다. 그녀는 "지금 전화를 받겠습니다." 하고 소리 높여 선언했다. 모험에 대한 기대로 가슴이 쿵쾅거리고 흥분했는지 콧구멍에서 한 줄기 피가 줄줄 흘렀다.

"취했다고 생각했건만."

우라모토 탐정이 말했다.

"취한 척은 특기예요."

"아니, 자네는 취했어."라며 우라모토 탐정은 단언했다.

"의뢰인의 전화를 받다니, 정상적인 판단력을 잃었다는 증거지. 코피도 나고."

다마가와는 손수건으로 코피를 쓱 닦았다.

그동안에도 전화는 폭발까지 카운트다운을 하듯이 울렸다. 고와다도 "다마가와 씨, 관둬."라고 말했다.

"우리는 내면의 게으름뱅이에게 건배한 참이잖아."

"내 내면의 게으름뱅이는 조금 전에 잠들었어요."

"다마가와 양, 상사로서 명령이다. 전화를 돌려줘. 지금이 라면 아직 늦지 않았어."

"막지 마세요. 다마가와 도모코, 전화를 받겠습니다!"

"기다려, 다마가와 양! 서두르지 마!"

우라모토 탐정이 비통한 목소리로 외쳤지만 그녀를 막을 수는 없었다. 벨소리가 멈추고 다마가와는 휴대전화를 귀에 대고 씩씩하게 떠들었다. 고용주의 전화를 빼앗을 만큼 취했 다고 생각할 수 없는 냉정한 말투였다. 이내 다마가와는 "보 고하러 찾아뵙겠습니다."라며 전화를 끊었다.

우라모토 탐정이 "아아." 하며 탄식했다.

"그 골동품 장사야?"

"의뢰인입니다. 레스토랑 기쿠스이 옥상 비어가든에서 기 다린답니다. 자, 탐정! 풀 죽어 있을 때가 아니에요!"

다마가와는 고와다 쪽을 바라보았다.

"함께 가실래요?"

고와다는 어리둥절했다.

"왜?"

"2대 폼포코 가면이니까요. 고와다 씨, 이제 그만 자신이 중요인물이란 사실을 자각하셨으면 좋겠어요."

고와다는 아무 말도 하지 않고 등나무 의자 쪽으로 걸어 갔다. 양말을 벗고 바짓가랑이를 걷어붙이고 등나무 의자에 벌렁 누웠다. 발을 미니풀에 첨벙 담그자 집배가 일렁일렁 흔들렸다. 고와다는 뒤집힐 뻔한 집배를 손으로 받쳐 주면서 "나는 여기서 움직이지 않겠다."라고 선언했다.

"그럼 나도……."

우라모토 탐정은 고와다 곁으로 다가가려 했다.

"이 게으름뱅이들!"

다마가와가 외치자 우라모토 탐정은 등에 총을 들이댄 것 처럼 양손을 들었다.

"알겠습니다. 저도 함께하겠습니다."

"의뢰인의 기대에 부응하자고요. 탐정."

"아직 하나도 보고할 게 없다고. 엎드려 빌기라도 할까."

다마가와는 우라모토 탐정이 도망치지 않도록 팔을 붙잡 고는 고와다를 향해 말했다.

"고와다 씨, 약속하세요. 우리가 돌아올 때까지 이 건물에 서 함부로 바깥으로 나가지 마세요. 여기서 농땡이 부리고 있을 것. 아시겠죠?"

다마가와는 덴구브란 병을 고와다의 눈앞에 놓았다.

"이거 전부 마셔도 됩니다."

"좋아, 알았어. 나는 농땡이를 치고 있지."

고와다는 고개를 끄덕였다.

"두 사람이 돌아올 때쯤에는 내가 덴구가 되었을지도 모르겠군."

• • •

옥상에 홀로 남겨진 고와다는 덴구브란을 홀짝홀짝 맛보았다.

고와다는 '드디어 운이 트이는 거 아닐까?' 하고 생각했다. 옥상에서 등나무 의자에 태평하게 앉아 덴구브란을 마시면서 멀찍이 요이야마를 구경한다. 아름답고 투명한 쪽빛 하늘에 요이야마의 불빛이 반짝인다.

그때 온다 선배를 떠올렸다.

"이런, 연락한다는 걸 까맣게 잊고 있었네."

서둘러 전화를 걸자 "야호!" 하고 쾌활한 온다 선배가 전화를 받았다.

"살아 있어? 고와다, 대체 어디야."

"국숫집 광에서 잤어요."

고와다가 지금까지 있었던 일을 설명하자 온다 선배는 "정말로 너는 대단한 녀석이야."라고 했다.

"골수 게으름뱅이로군."

"영광입니다. 온다 선배는 어디에 계십니까?"

"지금 말이지, 기타시라카와 라듐 온천에 있어. 요이야마 인데 온천이라는 게 허를 찌르는 느낌이라 멋지지? 대절한 것처럼 텅텅 비었다고. 역전 발상의 승리로군."

"모모키 씨도 함께예요?"

"당연하지. 우리는 늘 사이가 좋아."

그러자 모모키가 전화를 바꾸어 "고와다 씨, 잘 있어?"라고 물었다.

"들어 봐, 들어 봐, 고와다 씨. 우리가 폼포코 가면을 구했어. 이걸로 두 번째……."

전화 너머에서 온다 선배가 "아니, 그건 전화로 떠들기는 아까워."라고 말하는 소리가 들렸다. "어째서 어째서."라고 하며 불만스러운 듯한 모모키에게서 전화를 다시 빼앗아 온다 선배가 물었다.

"고와다, 지금 합류할 수 있을 것 같아?"

"으음. 어렵겠는데요."

"아직 토요일은 끝나지 않았어. 앞으로도 예정이 꽉 차 있지. 이제 거리로 나가서 요이야마를 구경하고 노점에서 저녁을 먹는다. 쓰다 선배의 무간 국수를 들여다보러 간다. 그런 뒤에 시조가라스마 교차점에서 요이야마의 끝을 보는 거야. 밤 열한 시지. 거기서 만나자. 우리가 폼포코 가면을 구한 대활극의 전말을 듣고 싶지 않아?"

고와다는 덴구브란을 홀짝였다. 자신이 잠든 사이에 무슨 일이 있었던 걸까.

"하지만 저는 바쁜데요……."

고와다가 대답했다.

"바쁘다고? 대체 무슨 일이 있었어? 문제가 생긴 건가?"

"그게…… 다마가와 씨랑 약속했어요. 여기서 기다리지 않으면 또 이야기가 엉망이 돼요. 아무튼 그 사람은 방향치라 나를 잃어버리면……."

그러자 온다 선배는 전화기 너머에서 쾌활하게 웃었다.

"뭐야, 파렴치한 녀석! 그런 거면 진작 말했어야지!"

"무슨 소립니까?"

"뭐기는. 여자를 기다리게 하면 안 돼! 부모가 없어도 아이는 자란다더니, 토요일을 완전히 충실하게 보내고 있잖아! 요이야마 데이트를 방해해서 미안. 진짜 부끄럽다. 말도 안 되는 방해꾼이 되어 버렸네, 헤헷!"

뜬금없이 온다 선배가 영문 모를 인물로 변했나 싶더니만, "이상한 소리를 하고 있어."라며 유쾌하게 웃는 모모키의 목소리가 마지막으로 들린 뒤 전화는 뚝 끊겨 버렸다.

"다른 이야기가 되어 버렸어."

고와다는 전화를 바라보며 중얼거렸다.

그때 건물 뒤에서 거친 목소리로 "도망쳤다!" "저쪽으로 돌아가!" 그런 말소리가 들린다. 고와다는 등나무 의자에서 일어나 옥상 끝으로 걸어갔다.

"도둑이라도 쫓고 있는 건가?"

고와다는 난간에서 몸을 내밀었다.

맞은편에는 포목회사 상표를 각인한 빌딩이 서 있고, 눈 아래에는 오래된 가겟집 기와지붕이 어둡게 일렁이듯이 펼쳐졌다. 뚫어져라 집중해서 보니 비틀비틀 지붕을 타는 검은 그림자가 보였다. 폼포코 가면이다. 대모험에 심신을 소모한 괴인은 가엾게도 허둥대고 있었다. 검은 망토가 오래된 안테나에 걸려 "아익!" 하고 뒤집히는 형편이다.

"저 망토는 성가시겠군."

고와다가 멀찌감치 구경하고 있는데 시커먼 양복 차림 남자들 여럿이 닌자처럼 지붕으로 올라왔다. 그들은 손전등으로 어둠을 뒤졌다. 기와를 하나하나 핥듯이 더듬어 가던 빛이 안테나와 격투를 벌이고 있는 폼포코 가면을 비춘 순간, 남자들은 활기를 띠었다.

"이쪽이다!"

거친 목소리가 울려 퍼진다.

폼포코 가면을 쫓고 있는 건 명백했다. 고와다는 저도 모르게 소리를 질렀다.

"폼포코 가면, 뒤, 뒤!"

남자들이 흔드는 손전등 빛이 이쪽을 비추었다. 고와다는 아슬아슬하게 몸을 피했다. 주저앉은 채 난간 틈으로 몰래 바깥을 살핀다. 난간 틈으로 서서히 폼포코 가면에게 다가가는 검은 양복 남자들이 보였는데, 갑자기 "치익!" 하고 알 수 없는 소리가 들리더니 하얀 연기가 남자들에게 분사되었다. 추격자들은 "꺅!" 하고 귀여운 비명을 지르며 물러났다.

"무기가 더 있잖아!"

폼포코 가면은 망토를 걷어 올리고 펄쩍펄쩍 달렸다.

고와다는 저도 모르게 응원했다.

"달려! 달려!"

폼포코 가면은 광 지붕으로 건너뛰고, 도약하며 고와다가 있는 빌딩 바깥 복도로 건너온 것처럼 보였다.

그 뒤로 폼포코 가면 모습은 보이지 않았다.

건물 사이로 자욱하게 흩날리는 소화기의 하얀 연기 속을
손전등 불빛이 꿈틀거린다.

"어디로 갔지?"

"없어."

추격자들의 목소리가 건물 골짜기에 기분 나쁘게 메아리
쳤다.

• • •

또다시 모험의 기척이 피어오르기 시작했다.

'곤란하군.'

그는 생각했다.

그래도 고와다가 건물 계단을 내려간 이유는 다마가와의
추리가 신경 쓰였기 때문이다. 만약 소장이 폼포코 가면이라
면 아예 관심을 끄고 있을 수만은 없다. 계단을 내려가는 도
중에 건물 뒤쪽에서 남자들이 서로 부르는 목소리가 기온 음
악에 뒤섞여 들렸다. 고와다는 몸을 낮추었다.

이 층 복도까지 내려가자 께름칙하게 깜빡이는 형광등 아
래, 바닷가에 밀려 올라온 거대한 다시마처럼 납작해진 폼포
코 가면이 뻗어 있었다. 고와다의 발소리를 듣더니 괴인은

흠칫 고개를 들고 "아아, 자네인가." 하고 한숨을 쉬었다. 몸을 일으키려 했지만 잘 되지 않는 모양이었다.

"안 다쳤어요?"

"다치지 않았다. 괜찮다. 전혀 끄떡없다."

"끄떡없어 보이지 않는데요."

"아니, 지극히 건강한 상태다. 활력이 넘치고 있어."

몸을 가누지도 못하는 상태로 그렇게 주장해도 활력이라고는 손톱만큼도 느껴지지 않았다. 그저 자기 내면의 게으름뱅이들에게 함락당하기 직전의 모습이었다. 그때 건물 뒤편에서 누군가 기와지붕을 밟는 소리가 들렸다.

고와다는 목소리를 낮추고 "쫓기고 있습니까?"라고 속삭였다.

"덴구브란 유통기구라는 놈들이다. 걱정하지 마. 이 문제는 이 몸이 전부 해결할 테니까 자네가 걱정할 필요는 없다."

"가면을 벗고 도망치면 돼요. 자, 망토도 얼른 벗어요."

고와다가 손을 뻗자 폼포코 가면은 비틀비틀 도리질 치며 저항했다.

"그만, 그만해. 뭐하는 짓이야. 이 몸은 폼포코 가면이다. 폼포코 가면은 언제든 정정당당하게……. 하지만 지금은 건물 주변이 적의 밭이다. 오늘만큼은 비밀기지에서 농성하자."

폼포코 가면은 괴로운 듯이 신음했다.

"……잠시 어깨를 빌려주겠나?"

고와다의 어깨를 빌려 폼포코 가면은 비틀비틀 일어났다. 망토가 펄럭이자 꼬박 하루를 뛰어다녀 피로가 극에 달한 남자의 냄새가 폭풍처럼 퍼져 고와다는 기침이 나올 뻔했다. 자세히 보니 그의 너구리 가면은 땀과 먼지로 구겨지고 군데군데 찢어진 채 간신히 얼굴에 걸려 있었다.

폼포코 가면은 기다시피 삼 층까지 올라가 복도를 나아갔다. 우라모토 탐정 사무소 앞을 지나 법무사 사무실 앞을 지나치더니 "여기다."라며 폼포코 가면이 말했다.

"여기?"

고와다는 어안이 벙벙했다.

"여기라고 했잖아. 뭘 놀라지?"

폼포코 가면의 비밀기지는 우라모토 탐정 사무소 건너건너 방이었다. '등잔 밑이 어둡다.'란 이런 것이다. 우라모토 탐정과 다마가와는 폼포코 가면의 정체를 폭로하려고 애를 썼지만 정작 괴인이 자신들의 이웃이란 사실은 알아차리지도 못했다.

폼포코 가면은 망토 안쪽에서 열쇠를 꺼내 문을 열었다.

우라모토 탐정 사무소보다 훨씬 좁은 방이었다. 회색 카펫

이 깔린 바닥에는 가구도 거의 없다. 전기스탠드가 놓여 있는 작은 상과 방석, 오래된 서랍장, 보온병과 찻잔, 깔끔하게 개어 놓은 이부자리 한 채. 방 한쪽에는 오래된 전기포트가 있다. 에어컨은 덜덜 소리를 내며 미적지근한 바람을 내보냈다. 마치 무슨 형벌에 쓰는 방처럼 썰렁했다.

폼포코 가면은 깊은 한숨을 짓더니 고와다의 어깨에서 떨어졌다. 망토를 벗는다. 그 안에 나타난 것은 스포츠용품점 세일 코너에 진열되어 있을 법한 거무스름한 운동복이다. 폼포코 가면은 고와다에게 방석을 권하고 보온병에서 차를 따라 상 위에 놓았다.

"편히 있게."

그러더니 전통 서랍장에서 반짇고리를 꺼내 와 바닥에 앉아서 망토를 열심히 살폈다. 이내 그 커다란 등을 구부리고 세심하게 손가락을 움직인다.

"뭐하는 겁니까?"

"조금 전 전투로 망토에 구멍이 났거든."

"그보다 쉬세요."

"이 몸은 쉬지 않아, 고와다 군. 싸울 준비를 할 뿐이지."

폼포코 가면은 기골이 장대한 어머니처럼 계속 바느질을 했다. 고와다는 설득하기를 포기하고 보리차를 마시고서 상에 쌓여 있는 너구리 가면을 집어 올렸다. 직접 만들어 프린터로 뽑은 것이리라. 반들반들한 싸구려 종이 감촉은 정의의 괴인인 폼포코 가면의 뒷모습을 증명했다.

잠시 뒤 폼포코 가면이 고개를 갸웃했다.

"바늘이 잘 보이지 않아. 어째서 이렇게 눈꺼풀이 무겁지."

"요컨대 졸린 거죠."

"졸리다고 하지는 않았어. 눈꺼풀이 무겁다고 했다."

폼포코 가면과 내면의 게으름뱅이의 전투는 치열하기가 극에 달하고, 이제 자신이 무엇과 싸우는지 스스로도 알지 못하게 되었다. 이내 폼포코 가면은 꾸벅꾸벅 졸았다.

고와다는 상에 쌓여 있는 스크랩북 여러 권을 주시했다.

신문기사와 잡지를 오려 붙인 스크랩으로, 폼포코 가면의 활약 기록이 담겨 있었다. 풀로 꼼꼼하게 붙인 작은 기사가 페이지를 넘기고 또 넘겨도 끝없이 이어졌다. 결코 크다고 할 수 없는, 공간을 메우기 위한 작은 기사 조각이 마치 테트리스 블록처럼 맞춰져 있다. 페이지가 넘어갈수록, 새로운 스크랩북으로 옮겨갈수록 기사량은 늘어나고 붙이는 방법도 더욱 꼼꼼해졌다.

고와다는 한숨을 쉬고 스크랩북을 상 위로 돌려놓았다.

그때 폼포코 가면이 신음하듯이 말했다.

"남의 신문에서 스크랩한 부분을 확인하려는 행동은 굉장히 무례한 짓입니다."

고와다는 흠칫 놀라 숨을 삼켰다.

●●●

여기서 우리는 기타시라카와 라듐 온천으로 날아가 보자.

정문에서 계단을 올라가면 빨간 천을 깐 복도가 뻗어 있다. 건물 뒤쪽에 절벽이 바짝 붙어 있기 때문에 복도는 전등을 켜 두어도 어둑하고 다소 눅눅하다. 그 복도 쪽에 미닫이문이 있는 넓은 객실이 있고 줄지은 좌상에 방석이 놓여 있었다. 목욕을 마치고 나온 손님이 쉴 수 있는 구조다.

온다 선배와 모모키는 객실에서 빈둥대고 있었다. 객실은 추울 정도로 냉방이 잘 되고, 온천 앞 국도를 지나는 자동차 소리와 시커먼 산에서 들끓는 매미 소리가 들린다.

두 사람은 시모가모 유스이장에서 폼포코 가면을 구한 뒤, 온다 선배가 다녔던 대학 연구실을 방문해 요도가와라는 교수와 환담을 나누고 요시다산을 산책하고 카페 모안에서 쉰 다음 시라카와 거리에서 택시를 타고 기타시라카와 라듐 온천까지 왔다. 그리고 느긋하게 온천을 즐기고 안마의자에서

279

피로를 풀었다.

온다 선배는 좋아하는 경마 책을 방바닥에 펼쳐 놓고 한쪽 무릎을 세우고 앉아 열심히 읽었다.

온다 선배는 말 같은 얼굴을 매끌매끌 쓰다듬으며 "모모키, 이것 봐."라고 예언자처럼 엄숙하게 말했다.

"말들이 지면을 달리고 있어. 나는 말의 기분을 알 수 있지."

모모키는 "이상한 소리를 한다!"며 웃었다. 모모키는 감은 머리카락을 매만지면서 수첩을 열심히 보고 있었다. 일요일 계획을 몇 번이고 확인하는 것이다. 잠시 뒤 모모키는 만족스러운 듯이 홀로 고개를 끄덕이고 "두둥!" 하고 벌러덩 누웠다. 온다 선배도 "두둥!" 하고 누웠다.

"내일도 계획은 완벽해. 갈고닦은 일정인걸."

모모키는 황홀하게 중얼거렸다.

"반짝반짝하지?"

"반짝반짝해. 흙경단처럼 반짝반짝해."

온다 선배는 기분 좋게 팔다리를 쭉 뻗고 천장을 바라보며 미소 지었다. 숲속의 정숙함에 귀를 기울이면서 뒹굴 거리고 있으려니 시간이 흐르기를 그만두고 여기에서 잠시 머물고 있는 것처럼 느껴졌다. 그들의 눈앞에는 아직 오지 않은 일요일이라는 내일이 무한하고 광대한 모습으로 기다리고 있다.

"조용하구나. 뱃속에 스며드는 매미의 소리."

"……있지, 왠지 여름방학 같지 않아?"

"인생 곳곳에 여름방학이 있지. 사회인이 여름방학을 만끽하면 안 된다고 누가 정했지?"

"아무도 정하지 않았습니다."

"요이야마인데 온천이나 들어가고 말이야. 이것이 요이야마 온천."

"요이야마 온천."

"두 사람은 정답게."

"두 사람은 정답게."

이렇게 쓰면서도 필자는 쓴웃음을 금할 수 없다. 이토록 '두 사람과 관계없는 사람에게는 완벽하게 무익한 대화'가 있을까. 서로 사랑하는 젊은 남녀의 일은 두 사람만의 일이기 때문에 필자를 포함한 우리 모두와는 무관하다. 따돌림을 당한 기분이다.

갑자기 온다 선배가 중얼거렸다.

"그러고 보니 알파카인은 어떻게 된 거지? 목욕을 오래 하네."

모모키는 데구루루 굴러서 엎드린 자세로 바꾸었다.

"알파카인이 뭐야아?"

"알파카랑 똑 닮은 사람이 있었어."

조금 전 온다 선배가 욕탕에 들어갔을 때 있었던 일이다.

온다 선배는 목욕을 좋아한다. 좋아하는 것에 몰두할 때 인간은 행복해진다. 행복의 극치에 있을 때, 종종 인간은 바보가 된다. 따라서 그는 자욱하게 피어오른 수증기 안에 서서 기분 좋게 엉덩이를 흔들며 노래를 불렀다. 독자들에게 들려주고 싶을 만큼 흥에 겨운 목소리였다. 모든 것이 자신이 그린 대로 진행되는 즐거움에 충만해, 긴 여름방학을 앞에 둔 초등학생처럼 천진난만한 노랫소리였다. 욕실 창밖은 완연하게 땅거미에 젖어들었다. 국도를 지나는 자동차에서 보면 그의 하반신이 고스란히 노출될 우려가 있었지만, 그런 외설 행위의 가능성도 개의치 않았다.

충실한 토요일은 이 손안에 있다! 보름달처럼 무엇 하나 부족한 것이 없다!

지나치게 유쾌한 상태였고 자신의 노랫소리가 욕실에 울리고 있었던 탓에 또 다른 손님이 들어와 있다는 사실을 깨닫지 못했다. 온다 선배가 노래하면서 "헤이헤이!" 하고 엉덩이를 흔들고 있는데 "기분이 좋아 보이는군요."라는 목소리에 깜짝 놀라 정신을 차렸다. 온다 선배는 부끄러운 나머지 움츠러들었다.

"죄송합니다. 혼자인 줄 알고…… 정말로 죄송합니다."

"아니, 뭘. 괜찮습니다."

그러고 나서 어색한 침묵이 깔렸다.

"그럼 먼저 나가겠습니다."

허둥지둥 욕실에서 나갈 때 온다 선배는 곁눈질로 손님 얼굴을 흘끔 보았다. 손님은 증기 너머에서 정확하게 유두까지 온천수에 담근 채 불상처럼 눈을 감고 있었다.

온다 선배가 일어나 그 남자의 모습을 재현해 보이자 모모키는 키득거리며 웃었다.

"정말로 알파카랑 판박이였다고."

"어차피 허풍이겠지!"

"알파카를 많이 닮은 사람이 아니면 사람을 많이 닮은 알파카였어. 틀림없이 전생에 알파카였을 거야. 그리고 내세에도 알파카겠지. 초연한 얼굴이셨어."

"부탁이니까 이제 그만해."

모모키는 배를 끌어안았다.

"왜? 나는 알파카를 좋아하는걸. 말이랑 알파카는 이야기가 통할까?"

"그 사람이 나올 때 웃어 버리면 어쩌지? 실례잖아!"

모모키가 속삭인 순간 미닫이문이 쓱 열리고 문제의 남자가 들어왔다. 목에 수건을 걸고 얼굴이 불그레하게 상기되어 있다. 목욕하고 나온 알파카와 판박이였고 온다 선배의 말처럼 전생부터 내세로 향하는 사이에 어쩌다 잠깐 인간계에 들른 것 같은 훌륭한 알파카다움이었다.

• • •

온다 선배와 모모키는 재빠르게 자세를 바로 했다.

알파카 남자는 "실례할게요."라며 가볍게 고개를 꾸벅하고 그들과 조금 떨어진 곳에 앉았다. 그러더니 허공을 노려보듯이 입을 우물우물했다. 마치 무언가를 되새김질하는 것 같다.

잠시 뒤 모모키가 "푸훕!" 하고 이상한 소리를 내더니 방석으로 얼굴을 누르며 객실에서 뛰쳐나갔다.

알파카 남자가 온다 선배에게 말을 걸었다.

"일행 분은 괜찮으십니까?"

"……괜찮습니다."라고 온다 선배는 무릎을 꿇고 앉아 대답했다.

"갑자기 웃는 일이 잦은 사람입니다."

"그렇군요. 갑자기 웃음이 터진 겁니까."

"그렇습니다."

"무엇을 떠올리신 걸까요."

온다 선배는 비로소 알파카 남자와 시선을 맞추었다.

그때 무언가 스스로도 설명하지 못할 전율이 온다 선배의 등줄기를 훑고 지나갔다. '교토에 사는 괴인은 대부분 아는 사이'라고 허풍을 떤 것을 후회할 만큼 자신의 눈앞에 책상다리를 하고 앉은 남자의 눈빛은 괴인다웠다. 제대로 시선을 맞추고 있을 텐데 상대의 시선은 온다 선배의 눈을 꿰뚫고 그 안쪽을 직접 들여다보는 것 같았다.

알파카 남자는 어리둥절한 얼굴로 말했다.

"이런 날에 젊으신 분이 이런 곳에 오다니 신기하군요."

"그런가요."

"다들 요이야마를 구경하겠지요. 보세요, 우리 말고는 탕 안에 사람이 없잖습니까."

"이제 갈 겁니다. 온천에 들어갔던 건 '목욕재계'를 한 거죠."

"호오. 그것참, 기특한 마음가짐이군요."

온다 선배는 순간 떠오른 대로 '목욕재계'라고 둘러댄 건데 알파카 남자는 몹시 감복했다. 그는 표정을 전혀 바꾸지 않고 '몸을 깨끗이 하고 요이야마에 가는 것은 올바른 일'이라고 했다. "아무튼 요이야마는 특별한 날입니다. 하늘이 땅과 가까워지죠. 조심해서 나쁠 것은 없어요. 저도 마찬가지로 '목욕재계'입니다."

"이제 요이야마를 구경하러 가시나요?"

"아니, 오늘 밤은 바쁘기 그지없어서요. 아직 업무가 끝나지 않았답니다."

알파카 남자가 말하는 '업무'란 무엇인가. 그것을 묻기가 꺼려졌다. 온다 선배는 애매한 미소를 지으면서 자신의 머릿속에 있는 '괴인 명부'를 뒤적였다.

느닷없이 알파카 남자의 휴대전화가 울렸다.

알파카 남자는 온다 선배를 바라보면서 휴대전화를 쓱 꺼냈다. "접니다."라고 대답하면서도 그 시선은 두꺼운 쇠몽둥이처럼 온다 선배를 억압했다. 남자는 "네, 네." 하고 작은 돌멩이를 하나씩 연못에 던지는 듯한 부드러운 말투로 맞장구를 쳤다.

"만약 그가 그 건물에서 바깥으로 도망친다면 소동이 일 겁니다. 요이야마니까요."

알파카 남자가 말했다.

갑자기 싸늘한 분노가 객실 가득 넘쳐흘렀다.

"제가 전부 가르쳐 주지 않으면 모릅니까? 소동이 일어나지 않았다는 얘기는 다시 말해 그가 바깥으로 나오지 않았다는 뜻입니다. 그 건물에 있는 문이라는 문을 전부 여세요. 관리회사에 말하면 싫다고는 못하겠죠. 한마디만 해 두겠는데…… 네놈들 '놓쳤습니다.'라는 말로 끝날 거라고 생각하지 마. 빈손으로 돌아오면 등에 대패질을 해 주마."

온다 선배는 상대의 시선에 못 박힌 채 '대패?' 하고 생각했다. 대패가 뭐였지? 목수가 쓰는 도구였던 것 같은데……. 그렇게 생각했을 때 등이 식은땀으로 흠뻑 젖었다.

"탐정의 보고는 당연히 받아야지요. 레스토랑 기쿠스이에서. 네, 건투를 빕니다."

그리고 남자는 전화를 끊었다.

아직 온다 선배를 빤히 보고 있었다.

"업무 얘깁니다. 아무래도 아직 쉴 수가 없겠군요. 불행한 장사예요."

미닫이문이 열리고 웃음 발작을 가라앉힌 모모키가 돌아왔다. 그녀의 선수를 치듯이 온다 선배는 재빠르게 일어났다.

"그럼 우리는 먼저."

떨리는 목소리로 말하고 모모키의 어깨를 안고 빙글 돌려 떠밀 듯이 객실을 나갔다. 알파카 남자는 고개를 숙이며 "수고하십니다." 하고 말한 것 같았지만 미닫이문을 닫을 때 돌아보니 아직 온다 선배가 앉아 있던 장소를 바라보고 있었다.

"벌써 가는 거야?"라고 모모키가 당황하며 물었다.

"뭘 그렇게 서둘러. 어머나, 땀 좀 봐!"

"저 남자는 위험해."

온다 선배는 그 말만 하고 모모키의 손을 잡아끌고 바깥으로 나갔다.

두 사람은 국도 옆 버스 정류장에 서 있었지만 게이한 버스는 좀처럼 오지 않았다. 버스 정류장에는 요이야마에 놀러 가는 듯한 빨간 유카타 차림의 여자아이가 홀로 오도카니 서 있다. 모모키가 온다 선배에게 "귀엽다." 하고 귀에 대고 속닥였다. 그러나 온다 선배는 고개만 살짝 끄덕일 뿐 국도 너머에서 빛나는 온천 현관을 바라보고 있었다. 시커먼 숲속에 빛나는 기타시라카와 라듐 온천의 불빛이 갑자기 께름칙하게 보였다.

얼마 안 있어 현관에서 알파카 남자가 나왔다. 어디에 숨어 있었는지 거무스름한 양복 차림을 한 남자 둘이 옆에 붙어 있었다. 곧이어 검은색 리무진이 소리도 없이 다가와서 그들을 태웠다. 그대로 방향을 바꾸어 도심 쪽으로 내려가나 싶더니만 리무진은 온다 선배와 모모키 앞에서 딱 멈추었다.

새카만 창문이 열리고 리무진의 어둠 속에서 얼굴이 하얗게 떠올랐다.

남자는 모모키에게 "이거 아가씨." 하고 말했다.

"아가씨 미소가 멋지군요."

"감사해요."

"목욕재계를 마치고 요이야마에 가는 것은 기특한 마음가짐이죠."

"목욕재계?"

모모키가 고개를 갸웃하자 온다 선배는 "그렇지, 목욕재계, 목욕재계." 하고 둘러댔다. 리무진 창문으로는 태평한 하와이풍 노래가 흘러나왔다.

"어째서 하와이 노래죠?"

모모키는 천진하게 물었다.

"언젠가 바캉스로 남쪽 섬에 가고 싶어서요. 그때까지의 '위조품'입니다. 제 상사는 무서운 사람이라 좀처럼 휴가를 주지 않거든요."

"그건 안 좋네요. 건강 조심하세요."

"고맙소. 두 사람 다 멋진 요이야마를 보내십시오……. 오오, 그렇지, 깜빡할 뻔했습니다. 이걸 하나 드리려고 했는데."

알파카 남자는 리무진 안쪽 어둠 속으로 들어가더니 술병 같은 것을 창문으로 내밀었다. 온다 선배는 긴장한 채 엉덩이를 빼고 엉거주춤한 자세로 받아들었다.

"그렇게 어려워할 거 없습니다."라고 알파카 남자는 말했다.

"이렇게 만난 것도 인연이죠."

그리고 남자가 온다 선배를 빤히 응시하는 동안에 창문이 닫혔다. 온다 선배는 캄캄한 창문 너머로 남자가 여전히 이쪽을 바라보는 모습을 쉽게 상상할 수 있었다.

리무진은 달려 가고 황혼 속에 달콤한 향기가 감돌았다.

"좋은 사람이네."

모모키가 말하고서는 멍하니 있는 온다 선배의 손안을 들여다보았다.

술병 상표에는 덴구브란이라 적혀 있었다.

• • •

폼포코 가면의 비밀 기지에서는 고와다가 태평하게 차를 마시고 있었다.

그의 눈앞에서는 폼포코 가면이 이따금 손을 쉬면서 검은 망토를 수선하고 있다. 문득 움직임이 멈추었을 때마다 조는 것 같았지만, 고와다가 지적하면 폼포코 가면은 "안 잔다."라고 우겼다. 그런 주제에 호쾌한 바느질은 음주운전을 하듯이 구불구불했다. 폼포코 가면 내면의 게으름뱅이가 도움을 요청하며 손을 뻗는 것이 눈에 보이는 듯했다.

"잠깐 쉬면 어때요?"

"쉴 틈은 없어. 자네는 이 몸이 겸업 괴인이란 사실을 잊었는가. 중요한 문제는 주말 중에 해치워야 해."

"오늘 온종일 그 차림으로 돌아다닌 거죠."

"늘 있는 일이다."

"아까는 왜 쫓겼어요?"

폼포코 가면은 설명했다. 어느 장소에서 '덴구브란 유통기구'라는 조직이 자신을 노린다는 정보를 포착했으나 너구리 가면은 너덜너덜해졌고 망토도 터진 부분이 커져서 일단 비밀기지로 철수해 태세를 정비하려 했다. 그러나 도중에 길 잃은 아이들을 발견하고, 서로 수건으로 때리는 커플을 내버려둘 수 없어서 도왔더니 요이야마를 구경하던 사람들이 사인을 요구했다. 사인 요청에 응답하던 중에 덴구브란 유통기구 놈들인 듯한 패거리에게 발각되어 습격당했다. 하는 수 없이 도망치다가 가겟집 지붕 위로 올라가는 지경에 이르렀다고 한다.

폼포코 가면은 화난 어조로 말했다.

"놈들의 수령과 만나 담판을 짓겠어. 어떻게든 이 문제는

주말 안에 해결한다……. 그러나 먼저 망토를 수선해야
해……."

고와다는 반복해서 "쉬세요."라고 권했다. "싫어. 안 자."라
며 뻗대기만 하는 폼포코 가면의 모습은 철없는 어린애 같았
다. 고와다는 비밀기지 구석에 개어 놓은 이부자리를 꺼내
바닥에 깔고 유혹해 보았지만 폼포코 가면은 이부자리를 거
들떠보지도 않았다.

"아무리 그래도 이 이부자리는 너무 얇지 않나요."

"늦잠 자면 곤란하니까 일부러 얇은 것을 쓰는 거야."

"이불이란 조금 더 부드러워야 하는 법이에요. 오늘 저는
광 안의 방석 더미에서 한나절쯤 잤는데, 방석은 정말 부드
럽고 멋지고……."

고와다가 찢어지게 하품하자 폼포코 가면은 꿰매던 망토
를 바닥에 내던지고 격분했다.

"어떻게 그렇게 늘어지게 하품을 하나! 자네는 방금 한나
절을 잤다고 말했지 않은가. 몸의 어디에서 그런 큰 하품이
나오지?"

"왜 그런지 모르겠지만 전 얼마든지 잘 수 있어요."

"하품은 전염돼. 아무쪼록 조심해 주길 바라네."라며 폼포
코 가면은 엄격한 말투로 말했다.

"조금은 긴장감을 가져, 이 게으른 인간아."

"우리는 인간이기에 앞서 게으름뱅이입니다."

"게으름 피울 여유는 없어."

"인간은 자신이 진실로 추구하는 것을 깨닫지 못하는 법이죠."라고 말하면서 고와다는 절벽 끝에서 겨우 버티는 큰 바위를 힘차게 미는 듯한 감촉을 느꼈다.

"당신은 모르고 있어요. 자신을 속이고 있죠. 두려울 뿐이에요. 사실은 게으름뱅이가 되고 싶겠죠? 그렇죠? 되고 싶어서 몸이 달았을 거야. 나는 알 수 있어요. 그 갈등을 극복했을 때, 당신은 한층 단련된 멋진 남자가 되는 겁니다."

"알았다!"라고 폼포코 가면은 날카로운 목소리로 외쳤다.

"자네는 이 몸의 내면에 있는 게으름뱅이에게 말하고 있는 거로군. 그 수법에는 넘어가지 않아."

"뭣하면 제가 폼포코 가면 2호가 될까요?"

폼포코 가면은 허를 찔린 듯 눈에 띄게 당황했다. 아닌 밤중에 홍두깨를 보듯이 고와다를 바라보며 "뭐라고 했지? 아니…… 그건, 응? 이렇게 갑자기!"라며 횡설수설했다.

"계승하겠다고 했습니다."

"잠깐만 기다려 보게."라며 폼포코 가면은 무언가를 제지하는 듯한 행동을 했다.

"어째서 자네는 조금 더, 그러니까, 상황이 진정되었을 때에 말하지 않는 거지. 계승한다고 해도 준비가 필요하지 않은가. 악의 조직이 나타났는데, 이 악당들을 정리하지 않고 자네에게 물려준다니……. 그런 건 말이 안 돼."

"하지만 당신은 이제 곤죽처럼 흐물흐물하잖아요."

"흐물흐물하지 않다. 무슨 말을 하는가. 끄떡없다."

"혹시 사실은 폼포코 가면을 물려줄 마음이 없는 건가요?"

폼포코 가면은 울컥해서 "그렇지 않다."고 대꾸했다.

"전승해야 한다는 사실은 알고 있다. 이 몸은 이제 교토를 떠나 멀리 가기 때문이다. 알다마다! 그러나 문제가 해결되지 않는 것이 문제야."

폼포코 가면은 뜨거운 한숨을 토하더니 어깨를 푹 늘어뜨렸다.

"아무튼 지금은 자네에게 물려주는 이야기를 할 수 있는 상태가 아니야. 이해해 주게."

"그럼 눕기라도 하세요. 마침 이불도 있잖아요."

폼포코 가면은 그때 처음으로 이부자리를 보았다. 좋아하는 사람의 나체를 엿보는 듯한 눈이었다. 불의의 기습처럼 고와다가 던진 '이불'이라는 말에 폼포코 가면 내면의 게으름뱅이들이 사납게 날뛰었다. 각성하라! 각성하라! 승리가 눈앞에 있다!

"지금 여기서 자라고? 자네는 이 몸에게 죽으라고 하는 거
나 마찬가지다."

"무슨 그런 허풍을."

"지금이 중요한 때니까……. 지금이야말로 정의의 사도가
활약할 때다. 악의 조직이 나타났다고! 덴구브란 유통기구
다! 그런 놈들, 악의 조직이 분명해……. 이 문제는 나만의
것이다. 내가 책임지고 해결해야 한다."

폼포코 가면은 중얼거리면서도 이부자리의 존재를 확인하
듯이 살며시 이불을 만져보고는 전기 충격을 받은 듯 손을
움츠렸다. 그러나 내면의 게으름뱅이는 이불의 유혹에 저항
하지 못하고 다시 손을 뻗었다. "누워서 눈을 감고 정보를
차단하는 것만으로도 두뇌는 쉰다고 하지."라며 변명처럼 말
했다.

"다시 말해 휴식을 취하기 위해서 반드시 자야 하는 것은
아니다."

"그렇게 들었어요."

"자는 것이 아니다."

"만약에 잠들면 제가 깨워 드릴게요."

"그런 걱정은 필요 없다. 왜냐하면 잠들지 않을 테니까!"

폼포코 가면은 몸 구석구석의 통증에 신음하면서 기듯이 이부자리로 갔다. "정말로 걱정되는 일투성이라니까."라며 낮잠을 단호히 거부하는 유치원생처럼 궁얼거렸다.

"곤경에 처한 사람을 돕는 것이 이 몸의 일이다. 모두가 도와달라고 손을 뻗고 있는 걸 아는데 어떻게 잠들 수 있겠어. 언제든 임전 태세다. 이 몸이 하지 않으면 누가 하겠는가."

폼포코 가면은 벌렁 드러누워 목을 들고 고와다를 쳐다보았다.

"잠드는 것이 아니다. 잠시 눈을 감고 알파파를 내보내겠지만 신경 쓰지 마라. 자는 게 아니다."

그렇게 말한 순간 고와다가 베개를 대 줄 틈도 없이 폼포코 가면의 머리는 떨어졌다. 얇은 이부자리로는 지지하지 못해 쿵 하고 둔탁한 소리가 났을 정도다. 절벽에서 버티던 큰 바위가 깊고 어두운 골짜기로 굴러떨어지는 광경이 고와다의 머릿속에 또렷이 떠올랐다.

마침내 본성은 함락당하고 폼포코 가면 내면의 게으름뱅이가 승리했다.

고와다는 슬쩍 다가가 폼포코 가면의 잠자는 숨소리를 확인했다. 그 얼굴을 덮은 너덜너덜한 조각 같은 너구리 가면을 벗기자 소장의 얼굴이 나타났다. 어둑한 형광등이 비춘 그 얼굴은 몇 겹이나 흘리고 군힌 듯한 땀으로 번들번들하게 빛났다. 눈꺼풀은 꼭 감겨 있다. 외국인처럼 오뚝한 코는 의연하게 솟아 있고 석고상처럼 미동도 없었다.

고와다는 바닥에 내던져 놓은 검은 망토를 끌어당겼다.

그리고 상 위에 있는 여분의 너구리 가면을 손에 댔다.

●●●

고와다에게는 송년회에서 강제로 가지 인형 탈을 입은 달콤 쌉싸래한 추억이 있다. 온다 선배의 음모였다. 등의 지퍼를 올려 버린 탓에 벗으려야 벗지 못하고 가지 모습으로 연회실을 돌아다니다 보니 내가 나 자신이 아닌 듯한 신기한 기분이었다. 평소에는 접촉이 없는 사무팀 여자들과도 허물없었고 연회실의 모두가 고와다를 '유쾌한 가지'로 환영했다.

"어머나, 가지야!"

"이봐, 가지! 자, 마시라고."

그렇게 다들 편하게 말을 걸었다.

고와다가 "안녕하세요, 가지입니다. 가라고 하셔도 가지 않습니다."라며 연회실을 돌아다니는데 냉철한 얼굴로 맥주 네 병을 든 고토 소장이 지나갔다.

"고와다 군, 무얼 하는 겁니까."

"고와다 씨가 누구죠? 저는 가지인데요."

고와다가 대답하자 소장은 생긋 웃었다.

"어떤가요. 변신은 꽤나 좋지요. 자유로워질 수 있어요."

비밀기지에서 폼포코 가면의 가발, 가면과 검은 망토를 장착했을 때 고와다가 떠올린 것은 그 일이었다. 폼포코 가면의 활약이 시작된 것은 일 년도 더 되었으니까 그 송년회 때도 소장은 이미 괴인으로 활동하고 있었다. '자유로워질 수 있다.'는 말은 폼포코 가면이라는 인형 탈에 들어간 소장의 심정이었을지도 모른다고 새삼 깨달았다.

"나는 근육이 부족하지만 이 망토가 있으면 속일 수 있겠지."

고와다는 원피스를 선물 받은 소녀처럼 빙글빙글 돌았다. 그건 그렇고 까만 구제고등학교풍의 검은 망토는 생각보다 무겁고 지독히 더웠다.

"소장님은 왜 이런 망토를 골랐지. 센스가 이상하잖아."

그때 비밀기지 문 자물쇠가 열렸다.

고와다가 망토와 가면을 벗을 새도 없이 양복 차림 남자들이 쳐들어왔다. 리더처럼 보이는 안경 낀 삼십 대 중반 가량의 남자와 이십 대로 보이는 젊은 남자 두 명, 까까머리와 장발이다. 안경 낀 남자가 돌아보더니 복도에 대고 "너희는 거기서 대기해."라고 명령했다. 바깥에 사람이 더 있는 모양이다.

안경 낀 남자는 젊은 까까머리에게 말했다.

"조사해. 무슨 덫이 있을지 몰라."

"알겠습니다."

너무나 갑작스러웠기에 고와다는 말문이 막혔다. 자신이 폼포코 가면 차림을 하고 있다는 것조차 까먹었다. 남자들은 신중하게 고와다와 간격을 두고 벽과 천장을 둘러본다. 까까머리 남자가 방 안을 뒤지기 시작하고 장발 남자는 벽을 등지고 서고, 안경 낀 남자는 고와다를 차가운 시선으로 지켜보았다.

"그랬군. 여기가 댁의 비밀기지인가."

안경 낀 남자가 말했다.

"저기……."

고와다는 우물쭈물했다.

"조금 전의 응전은 타격이 있었어. 훌륭하군."

"저기요, 저는 아닌데요. 폼포코 가면이 아니에요."

그러자 벽 쪽에 서 있던 장발 남자가 "폼포코 가면이잖아!"라고 말했다.

"어디로 어떻게 봐도 폼포코 가면이잖아!"

"차림은 그렇지만……."

"차림이 폼포코 가면이면 폼포코 가면이지!"

한편 까까머리 남자가 쭈그려 앉아 소장의 잠든 얼굴을 살피며 "이 남자가 폼포코 가면……일 리는 없겠군." 하고 말했다. 장발 남자가 "이런 악당 얼굴을 한 정의의 사도가 있겠어?"라고 대꾸했다. 이 소란 속에서도 소장은 푹 잠들어서 일어날 낌새는 전혀 없었다.

안경 낀 남자가 손을 들어 젊은 남자들을 조용히 시켰다. 그는 고급스러운 정장을 입었지만 어딘가 후줄근했다. 머리카락은 흐트러졌고 얼굴은 홀쭉하니 피로의 기색이 짙다. 그는 "폼포코 가면 씨, 시시한 속임수는 하지 않기로 하지." 하고 말했다.

"속이는 게 아니에요."

"이봐, 들어 봐. 우리도 하고 싶어서 하는 게 아니야. 솔직히 댁을 응원하고 있어. 오히려 팬이라고. 장사를 방해한 것도 아니고, 댁이 세상과 사람들을 위해 일하는 거라면 일부러 막을 이유가 없지. 그런데 나는 덴구브란 유통기구라는 곳에서 종사하는 신세고 5대 곁에서 일하고 있어. 다시 말해 우리도 샐러리맨인 거지. 톱니바퀴의 일부야."

"아니, 그러니까……."

"댁이 엄청난 기세로 도망치니까……."

"그건 당신들이 쫓아왔기 때문이잖아요. 하지만 아무튼……."

"잠깐만 말을 들어 봐. 사람 얘기를 가로막지 말라고."라고 말하며 안경 낀 남자는 기분 나쁘게 렌즈를 빛냈다.

"소란을 피운 건 미안해. 하지만 우리 입장을 생각해 줘. 상대는 누가 뭐래도 괴인이지. 정체를 몰라. 위에서는 목숨과 바꿔서라도 데려오라고 닦달해. 우선은 큰 그물을 쳐서 붙잡은 다음에 천천히 이야기를 해야겠다 싶지 않겠어? 혹시 몰라 말해 두지만 우리는 단순한 기동부대야. 5대가 댁을 부르는 진짜 이유는 아무것도 몰라. 알 필요도 없고 말이지."

"하지만 저는 아니에요. 폼포코 가면이 아니라고요."

남자는 "호오?" 하고 말했다. 안경을 벗어 손수건으로 닦았다.

"한판 더 할까. 하겠다면 해 주지. 우리도 바로 등 뒤에 총부리가 있어. 그 정도로 물러날 거라 생각하면 곤란해."

"기다리세요. 기다리세요. 아픈 건 싫어요."

"오, 갑자기 말귀를 알아듣게 됐군. 고맙군. 솔직히 말하면 나도 이 소동은 지긋지긋해서 말이지."

"하지만 여기서 움직일 수 없어요. 다마가와 씨랑 약속했거든요."

"……누구랑 약속했다고?"

"우라모토 탐정 사무소 사람이에요."

양복 입은 남자가 잠시 얼이 빠져 있다가 이내 "아아, 그 괴상한 탐정말이군……." 하고 중얼거렸다. 그러더니 미심쩍은 표정을 지었다.

"너, 그거 이상하잖아. 그 쓸모없는 탐정들도 애초에 5대가 고용한 거야. 다시 말해 우리와 목적은 똑같다고."

"그쪽의 사정은 모르겠고요. 아무튼 약속했어요."

"한패인데?"

"다마가와 씨가 허락한다면 갈게요."

"돌처럼 융통성 없는 남자로군. 절차를 따르는 건 바람직하다만……."

남자는 황당해했지만 이제 와 사건을 악화하는 건 마음이 내키지 않았는지 "알겠다. 잠깐 기다려."라고 하고 복도를 나갔다.

복도에서 통화하는 목소리가 들렸다. 그동안 까까머리 남자는 문을 지키고 장발 남자는 벽 쪽에서 빈틈없이 경계하며 고와다를 감시했다.

곧 양복 입은 남자가 돌아와 "이야기는 됐다."고 말했다.

"5대가 기다리신다. 탐정들은 그곳에서 만난다. 댁을 데려가면 놈들도 그만 엎드려 빌어도 된다는군. 정말이지 운이 좋은 놈들이야."

이리하여 고와다는 억센 남자들에게 둘러싸여 비밀기지를 나왔다.

계단을 내려가자 일 층 계단 입구에는 빨간 얼굴을 한 취객들이 흘러 들어와 난잡하게 주저앉아 있었다. 숨이 콱콱 막히는 열기와 땀과 소스 냄새를 머금은 농밀한 바람이 고와다를 둘러쌌다. 이발소의 유리문에는 기름 묻은 손으로 만진 흔적이 온통 도배되어 있다.

건물 앞에 가마가 있다.

안경 낀 남자가 고와다의 머리를 꽉 누르더니 마구잡이로 가마에 처넣었다.

• • •

고와다를 태운 가마가 움직였다.

가마 앞에 선 두 남자가 저마다 제등을 손에 들었다. 오른쪽 제등에는 '덴구브란', 왼쪽 제등에는 '폼포코 가면'이라 적혀 있다. 천천히 움직이기 시작한 가마와 가마를 따르는 남자들 행렬은 요이야마 행사처럼 보였다. 수도승이 석장을 울리며 걸어가자 좁은 골목을 메운 구경꾼들이 공손히 길을 양보했다.

그들은 무로마치 롯카쿠 사거리에서 동쪽으로 꺾어 이윽고 가라스마 거리로 갔다.

고와다는 가마 안에 앉아 있다.

작은 구멍으로 바깥을 내다보니 야마호코의 불빛이, 노점 불빛이 그리고 시조가라스마 빌딩가의 불빛이 잇따라 지나갔다. 그리고 이따금 요이야마 경비를 맡은 교토 경찰의 번쩍이는 경광등이 보였다. 경찰관들은 '폼포코 가면'이라는 제등을 단 수수께끼 행렬이 걸어가는 것을 보고도 얼굴만 찌푸리며 지켜볼 뿐이었다.

일이 이렇게까지 되었는데도 고와다는 '빈둥거리는 휴일'을 포기하지 않았다. 이제 토요일도 얼마 남지 않았건만 나태를 향한 의지로 충만했다. 그렇기에 고와다는 그의 손에서 '빈둥거리는 휴일'을 빼앗으려는 존재라면 그것이 폼포코 가면이든, 우라모토 탐정 사무소와 덴구브란 유통기구이든 구별 없이 화가 났다. 나태를 향한 의지 앞에서는 정의도 악도 없다.

그러나 고와다는 이성적인 사람이기도 했다. '그들에게는 그들 나름의 사정이 있겠지.'라는 생각도 들었다. 한편으로 그 안의 이성은 "빨리 도망치지 않으면 위험해."라고 주장했다. 이성은 자신의 신변에 무슨 일이 일어났을 경우, 기숙사에 있는 '장래에 아내가 생기면 하고 싶은 일 목록'이 남의 눈에 드러나는 것을 특히 두려워했다. 참고로 탐정 사무소 건물 옥상에서 지나치게 맛본 덴구브란 탓에 고와다 내면의 야성이 거칠어진 것도 잊어서는 안 된다. 게으름뱅이는 온종일 깔아 놓은 이부자리를 그리워하고, 이성은 근심하고, 야성은 축제를 원했다. 그들의 격렬한 파동이 서로 부딪치고 부서져 사라지는 자리에 일종의 정숙함이 생겨난다. 그 때문인지 가마를 타고 요이야마에서 빠져나가는 고와다는 지장보살처럼 침착했다.

다시 말해 평소와 아무런 차이도 없다는 소리다.

요이야마의 밤, 엄청난 혼잡 속에 한 줄기 길을 열면서 가마가 향한 곳에는 가로등에 빛나는 가모강과 관광객으로 넘치는 시조대교가 있었다. 그 동쪽 끝에 우뚝 서 있는 레스토랑 기쿠스이의 불룩하게 나온 둥그런 지붕과 세로로 길쭉한 창문이 늘어선 벽면이 한층 눈길을 끈다. 레스토랑의 옥상, 붉은 유리구슬처럼 제등이 줄지어 달린 비어가든에서는 엎드려 비느라 다리가 저린 우라모토 탐정 사무소의 탐정들과

수상한 의도를 가진 덴구브란 유통기구의 총지배인 5대가
폼포코 가면의 도착을 기다리고 있다.

• • •

가마는 그대로 레스토랑 기쿠스이 안으로 운반되어 고와
다는 가마에서 내리자마자 엘리베이터에 떠밀려 타고 옥상
으로 끌려갔다.

"5대께서 기다리신다. 이거야 원. 드디어 일이 끝났군."

안경 낀 남자가 말했다.

옥상으로 가자 시원한 밤바람이 불어서 무더위가 누그러
졌다. 안경 낀 남자가 고와다에게 저쪽으로 가라며 앞쪽을
가리켰다. 고와다는 기지개를 켜면서 걸었다. 남자는 뒤따라
왔다.

시조대교가 내려다보이는 곳에 커다랗고 둥근 테이블이
놓여 있었다. 괴수 같은 새우 통구이, 실러캔스 같은 생선 튀
김, 괴수의 알 같은 만두가 둥둥 떠 있는 수프 등, 슬쩍 보기
만 해도 배가 빵빵해지는 극채색 만찬이 차려져 있다. 그리
고 테이블 한가운데에 우뚝 솟은 기괴한 장치가 그 현란한
광경을 망치고 있었다. 밤하늘을 향해 기립한 진공관은 거리

등불이 투영되어 반짝이고 톱니바퀴가 벌레처럼 와글와글 움직이며 불꽃이 타닥타닥 튀었다.

"고철을 모아 만든 웨딩케이크 같군."

고와다가 어이없어 하는데 장치 너머에서 한 남자가 얼굴을 쓱 내밀었다. 남자는 거대한 만두를 입에 집어넣던 중이라 서둘러 삼키려고 우물거렸다. 알파카와 판박이다.

그때 고와다는 테이블 밑에서 납죽 엎드려 있는 두 사람을 발견했다.

고와다가 허리를 구부리고 말을 걸었다.

"두 분, 왜 납죽 엎드려 계신 거예요."

우라모토 탐정과 다마가와가 고개를 들었다.

우라모토 탐정은 얼굴을 찡그리며 간신히 일어나 "살았다."고 말했다. 다마가와는 일어나자마자 "에고고고고." 하고 눈살을 찌푸리며 고통에 휘청였다. 하마터면 넘어지려던 그녀를 고와다가 안아서 세우자, 다마가와는 떨리는 목소리로 "고, 맙, 습, 니, 다."라고 인사를 했다. 그러나 "천만에."라는 고와다의 목소리를 듣자마자 흠칫 놀라 몸을 물리고 비틀비틀 뒷걸음치다 엉덩방아를 찧었다.

다마가와는 고와다를 가리키며 외쳤다.

"탐정! 이 사람은 폼포코 가면이 아니에요!"

"응? 폼포코 가면이잖아?"

"이 사람은 고와다 씨예요! 모르시겠어요?"

"설마."

우라모토 탐정은 눈살을 찌푸리고 고와다의 머리에서 발끝까지 훑었다.

"……아무리 봐도 폼포코 가면이잖아. 가면에 검은 망토에……."

"이런 차림을 하면 누구든 폼포코 가면으로 보여요."

"폼포코 가면으로 보인다면, 곧 폼포코 가면이 아닙니까."

알파카 남자가 짜증 난 목소리로 탐정들의 대화를 가로막았다.

"조금 전 보고로는 폼포코 가면의 정체는 아직 모른다고 했어요. 그렇다면 이 폼포코 가면이 폼포코 가면이 아니라고 주장하는 근거는 뭡니까?"

그 말을 듣고 다마가와는 말문이 막혔다.

"자, 그만 물러가세요."

5대는 날아다니는 파리를 쫓듯이 손사래 쳤다.

"폼포코 가면과 중요하게 할 이야기가 있습니다. 시간이 없어요."

고와다는 우라모토 탐정과 다마가와가 폼포코 가면의 정

체를 알면서도 하나도 말하지 않았음을 깨달았다. 그렇기에 그들은 오랫동안 '엎드려 빌기'를 감행한 것이다. 고와다가 감사의 마음을 담아 우라모토 탐정의 얼굴을 보자 어째서인지 탐정은 맹렬하게 얼굴을 찡그렸다. 조금 뒤 고와다는 탐정이 서투르기 짝이 없는 윙크를 했다는 것을 깨달았다. 우라모토 탐정은 고와다를 알아본 것이다.

우라모토 탐정은 "폼포코 가면이 폼포코 가면이 아니라고 증명할 수 있나."라는 악마의 증명에서 전략적으로 후퇴하기로 했다. 그는 "5대의 말씀이 맞습니다. 이것 참 잘됐습니다."라며 억지로 이야기를 마무리 짓더니 "그런데⋯⋯." 하고 화제를 전환해 성공 보수를 요구했다. 그러고는 다마가와가 따발총처럼 쏘아대는 맹렬한 항의를 태연히 무시하면서 웨이터가 가져온 은접시에 놓인 갈색 봉투를 우승 트로피처럼 거머쥐고 "다마가와 양, 물러가지." 하고 선언했다. 물러날 때를 파악하는 훌륭함과 뻔뻔한 연기에는 고와다도 감탄했다. 아우성치는 다마가와를 질질 끌고 나가면서 우라모토 탐정은 고와다에게 악수를 요청하고 "폼포코 가면! 언제나 응원합니다!"라는 말까지 날렸다.

다마가와는 긍지 높은 페르시아고양이처럼 날카롭게 으르렁대며 "아니야! 아니야!"라고 저항했다.

"고와다 씨도 아니라고 하세요!"

"말했어. 했다고. 하지만 아무도 믿지 않아. 하기야 믿지 않는 것도 일리 있지만……."

"왜 살짝 받아들이고 있는 거예요! '일리 있다.'라는 말로 넘어갈 문제가 아니잖아요!"

"점점 귀찮아져서."

"이 게으름뱅이……."

우라모토 탐정이 그녀의 입을 손바닥으로 막아서 뒷말은 웅얼웅얼하는 소리만 들릴 뿐이었다. 탐정은 영업용 미소를 얼굴에 박은 채 다마가와를 끌고 뒷걸음질 쳐서 옥상에서 모습을 감추었다.

이제 양복 차림 남자들 여러 명과 고와다와 5대만이 남았다.

"폼포코 가면, 어서 오시죠."

5대가 테이블 너머에서 말했다.

• • •

고와다는 '어떻게 해야 하지?' 하고 골똘히 생각했다.

"앉으시죠."

5대가 말했다.

고와다는 테이블 앞에 앉았다. 5대는 "저기요." 하며 말을 꺼내려는 고와다를 제지하고 "부디 분노를 가라앉히세요, 부디……."라고 말했다. 규방의 처녀를 달래는 듯하다.

5대는 테이블 중앙에 있는 수상한 장치를 가리켰다.

"지금 덴구브란을 따라 드리죠."

5대는 이 수상한 장치가 역사적이고도 가치 있는 구형 제조기라고 했다. 이 제조기는 덴구브란 제조 역사에 새로운 지평을 개척한 획기적인 발명이자, 쇼와 11년(1936년)부터 태평양 전쟁이 끝날 때까지 제조공장에서 사용되었다. 다이쇼 시대(1912년-1926년)에 전신국 직원이 취미 삼아 개발한 초기형을 생각하면 장족의 진보를 이룬 형태였다. "현대 덴구브란 제조법 기초는 이 쇼와 11년형으로 완성되었다고 봅니다."라면서 5대가 레버를 내리자 경고등이 번뜩이고 불꽃이 튀고 장치 밑부분에 붙은 검은 플레이트가 번쩍였다. 그곳에는 금색 글자로 '에비스가와 공장'이라 새겨 있었다.

5대는 덴구브란을 잔에 따라 고와다에게 내밀었다.

"이건 구형이라서 현대 것만큼 맛은 세련되지 않습니다. 그러나 조잡한 맛이 그리워질 때도 있지요. 현대 술은 목 넘김이 너무 좋거든요."

고와다는 받아들고 한 모금 마셨다.

"생각보다 꽤 괜찮답니다. 쇼와의 맛이에요."

5대는 조심스러운 말투로 말했다. 그의 뒤에는 가모강을 끼고 찬연하게 빛나는 시조 거리 빌딩가가 보인다. 왼쪽을 보면 남쪽 끝에 교토타워가 보였다. 건물 아래에서는 경찰관들이 교통정리를 하는 호루라기 소리와 시조대교를 오가는 구경꾼들의 시끌시끌한 소리가 들린다.

"이제 바야흐로 덴구브란이 도시 구석구석까지 공급되고 있습니다."

5대는 돌아보며 밤거리로 손을 뻗었다.

"밤거리 밑바닥을 적시는 알코올의 대하, 저는 이 수문의 문지기입니다. 몇백, 몇천의 밤을 가득 채울 덴구브란이 제 앞을 흘러갑니다. 부디 사양 말고 드시죠. 얼마든지요."

그리고 5대는 알파카다운 무표정한 얼굴로 덴구브란을 홀짝였다.

"부하들에게 미흡한 점이 많았던 것은 사과드립니다. 난폭한 녀석들이 많다 보니……. 그러나 저희도 당신을 원망하지 않는다는 점을 이해하십시오. 어이쿠, 실례합니다. 저는 '5대'라고 부르십시오. 모두 그렇게 부르죠. 덴구브란 유통기구의 실권을 맡고 있는 자, 그리고 토요구락부의 일원입니다. 실은 한 가지, 긴히 의논드릴 일이 있습니다."

그때 5대가 손을 들었다.

부하인 남자가 한 명 다가와 공손히 몸을 구부렸다. 5대가 "둘만 있게 해 주십시오."라고 속삭이자 남자는 고개를 끄덕이고 다른 남자들에게 눈짓했다. 고와다가 멍청하게 있는 사이에 남자들은 옥상에서 자취를 감추고 은쟁반을 든 웨이터도 사라졌다. 옥상에서 빨간 제등의 불빛이 비춘 사람은 이제 5대와 고와다 단둘이었다.

고와다는 자신은 폼포코 가면이 아니라고 말하려 했다.

하지만 유감스럽게도 선수를 친 사람은 5대였다.

5대는 일어나서 바닥에 무릎을 꿇었다. 아무런 망설임도 없이 고개를 푹 숙이고 이마를 바닥에 문질렀다. 이 얼마나 힘찬 '엎드려 빌기'인가! 땅 밑바닥에서 열풍이 뿜어 나올 듯한 기백이 충만하여 말을 걸기도 망설여졌다.

"부탁드립니다! ……부디 이제 저를 쉬게 해 주십시오!"

5대가 쥐어 짜낸 듯한 목소리로 말했다.

"저는 당신의 활동을 방해하고 싶은 마음 따위 조금도 없습니다. 남을 돕는다니 훌륭한 일이죠. 어째서 제가 그것을 막아야 합니까. 저는 교토 사람들에게 덴구브란을 운반합니다. 당신과 똑같이 사람을 돕고 있습니다. 저희는 모두 숨은 공로자. 이전부터 공감하며 당신을 응원했습니다. ······그러니까 이번 일에 저는 잘못이 없어요. 제 책임이 아닙니다."

• • •

5대는 거침없이 이야기했다.

덴구브란 유통기구는 그 지배망을 통해 폼포코 가면을 잡으려 했다. 명령은 도시 전체에 퍼져 교토 자체가 폼포코 가면을 생포하는 그물이 되었다. 오히려 폼포코 가면이 지금까지 도망칠 수 있었던 것이 기이하다. 훌륭한 도주였다.

어째서 자신은 이런 일을 해야 하는 것인가.

토요구락부의 명령이기 때문이다. 토요구락부란 매달 한 번, 토요일 밤에 모여 멧돼지전골을 먹는 것이 목적인 7인제 모임이다. 자신은 그 말석에 이름을 올렸다. 덴구브란 유통기구는 원래 토요구락부의 산하에 있어, 자신은 다른 부원들에게 위탁받아 덴구브란 유통기구의 '지배인'이라는 직책을 수행하고 있다. 그들의 의향에 따라 간단히 목이 날아가는 처지다. 엄살이 아니다. 토요구락부의 최고참 노인은 자신 같은 놈은 제대로 얼굴도 보기 황송한 지위에 있다. 교토에 사는 모든 이가 토요구락부의 손바닥 위에서 놀아난다고 해도 과언이 아니다.

어째서 토요구락부가 오늘 밤 연회에 폼포코 가면을 데려오라고 한 것인가. 자신은 그런 이유를 물어볼 만한 위치가 아니다. 조심스럽게 상상해 보건대 어쩌면 토요구락부 상위에 있는 일요구락부에서 명령했는지도 모른다. 그러나 그것도 단언할 수는 없다. 토요구락부의 좌석 순서를 생각해 보더라도 말석과 제6석의 차이는 대단히 크다. 제6석이 생각하는 바를 짐작해 볼 수는 있다손 쳐도 제5석으로 넘어가면 현격하게 어려워진다. 그리고 제5석과 제4석 사이에는 뛰어넘을 엄두조차 내지 못할 심연이 입을 벌리고 있다. 요컨대 제1석의 사정은 상상을 금할 일이다. 제1석과 일요구락부의 관계는 세상의 끝 하고도 그 너머에서 일어나는 일이다.

자신들은 조직이다. 머릿수로 밀어붙여 폼포코 가면을 강제로 토요구락부로 연행하는 것도 가능하다. 그러나 자신은 폼포코 가면에게 원한이 없다. 화근을 남기고 싶지 않다. 그러니까 먼저 단둘만 있는 자리에서 자신의 심정을 밝히고 폼포코 가면의 마음에 호소하고 싶었다. 이제 자신은 지칠 대로 지쳤다. 이런 불합리한 목적을 내걸고 조직을 통제해서는 안 된다. 조직은 온갖 곳에서 삐걱거리고 자신의 심신도 삐걱거렸다. 오늘도 '목욕재계'라 칭하고 기타시라카와 라듐 온천으로 피로를 풀러 갔다. 토요구락부에서 명한 이 임무를 맡은 이후로 긴장 때문에 밤에도 제대로 잠들지 못하고, 어깨도 등도 딱딱하게 굳었고, 때로는 숨쉬기조차 괴로울 정도다. 알파카 같은 얼굴이라 태평해 보인다고 오해받기 십상이지만 자신도 뒤에서는 허허탄식이다. 표면상의 생업은 골동품상이지만 여유가 없는 요새는 표면상의 장사까지 신경 쓸 겨를이 없어졌다. 힘도 의욕도 바닥났다. 지금은 그저 이 무거운 짐을 내려놓고 남국으로 바캉스를 떠나고 싶다. 그날을 고대하며 리무진 안에서는 늘 하와이풍 노래를 틀 정도다.

"탐정들에게 폼포코 가면은 겸업 괴인이라고 들었습니다."

고백을 마치고 5대는 말했다.

"힘드시겠죠. 저 역시 표면적인 생업이 끝나면 비공식 업무가 시작됩니다. 언덕을 넘으면 그 너머에 또 언덕을 넘어야 하고…… 그것이 끝없이 이어질 뿐이죠. 처음에는 전환이 잘 되죠. 그러나 이건 지킬과 하이드의 길이에요. 언젠가 제대로 바뀌지 않게 됩니다. 당신은 실로 훌륭한 사람입니다. 하지만 저는 이 생활을 견딜 수 없어요. 당신을 토요구락부까지 데리고 가면 이 무거운 짐을 내릴 수 있습니다."

5대는 커다란 한숨을 쉬었다.

"게으름 피우고 싶다, 게으름 피우고 싶다, 게으름 피우고 싶다."

여기에서 고와다는 5대 내면의 게으름뱅이가 지르는 포효를 들었다. 아아, 여기에도 게으름뱅이가 한 마리 있다. 그렇게 생각한 순간 고와다의 머릿속에 떠오른 것은 썰렁한 풍경의 비밀기지, 얇디얇은 이부자리에서 여전히 정신없이 자고 있을 소장의 옆얼굴이었다.

여기서 한 걸음을 내디디면 큰일이 난다. 그건 안다. 그렇고말고. 그런 짓을 하면 수렁에 풍덩 빠진 지장보살처럼 스르륵 침몰할 것이다.

그걸 알면서도 고와다는 오른손을 내밀었다.

"아무튼 이제 엎드려 비는 건 그만하세요."

이것이 그의 사랑스러운 면이다.

• • •

그 무렵 쥐 죽은 듯이 고요한 비밀기지에서 고토 소장은 잠을 잤다.

고토 소장은 통나무처럼 누워 꿈쩍도 하지 않았다. 깜빡이는 형광등의 차가운 불빛이 천장을 향한 소장의 얼굴을 비춘다. 꼭 감긴 눈꺼풀에서 느껴지는 것은 '나를 깨우려는 자는 후회하게 된다.'는 전 세계를 향한 선전포고였다.

고토 소장은 꿈을 꾸었다.

꿈속에서는 폼포코 가면의 공적을 칭송하는 행진이 이어졌다.

확 트인 푸른 여름 하늘 아래 소장을 태운 '너구리 야마'는 천천히 오이케 거리를 서쪽으로 나아간다. 교토 시청 앞 광장에 모인 사람들이 '폼포코 가면 고마워요!'라고 크게 쓴 천을 펼쳤다. 오이케 거리 양쪽은 온통 사람들로 가득했다. 폼포코 가면을 향한 감사의 뜻을 표현하려고 필사적이라 다른 사람을 밀어젖히는 것도 불사하는 모습들이다. 혼연일체가 된 환호성 속에서 "폼포코 가면, 은퇴하지 마세요!"라는 울음소리 같은 목소리가 울려 퍼졌다.

"드디어 여기까지 왔다."

소장은 눈을 감았다.

새로운 한 걸음을 내딛기 위해 갈등하던 시절을 떠올리면 어째서 조금 더 빨리 과감하게 도약하지 않았는지 후회된다. 하지만 의욕이 지나쳤던 부분도 있다. 자신의 미적 감각이 생각보다 훨씬 세상과 어긋나 있어, 친근함을 연출하기 위해 일부러 만든 너구리 가면은 묘하게 기분 나쁘게 보이고, 정의의 사도와는 한 몸이라고 생각해 준비한 검은 망토는 보기

안 좋은 데다 거추장스러웠다. 덕분에 교토 주민에게 받아들여지기까지 쓸데없는 고생을 해야만 했다. 그것도 이제는 좋은 추억거리다.

자신은 이 기쁨을 원했다.

돌이켜 보면 회사에서는 업무에 쫓겨 자신의 능력을 증명하는 데 기를 쓰면서 세월을 보냈다. 무언가를 달성해 왔을 텐데 돌아보니 자신이 상상하던 것과는 달랐다. 무엇보다도 납득이 되지 않는 점은 자신이 이룬 성과에 대해 전혀 만족하지 않는다는 사실이었다.

지나치게 우수한 탓에 '수두룩한 속물들'과의 기 싸움에서 지고 도쿄에서 교토로 왔을 때도 그 모호한 느낌은 계속되었다. 일은 일로 처리해 나갔지만 자신과는 전혀 관계없는 일로 느껴졌다. 그런 하루하루의 노동 앞에 자신이 막연히 그리던 영예는 없었다. 그렇게 수수방관하는 동안 자신 안에 있는, 가장 중요한 것이 질식해 가고 시시각각 손쓸 수 없게 될 것 같아서 초조감이 쌓였다. 머리를 텅 비우고 《요재지이》를 읽고, 밤거리를 돌아다니고, 청년들을 똑같은 고민으로 이끌기 위한 씨앗을 뿌리고, 엉터리 허풍을 떨어 사람들을 당황하게 만들어도 그 불쾌함은 자나 깨나 따라다녔다.

어느 날 밤 홀로 본토초의 바 여러 곳을 들렀다.

새벽이 가까워질 무렵, 술을 깨기 위해 고요한 데라마치 거리를 걸었다. 눈앞에도 등 뒤에도 인기척 없는 아케이드가 이어지고, 어딘가에서 푸른빛이 비쳤다. 마치 인류가 멸망한 뒤의 세계 같았다.

문득 강렬한 불안이 엄습해 소장은 멈추어 섰다.

"언젠가 나는 죽어. 그런데도 이런 곳에서 뭘 하는 거지?"

그때만큼 그 문제가 정말로 손에 닿을 듯이 바로 앞에 있다고 느낀 적은 없었다. 숨이 막힐 것 같아 소장은 떨었다. 돌연 세계가 뒤집힌 것 같았다.

"큰일이야. 어째서 여태껏 깨닫지 못했지."

그 자리에 서 있을 수가 없어서 소장은 정신없이 걸었다.

주변 인간들은 어떻게 태연한 얼굴로 살아갈 수 있을까. 어차피 다들 마지막에는 홀로 외로이 죽는다. 그것만이 중요하다. 오히려 그것밖에 중요한 것이 없다. 나는 어떻게 하지? 미로의 출구를 빨리 찾지 못하면 시간은 흐르듯이 가 버리고 영예, 곧 자신이 살았다는 실감은 얻지 못한 채 뭔지 모를 답답함을 품고 죽게 된다. 자신이라는 인생이 정체 모를 부채를 안고 끝난다!

정신을 차리니 소장은 야나기코지에 서 있었다. 눈앞에 하치베묘진이 있다. 가로등 불빛에 어슴푸레 빛나는 너구리들이 그곳에 있었다. 너구리들은 복스럽게 웃으며 만족한 듯이 보인다.

"어쩌면 좋습니까? 어쩌면 좋습니까?"

소장은 하치베묘진에 합장하면서 눈물을 흘리고 자신이라는 수렁으로 기어 들어갔다.

그리고…….

과연 바닥이 있을까 싶은 진창 밑바닥에 발이 닿았을 때, 자욱하게 용솟음치는 진흙 속에서 "더욱 감사받고 싶다! 더욱 직접적으로! 더욱 많은 사람에게!"라는 단순하기 그지없는, 마치 불이 붙은 멍청이처럼 울부짖는 목소리가 들렸다. 사반세기에 걸쳐 비틀어진 자신이라는 존재가 탄력을 받아 뜨겁게 달군 탄환처럼 튀어나온 것이 '폼포코 가면'이라는 괴인이었다.

• • •

지금, 소장을 태운 '너구리 야마'는 가라스마 거리를 남쪽으로 나아갔다.

제2차 세계대전에서 귀환한 군대를 맞는 뉴욕 퍼레이드처럼 양쪽에 이어지는 가라스마 오피스 빌딩가에서는 종이 눈꽃이 성대히 쏟아졌다. 조용히 나아가는 너구리 야마를 구경하려고 새카만 군중이 거리 양쪽에 늘어서고 빌딩 옥상에서도 관광객들이 몸을 내밀며 손을 흔들었다.

"나는 살아 있다."

소장은 환호성을 온몸으로 받으면서 황홀해했다.

지금이야말로 자신이 원하던 것을 분명히 알겠다. 도쿄 전근 따위는 두려워할 것 하나 없고, 고와다에게 대를 잇게 하려던 생각 따위는 자신의 나약함이었다. 남에게 맡길까 보냐. 모두에게 내가 필요하다. 폼포코 가면은 나다. 앞으로도 줄곧 나다. 일은 그만두고 '정의의 사도'를 전업으로 살아가자. 어떻게든 된다. 이토록 많은 사람이 기뻐해 주지 않는가.

마침내 너구리 야마의 앞길에는 시조가라스마 교차점이 보였다. 그곳에는 동서남북에서 모인 선남선녀가 넘치고 저마다 형용할 수 없는 무언가를 외치면서 하늘을 향해 손을 뻗었다.

여기에서 하늘은 땅에 가까워지고 시간의 흐름은 멈춘다.

소장은 야마호코에서 몸을 내밀고서 대교차점을 가득 메운 수많은 군중을 내려다보았다. 검은 망토를 펄럭이고 오른팔을 허공에 쳐들었다. 스스로도 믿기지 않을 만큼 힘이 넘쳤다.

"다 덤벼라!"

소장은 외쳤다.

대교차점을 가득 메운 구경꾼들이 엄청난 환호성을 질렀다. 이제 들리는 것은 자신을 향한 성원뿐이다. 세계는 얼마나 호의로 가득한가.

"세상이 내 편이다!"

소장은 등줄기가 떨릴 만큼 기뻤다. 너구리 가면 아래에서 뜨거운 눈물을 흘리며 굴러떨어질 듯이 몸을 내밀고 대교차점을 가득 메운 사람들에게 외쳤다.

"곤란한 일이 있겠지! 자, 이 손을 잡아라! 언제든! 어디서든! 얼마든지! 곤경에 처한 사람을 돕는 것이 이 몸의 일이 아니겠느냐!"

땅이 울릴 듯한 갈채가 거리를 뒤흔들었다.

• • •

평탄한 듯하면서도 파란으로 가득한 토요일.

이 알쏭달쏭한 토요일 이야기가 아무래도 클라이맥스에 접어들 무렵이 되었다. 우리의 폼포코 가면이 고와다 같은 게으름뱅이에게 만사를 맡기고 잠들어 버려도 되는 것인가.

폼포코 가면이라면 악의 조직의 ―아마도 좋지 못한― 야망을 깨부수고 도시를 마수에서 구해야 하는 것 아닌가. 그래야지만 독자의 정의감도 충족되고, 폼포코 가면에게 박수를 보내고 싶어질 것이다. 꿈속에서 들뜬 채 영광에 도취될 때가 아니다. 폼포코 가면이여, 정신 차려라.

그리 말씀하시는 분도 있으리라.

그러나 여러분.

중요한 점이니 다시 반복하겠다. 우리에게 필요한 것은 배려심이다. 지금, 우리 눈앞에 드러난 전 인류의 장대한 유대를 주목하라. 누구든 졸릴 때는 졸리다.

잠자라, 폼포코 가면. 잠자라.

정의의 사도니까 게으르면 안 된다고 대체 누가 정했어?

제 4 장

거룩한 게으름뱅이들

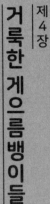

일찍이 필자의 지인은 취직과 동시에 다음과 같이 큰소리쳤다.

"학창 시절에 실컷 잤으니까 삼 년은 안 자고 안 쉬고 일하겠어."

말할 필요도 없이 무리였다.

내면의 게으름뱅이 역사는 길다. 우리는 인류이기에 앞서 게으름뱅이였다. 선조님이 나무 위에서 사는 것을 그만둔 이유는 나무에 오르기가 귀찮았기 때문이다. 근면한 원숭이들이 나무 오르는 기술을 이리저리 궁리하며 높은 곳을 향할 때, 나무를 잘 타지 못하는 게으름뱅이들은 땅바닥에서 빈둥댔다. 어느 날, 벼락에 맞아 노릇노릇 구워진 멧돼지를 다 함께 나눠 먹으면서 "어라? 나무를 못 타도 문제없지 않아?"라는 사실을 깨달은 선구자가 있어, 인류사에 영광의 새로운 지평을 열었다. 그 증거로 여러분 중에 나무 타기 달인이 몇 명이나 있는가?

내면의 게으름뱅이는 잠든 사자이다. 포효하는 대신에 하품을 한다. 남쪽 섬의 바캉스를, 불요불급의 철도 여행을, 끝나지 않는 여름방학을 꿈꾼다. 샛길로 빠져 시간을 허비하고 오늘 할 수 있는 일을 내일로 내던지고, 기묘한 술에 취하고, 아무 곳에서나 잠들어 버린다.

그들에게 모든 일을 맡겨도 될까.

당연히 안 된다.

거룩한 게으름뱅이를 제외하고는.

거룩한 게으름뱅이란 평범한 사람이 보면 이상한 존재이지만 하늘의 질서와는 맞는 존재이며, 쓸모없어 보이는 가운데 쓸모 있는 사람이다.

그러나 '무용지용'이라는 말을 대대로 물려받은 보물처럼 휘두르며 큰소리로 주장하는 것은 삼가라. '쓸모없는 것 또한 쓸모 가운데 하나'라며 괜한 애를 쓰다 보면 쓸모를 숭배하는 일파에게 무릎 꿇게 된다. 여기서는 청개구리가 한 번 되어 '쓸모 또한 쓸모없음 가운데 하나이다.'라고 말해야 할까. 쓸모없음의 쓸모 또한 쓸모 가운데 하나이며, 그 쓸모 또한 쓸모없음 가운데 하나라고 친다면, 무용지용 또한 쓸모가 있으면서 없는 것으로……

뭐가 뭔지 헷갈리더라도, 여러분.

오늘은 축제다.

···

　레스토랑 기쿠스이에서 나온 우라모토 탐정과 다마가와는 시조대교 옆에 있었다.

　시조 거리는 요이야마 구경꾼으로 가득했다. 가와바타 거리에서는 경찰관들이 빨간 봉을 휘저으며 교통정리를 했다.

　다마가와는 저린 다리가 진정되기를 기다리면서 분노를 담은 눈으로 우라모토 탐정을 쳐다보았다. 탐정은 난간에 기대 갈색 봉투에서 돈을 꺼내 계산했다. 그가 가장 진지한 얼굴로 임하는 탐정 업무이다. 그런 주제에 손끝이 야무지지 못해 셀 때마다 장수가 달라져서 일희일비하고 있다. 우라모토 탐정이 머릿속에서 애매하게 주판을 튕겼을 모습이 손에 잡힐 듯이 보여서 다마가와는 한층 더 화가 났다. 덴구브란의 취기는 가셨다.

　"그자는 폼포코 가면이 아니었어요. 분명히 틀렸어."

　다마가와는 아픈 다리를 문질렀다.

　"이걸로 사무실 경비를 낼 수 있겠어. 고와다 군 덕분에 살았어."

　"우라모토 탐정. 저 폼포코 가면이 고와다 씨라는 거 아니셨습니까?"

"나는 전부 꿰뚫어 보지."

우라모토 탐정이 그렇게 말하자마자 다마가와는 갈색 봉투를 빼앗았다.

"앗! 다마가와 양, 뭘 하는 거야."

"이건 5대에게 돌려주겠어요. 사정을 알면서 이런 돈을 받을 수 있어요?"

"진정해. 고와다 군은 폼포코 가면 2호잖아? 완벽한 가짜도 아닌 게지. 5대는 만족했고 우리는 보수를 받았어. 어디가 문제라는 거지?"

"고와다 씨를 희생해서 돈을 벌겠다고요?"

"듣기 불편한 소리 하지 말게. 흐름을 거스르지 않았을 뿐이야."

빈둥대는 우라모토 탐정의 모습에 다마가와는 대꾸할 기력도 잃었다. 갈색 봉투를 가슴에 꼭 끌어안고 시조대교 난간에 기댄다. 우라모토 탐정이 "자네는 어쩔 수 없는 사람이로군."이라며 투덜거리고 다마가와는 "저는 제대로 일하고 싶어요."라고 대답했다.

"다마가와 양, 눈을 똑바로 떠. 아직 때가 무르익지 않았다."

"무슨 말씀이세요?"

"내 탐정적 직관이 속삭였어. 5대는 안달이 나 있었어. 그건 상사에게 겁먹은 남자야. 아하! 싫었지. 흑막 너머에는 반드시 흑막이 있는 법."

"5대가 누군가의 부하였나요?"

다마가와는 깜짝 놀라 우라모토 탐정을 바라보았다. 탐정은 길거리에서 나눠 주던 부채로 파닥파닥 얼굴을 부치면서 땀을 닦았다. 확실히 이 사람은 아무것도 하지 않는 사람이지만 아무 생각도 없는 것은 아니다. 이른바 '생각하는 바위'이다. 얼마나 의지가 될지 모르겠다만.

다마가와는 가슴에 끌어안고 있던 갈색 봉투를 우라모토 탐정에게 돌려주었다.

보수를 손에 든 우라모토 탐정은 의기양양했다.

"자, 기운 내라고 다마가와 양. 이걸로 우리의 토요일은 '의뢰'라는 성가신 것으로부터 자유로워졌어."

다마가와는 레스토랑 기쿠스이의 비어가든을 올려다보며 중얼거렸다.

"어쩔 작정이세요?"

"흐름을 살피지."

우라모토 탐정은 대답했다.

"이익은 확보했다. 여기서부터는 밑천은 생각할 필요 없이 몽땅 이득이지."

· · ·

5대는 고와다를 데리고 레스토랑 기쿠스이를 나와 시조대
교를 건넜다.

야사카 신사에서 가라스마 부근까지 시조 거리는 동쪽으
로 향하는 사람들의 흐름과 서쪽으로 향하는 사람들의 흐름
이 거침없이 오갔다. 알파카 남자와 폼포코 가면을 양복 차
림의 듬직한 남자들이 둘러싼 집단은 관광객의 흐름 속에서
도 으스스하게 튀었다.

시조가와라마치 교차점을 건너 우라테라마치로 들어가
5대가 고와다를 데려간 곳은 바로 자그마한 야나기코지였다.
5대를 필두로 남자들은 하치베묘진을 참배했다. 어둠 속에서
웃는 너구리들에게 고와다는 '어쩌야 할까요?'라고 마음속으
로 물었다. 너구리들은 '괜찮아! 괜찮아! 어떻게든 된대도!'라
고 말하는 것처럼 복스럽게 웃기만 했다.

이어서 그들은 야나기코지에 면한 '히비키'라는 술집으로
들어갔다.

그곳에서 고와다를 맞이한 것은 목조 건물의 술집을 뒤흔
드는 박수갈채였다. 노출 콘크리트 시공을 한 바닥에 거무스
름한 나무 테이블이 늘어선 술집은 취객들로 발 디딜 틈 없

이 북적여 요이야마의 소란을 잘라다가 집어넣은 것 같았다. 인간의 열기와 주방의 연기로 공기가 부옇다. 5대는 고와다를 잡아끌며 손을 뻗어 오는 취객들을 치우고 안쪽으로 나아간다. 바라보는 취객들 사이로 "여! 폼포코 가면!" "친절한 괴인!"이란 목소리가 들렸다.

방으로 된 연회실이 있었다.

먼저 눈에 들어온 것은 연회실 가장 안쪽에 앉은 검은 기모노 차림의 거대한 노인이었다. 연회실에 모인 다른 인간들도 특이했지만 노인의 존재감은 다른 이들을 압도했다. 주름 가득한 얼굴을 보면 여든 살을 넘은 것 같지만 눈빛은 매처럼 예리하다. 무엇보다 놀라운 것은 그 거구다. 앉아 있는데도 시선은 고와다보다 위에 있고, 가로 폭은 고와다의 세 배는 된다. 들고 있는 사기잔은 너무 작아서 손바닥에 숨어 버렸고 옆에 앉은 무희가 인형으로 보일 정도였다.

노인은 섬세한 동작으로 사기잔을 내려놓고 고와다를 보았다.

"잘 오셨소."

5대는 고와다를 노인 옆까지 끌고간 뒤 납죽 엎드린 채 슬금슬금 물러나 말석에서 대기했다.

"우리는 토요구락부라 하오."

노인은 그렇게 말하고 연회실에 모인 구락부 회원들을 소개했다.

가장 먼저 소개한 새카만 승복을 입은 거인은 더러움으로 다른 이를 압도했다. 머리도, 수염도 텁수룩하고 무릎에 얹은 더러운 자루에서 다리가 버글버글 달린 말린 곤충을 꺼내 아작아작 씹었다. 수염이 번쩍이는 이유는 먹어 치운 곤충 파편이 전등 불빛에 반사되어 빛나기 때문이다. 등 뒤 벽에 세워 놓은 서프보드만 한 크기의 하고이타(장방형에 손잡이가 달린 나무판. 원래 전통놀이 도구이나 액막이용 장식품으로도 쓰인다)에는 폭포를 오르는 잉어가 그려져 있다. 한편, 가장 궁상스러운 이는 양복을 입은 초로의 남자로, 거대한 뇌가 들어 있을 듯한 큰 머리를 저으면서 검은 테 안경 안쪽에 있는 눈을 신경질적으로 가늘게 떴다.

"드디어 오셨구려!"

큰 목소리로 웃는 불그레한 얼굴의 중년 남자는 복숭앗빛 와이셔츠에 금목걸이를 걸고 금팔찌를 찼다. 싸늘한 얼굴로 그 중년 남자를 보는 이는 귀부인인 체하는 노부인으로, 등을 곧게 펴고 새치름하게 있었다. 그중에서 가장 이색적인 멤버를 꼽자면 벼슬 색이 멋들어진 아름다운 투계였다. 칠흑에 한 줄기 갈색이 섞인 깃털은 반지르르하게 비단처럼 빛나고 우람한 목은 똑바로 뻗어 있었다. 예의 바르게 방석에 앉아 동료들에게 말을 거는 것처럼 고개를 콕콕 움직이고 있다.

"고저스 씨도 흥분하셨네요."

노부인의 속삭임으로 고와다는 그 닭이 '고저스 씨'라고 불린다는 사실, 닭이지만 구락부의 어엿한 일원으로 대우받는다는 사실을 알았다. 그런 이색적인 면면의 말석에 덴구브란 유통기구의 5대는 존재감을 한껏 지우고 앉아 있었다.

"여러분, 시작해도 되겠는가."

노인이 등을 곧게 펴고 짝 하고 큰 소리로 양손을 마주쳤다. 일순간 조용해졌다. 노인은 고와다를 향해 양손으로 다다미를 짚고 고개를 숙였다. 그러자 다른 구락부 회원들도 그에 맞춰 고개를 깊이 숙였다. "당신은 일요구락부에 초대받았소."라고 노인은 말했다.

"네?"

고와다는 당황했다.

"일요구락부가 토요일 밤에 열리다니 전대미문의 일이오."

노인은 중후한 목소리로 말했다.

"일요구락부에 초대받았다는 것은 당신이 얼마나 중요한 인물인지 알려주는 가장 큰 증거요. 이렇게 당신과 말을 주고받는 것조차 일요구락부의 역린을 건드리지 않을지 우리는 전전긍긍하고 있는 상황이라오. 토요구락부는 일요구락부를 위한 대기실에 지나지 않소. 당신을 무사히 전송하면 우리의 요이야마 임무는 끝이라오. 부디 조심히 가시게나."

무희가 "안내하겠습니다."라고 말하고 고와다의 손을 잡았다. 무희의 손에 끌려 토요구락부 연회실에서 나갈 때 말석에 있는 5대를 보자 여태 쌓인 피로 탓인지 알파카처럼 입을 우물우물하며 졸고 있었다. 그 너머에는 술집의 혼잡함이 있다. 그리고 만원전철처럼 가득 찬 취객들 사이로 아는 얼굴이 보였다 안 보였다 한다.

우라모토 탐정과 다마가와였다.

•••

무희는 고와다의 손을 잡고 연회실에서 나와, 안쪽 알전구가 잿빛 벽을 비추는 좁은 복도를 나아갔다. 막다른 곳에 미닫이문이 있고 신발을 벗고 들어가도록 되어 있다.

무희는 "저는 여기까지."라고 말하며 물러갔다.

신발을 들고 미닫이문을 열자 그곳은 또 연회실이었고 일요구락부원들이 기다리고 있었다. 고와다는 정중한 대접을 받았다. 일요구락부의 대표자는 칠흑의 드레스를 입고 새하얀 어깨를 드러낸 요염함 미녀였다. 고와다는 두근거렸지만 미녀는 자기소개를 서둘러 마치더니 고개를 숙였다.

"일요구락부는 월요구락부를 위한 대기실에 지나지 않습니다. 당신을 월요구락부까지 무사히 전송하면 저희의 요이 아마 임무는 끝납니다."

조금 전에 들은 대사다.

고와다가 아쉬워하면서 연회실을 나오자 등 뒤에서 닫힌 장지문 너머로 거대한 프로젝트를 완료한 것처럼 기뻐하는 목소리와 만세 삼창이 들렸다.

일요구락부를 뒤로하고 계단을 올라간 끝에는 월요구락부가 기다리고, 등롱이 있는 이끼 낀 안뜰을 둘러싼 곳에는 화요구락부가 기다리고, 순백의 장지 사이로 난 검고 반드르르한 복도를 따라간 곳에서는 수요구락부가 기다리고 있었다. 고와다는 어디에 얼굴을 내밀어도 갈채를 받았고, 그들은 외국에서 들여온 포도주를 권하고, 조릿대 잎으로 싼 고급 과자를 권하고, 향기 좋은 녹차로 환대했다. 후시미 이나리 신사의 센본도리이(신사의 기둥문인 도리이가 빼곡하게 이어진 참배길)를 지나듯이 고와다는 수많은 연회실을 돌았다.

가짜 폼포코 가면이라는 양심의 가책은 쌓여만 갔다.

환영받으면 받을수록 정체를 밝힐 타이밍을 놓쳤다. 새삼

이 가면과 망토를 자신의 사정만으로 벗을 수는 없다. 그건 그렇고 이 젤리 같은 과자는 맛있군, 이 술도 맛있어, 그렇게 감탄하는 사이에 쏟아지는 환호성과 좋은 술로 기분 좋게 알딸딸해진 정신이 찝찝함을 밀어냈다.

금요구락부에 이어 고와다는 토요구락부로 안내받았다. 순간 쳇바퀴처럼 도는 건가 했지만 그 토요구락부는 조금 전 5대에게 끌려간 토요구락부와는 달랐다. 연회실에 늘어선 면면도 낯이 설다.

"당신들은 정말로 토요구락부인가요?"

고와다가 물었다.

상좌에 앉은 호테이(포대. 칠복신 중 하나로 뚱뚱하며 늘 자루를 메고 있다)와 똑 닮은 거인이 웃었다.

"토요구락부이고말고!"

거대한 호테이는 거대한 배를 두드리며 껄껄 웃더니 진홍색 부채를 휘둘렀다. 대야 같은 붉은 술잔에 술을 붓고 고와다에게 권했다.

"같은 이름의 구락부가 어딘가에 있다는 소문은 들었습니다. 그러나 그런 잔챙이들은 우리의 그림자 같은 것이지. 하기야 우리 또한 다른 구락부의 그림자일지도 모르겠으나⋯⋯. 아니, 이건 농담. 자, 폼포코 가면이여, 일요구락부로 안내하지."

이리하여 행각은 계속되어 요이야마 밤에 끝없는 나선을 그렸다.

앞으로 나아갈수록 너구리의 기척이 자욱하게 깔리고 발 밑 다다미는 어린아이 머리카락처럼 부드러워졌으며 연회실에 자리한 이들의 요괴스러움도 더해갔다. 여흥으로《헤이케 이야기(다이라 가문의 흥망성쇠를 그린 고전)》의 한 구절을 재현하는 연회실도 있고, 대야에 든 커다란 비단잉어를 감상하면서 술을 주고받는 연회실도 있고, 자욱한 담배 연기 속에 거대한 그림자만 보이는 연회실도 있었다. 연회실에 자리한 이들의 체구는 점점 커졌고, 마침내 고와다는 천장에 머리가 부딪칠 만큼 큰 거인들과 마주하게 되었다. 그곳은 덴구브란이 안개가 되어 허공에 퍼져 있어서 앉아 있기만 해도 취했다. 게다가 열대처럼 무덥다. 히비키라는 술집에 셀 수 없는 연회실들이 걸쭉하게 합쳐져 어딘가 깊은 곳으로 가라앉아가는 듯했다. 때로 어딘가의 연회실에서 큰 웃음이 일면 그 웃음이 복도로 전해져 기둥을 흔들었다. 웃음은 웃음을 부르고, 연회실과 연회실이 공명하며 하나가 되었다. 마치 땅속에서 거대한 웃음이 끓어오르는 것처럼 건물을 통째로 뒤흔들었다.

"이렇게 되었으니 갈 데까지 가 주마."

고와다는 각오를 굳혔다.

그 순간 연회실 행렬은 뚝 끊겼다.

눈앞에는 어둑하고 텅 빈 방이 있었다.

스물다섯 평은 되는 연회실이다. 양쪽은 하얀 장지에 빨간 빛이 일렁이고 정면 안쪽에는 도코노마와 곁방으로 이어지는 미닫이문이 있다. 연회실 중앙에는 한 평 정도의 벨벳 융단이 깔려 있다. 아라비안나이트를 연상하게 하는 커다란 물담배와 빨간 유리로 된 서양 램프가 놓여 있고, 램프를 둘러싸듯이 빨간 소파가 세 개 있다. 물담배는 이따금 '뻐끔' '뻐끔' 하고 작은 소리를 냈다. 다가가 보고 알았지만 소파에는 빨간 잔찬코(솜을 넣어 만든 조끼 같은 전통 겉옷)를 입은 갓난아기처럼 작은 노인들이 앉아 있었다.

"안녕하세요."

고와다가 속삭였다.

노인들은 말 없는 미소로 얼굴에 주름을 모으고 물담배에서 길게 뻗은 관을 우물우물했다. 아마도 입인 것 같은 주름 틈에서 끊임없이 연기가 새어 나왔다. 몸 어딘가 그을리지 않았는지 걱정될 지경이다. 수령 오백 년의 분재에게 말을 거는 기분이었다.

노인들의 입에서 새어 나온 연기가 연회실을 가득 채운 붉은 빛 속을 뱀처럼 꿈틀대며 연회실과 곁방을 가로막은 미닫이문 틈으로 빨려 들어갔다.

"이쪽이라는 걸까?"

고와다는 미닫이문에 손을 뻗었다.

어디선가 들려온 땅울림 같은 웃음소리가 건물을 와르르 흔들었다.

• • •

뒤쪽 미닫이문을 닫자 술집을 뒤흔들던 웃음소리는 뚝 멈추었다.

그곳은 또다시 스물다섯 평은 될 법한 연회실이었다.

고와다의 눈앞에 빨간 유카타를 입은 여자아이가 서 있었다. 어딘가에서 만난 것만 같다.

입에 뭔가를 물고 있는 것처럼 볼이 볼록한 그 여자아이는 고와다 앞에서 몸을 비스듬히 기울이며 '안쪽으로 나아가라.'라는 듯 손짓했다.

연회실은 미닫이문 앞에 있는 축제용 제등 하나만으로 불을 밝히고 있었다. 그 제등에는 '너구리 야마'라는 새카만 글자가 적혀 있었다. 그리고 제등 옆에는 빨간 유카타를 입은 소녀가 한 명 더 보였다. 그쪽 여자아이는 고와다에게 등을 돌리고 안쪽 미닫이문에 달라붙듯이 서 있다.

고와다는 다다미방을 걸어갔다.

"어이쿠, 으스스한 곳에 왔군."

등줄기가 오싹했다.

고와다는 뒤돌아보았다.

그러기를 기다린 것처럼 볼이 볼록한 여자아이가 기묘하게 움직였다. 여자아이는 눈을 감고 발돋움했다. 아이가 키스를 재촉하듯이 입술을 오므리자 그곳에서 작고 붉은 것이 튀어나와 어두운 천장을 아슬아슬하게 스쳐 날아갔다. 고와다의 머리 위에서 원을 그리며 제등 불빛에 비춘 물체는 미끈미끈하고 붉게 빛나는 금붕어다. 그때 제등 옆에서 미닫이문을 보고 있던 소녀가 홱 돌아 먹이에 달려드는 잉어처럼 허공을 날아온 금붕어를 날름 입으로 받아냈다.

고와다는 기겁하여 멈추어 섰다.

허둥지둥 돌아보자 볼이 볼록했던 여자아이는 이미 등을 돌리고 있다. 맞은편 미닫이문에 달라붙듯이 서서 빨간 유카타 소매를 펄럭였다. 고와다는 한동안 그녀를 바라보다가 제등 쪽으로 방향을 돌렸다. 제등 옆에는 똑같이 빨간 유카타를 입은 여자아이가 자신을 향해 서 있다.

고와다는 물었다.

"너희는 쌍둥이니?"

그러나 여자아이는 금붕어를 넣은 볼을 불룩하게 부풀린 채 고개를 끄덕이지도 가로젓지도 않는다. 그저 미닫이문을 열고 고와다에게 '들어가.'라는 듯한 몸짓을 할 뿐이다.

미닫이문 너머는 두 평 남짓한 작은 방이었고 온기가 감돌았다. 다다미방 한가운데에 커다란 계단이 위로 이어졌다.

"이게 뭐야?"

그리운 모기향 냄새가 흘러나온다.

계단 위에서 날카로운 어린아이의 목소리가 내려왔다.

"폼포코 가면, 어서 와. 괜찮다. 올라오시게."

• • •

고와다가 요이야마에서 마지막 계단을 올라갈 때, 주말탐정 다마가와는 히키비에서 멀리 떨어진 거리에 있었다.

그녀는 귀를 기울였지만 기온 음악도 들리지 않았다.

좁은 길에는 가로등 불빛도 띄엄띄엄 있고 영업이 끝난 약국과 의원, 민가의 담이 이어졌다. 요이야마의 기적은 어디에도 없었다.

다마가와는 술집 히비키에서 하이볼을 퍼붓는 우라모토 탐정을 두고 가게 안쪽으로 끌려 들어간 고와다를 뒤따르고 있었다. 그러나 하필이면 이 중요한 때 그녀는 길치 재능을 유감없이 발휘해 금세 고와다를 놓치고 말았다. 심지어 돌아 가려다가 낯선 연회실로 들어가게 되었는데 무슨 영문인지 환영받으며 술잔을 건네받았다. 겨우 거절하고 빠져나왔다 싶었더니 술집 바깥이었다. 퍼뜩 깨달았을 때는 낯선 길에 서 있었다.

다마가와는 우라모토 탐정에게 전화를 걸었다. 시간이 상당히 지나고서야 우라모토 탐정이 "얍!" 하고 전화를 받았다. 전화 너머는 술집 히비키일 텐데, 엄청난 웃음소리가 메아리 쳐서 윙윙 바람이 울리는 것처럼 들렸다. 우라모토 탐정 목소리도 잘 들리지 않는다.

"헤매고 있어요."

다마가와가 말하자 우라모토 탐정은 "어이쿠." 하고 대답 했다.

"탐정, 아무리 생각해도 이상해요. 평소에는 이렇게까지 헤매지 않는걸요. 이거 '지금은 헤매야 할 때'인 걸까요?"

"오, 뻔뻔해지는 법을 익혔군. 헤매야 할 때 헤매는 것도 재능 중 하나지."

"아무튼 흐름을 따라가도 됩니까?"

"되고말고."

"하지만 이상해요. 제가 있는 곳은 이상하게 조용해요. 요이야마 기척이 전혀 없어요."

"중심부에서 조금 떨어지면 골목은 조용한 법이지."라며 우라모토 탐정은 나직하게 말했다.

"자네가 생각하는 것보다도 의외로 가까울지도 모르네."

"아무리 가까워도 저한테는 먼데요."

"……그렇다면 먼 곳이 뜻밖에 가깝기도 하다는 소리다." 하며 우라모토 탐정은 수수께끼 같은 말을 했다.

"아무튼 내가 계속 히비키에서 잠복할게. 5대 일행은 아직 안쪽에서 술을 마시는 것 같으니까."

"탐정도 너무 마시지 마세요."

다마가와는 그렇게 말하고 전화를 끊고서 어두운 뒷골목을 걷기 시작했다. 행선지는 모르겠다. 지금까지 길을 잃고 실컷 고생한 덕분일까. 방향치인 그녀는 드디어 본격적으로 뻔뻔해지려 하고 있었다. 헤맬 테면 헤매라. 탐정이니까 헤매서는 안 된다고 대체 누가 정했어?

오래되고 거대한 초등학교 옆을 지나 문을 닫은 폐절 앞을 지나 띄엄띄엄 가로등이 있는 돌바닥 골목을 걸었다.

문득 그녀는 발밑의 맨홀을 주시했다.

'너구리'라는 글자가 적혀 있고 주변에 북슬북슬한 털이 났다. 쭈그리고 앉아 그 털을 쓰다듬으면서 눈을 가늘게 뜨고, 가던 방향을 보자 가로등이 희미하게 비추는 노면 여기저기에 털 뭉치가 보였다.

"……본 적이 있어."

다마가와는 중얼거렸다.

어릴 적 아버지랑 함께 요이야마에 놀러 갔다가 길을 잃고 홀로 걸은 밤. 그때 자신은 방향치가 아니었다. 아니, 방향치라는 것조차 모를 정도로 어렸다. 그런 주제에 모험심만은 있어서 자기 혼자 성큼성큼 걸어갔다. 언젠가 아빠와는 만날 수 있을 거라 믿었다. 아무리 헤매고 헤매도 돌아가야 할 곳으로 돌아갈 수 있다는 자신감이 충만했다. 그 자신감은 어디에서 샘솟은 걸까. 이른바 우라모토 탐정이 말하는 확신이란 것 말이다.

"그렇게 걸어간 곳에서……."

괴상한 아이와 안면을 텄다.

아이는 그 이후로 만난 기억이 없다. 아무튼 근처에서 보지 못한 특이한 아이였다. 그녀의 어릴 적이라 해도 고작해야 십수 년 전 일이기 때문에 빨간 배두렁이를 두른 긴타로 (옛날이야기 속 괴동. 배두렁이만 걸친 모습으로 유명하다) 같은 아이가 주변을 돌아다닐 시대가 아니다. 그 아이는 포동포동 살이 쪄서 배두렁이에서 삐져나온 뱃살을 그녀에게 밀어 넣어 달라고까지 했다. 이상한 녀석! 잡동사니가 가득한 더러운 작은 방에 살았다. 아니, 아니다. 그 아이는 그곳이 야마호코라고 우겼다. 설마 그런 야마호코가 존재할까. 그렇게 쓰레기로 가득한 야마호코가 있을 턱이 없고, 그곳에 어린애가 살 리도 없었다. 그곳은 우라모토 탐정 사무소처럼 엉망진창이었다. 그 애는 스스로 쓰레기조차 버리지 않는 게으름뱅이였다.

그때, 그녀의 앞길에 작은 불빛이 확 밝았다. 그것을 시작으로 양쪽에 늘어선 어두운 집집의 처마 끝에 잇따라 제등 불빛이 켜졌다.

제등에 적힌 까만 글자를 읽고 다마가와는 "너구리."라고 중얼거렸다.

기억이 되살아났다.

어릴 적 그녀 또한 제등 불빛을 보고 '너구리'라고 중얼거렸던 것이다. 그렇게 이 불빛을 쫓아갔다. '너구리 선생'을 증조부로 두고 너구리 병풍으로 감기를 치유하는, 너구리를 사랑하는 일가에서 자란 여자아이는 설령 다른 한자는 읽지 못해도 '狸(너구리)'라는 글자만은 알고 있었다.

• • •

고와다가 계단을 올라간 곳은 잡동사니로 가득한 두 평 남짓한 방이었다.

"나 참, 오는 데 왜 이리 늦어. 기다리다 지쳤잖아!"

더러운 이부자리 위에 별난 아이가 책상다리를 하고 화를 내고 있다. 긴타로처럼 빨간 배두렁이를 하고 엉덩이는 드러내고 허리에는 모기향이 든 원형 금속용기를 찼다. 오동통한 얼굴은 새하얀 것이 왠지 모르게 네모난 찹쌀떡을 닮았다. 배두렁이 밑에 통통하게 살이 가득하여 관록은 충분했다.

"넌 누구니?"

고와다가 물었다.

"누구냐니 뭐야. 무례하기 그지없구나."

아이는 구운 떡처럼 부풀어 올랐다.

"나는 하치베묘진이다."

"하치베묘진이라고?"

"너, 폼포코 가면이지? 나, 알아. ……여기에 앉아도 돼. 허락한다."

　하치베묘진은 콧물을 훌쩍이며 "에취!" 하고 재채기를 했
다. 그러자 폭신폭신하고 둥근 너구리 꼬리가 엉덩이 부근에
서 뿍 하고 나왔다. 그는 뜬금없는 물건이 나왔다는 양 "어
라?" 하고 중얼거리고 엉덩이를 보았다. 그러더니 꼬리를 엉
덩이로 쑥쑥 집어넣으며 바닥에 아무렇게나 내던져 놓은 크
고 더러운 천을 끌어와 "크응!" 하고 코를 풀었다.

　"털이 여기저기 있어서 재채기가 계속 나와. 어쩔 수가
없어!"

　하치베묘진이 책상다리를 하고 앉은 이부자리는 정체 모
를 얼룩이 배어 잿빛이었으나 한때는 호화로운 것이었던 듯
하다. 꼼꼼하게 수놓은 두루미와 거북이 무늬가 보였다. 조금
전부터 하치베묘진이 코를 푸는 데 쓰는 천은 공작과 기린이
그려진 현란한 태피스트리의 말로였다. 긴 태피스트리 끝은
방 한쪽에 있는 갑옷 무사인형에 휘감겨 있고 그 주변에는
찢어진 제등, 줄이 끊긴 금(琴), 변색한 소나무 가지가 어수선
하게 쑤셔 박혀 있었다. 천장을 올려다보자 더러워지기는 했
지만 금색 소란반자에 동백나무와 수선화 그림이 그려져 있
는 것을 간신히 알 수 있었다.

　고와다는 기가 막혀서 다다미방을 둘러보았다.

"이게 너구리 야마?"

"옛날에는 이 녀석을 여러 야마호코로 바꾸어 놀았지. 하지만 귀찮아졌어. 그러니까 지금은 빈둥대기만 하는 거야. 최근 오십 년 정도는 저 사다리를 내려간 적이 없어."

"게으름뱅이로구나!"

"이봐, 말을 조심하도록. 나는 신이다."

하치베묘진은 그렇게 말하며 배두렁이에서 삐져나온 살을 집어넣는 데 열심이었다. "도와줘! 도와줘!"라고 해서 고와다도 거들었지만 하치베묘진의 옆구리 살은 '멀리 가고 싶다.'는 의지를 가진 별개의 생물 같아서 아무리 집어넣어도 불쑥 튀어나왔다.

고와다 뒤쪽 벽에는 벗겨진 금병풍 위에 붉은 칠을 한 도리이가 서 있고, 그 앞에는 망가진 빨간 우산 여러 개가 쌓여 있다. 용문폭포를 오르는 잉어 나무 조각에 '벤케이(무술에 뛰어났으나 어린 우시와카마루와 겨루다 진 이후 평생토록 그를 섬긴 승려)'와 '우시와카마루(미나모토노 요시쓰네의 어릴 적 이름. 헤이안 후기의 무장)'의 망가진 인형, 금색 범고래, 토끼와 거북이를 그린 거대한 부채 등이 쌓여 있었다. 그런 잡동사니 사이에 유리구슬만 한 크기의 폭신폭신한 털 뭉치가 여러 개 있다. 고와다가 "후우." 하고 입김을 불자 털 뭉치들은 생물이 도망치듯이 굴러갔다.

"내 기숙사 방보다 더러워."

"기숙사가 뭐야?"

이내 하치베묘진은 살 집어넣기를 포기하고 나뒹굴었다.

"이건 승산이 없어. 값진 땀을 흘렸군. ……그런데 폼포코 가면, 차 마시고 싶지 않아? 과자도 먹어도 돼. 허락한다."

"네에."

"거기 잉어 조각 너머에 주전자가 있지? 내 차도 따라 줘."

고와다가 찻잔의 먼지를 닦고 주전자에서 차를 따르자 하치베묘진은 이부자리에 누운 채 가는 풀대 같은 것을 빨대 삼아 차를 마셨다.

"맛있지?"

"네에."

"폼포코 가면, '네에.'밖에 말하지 못하는군. 이상한 녀석!"

하치베묘진은 이부자리 위에 있는 기묘한 장난감을 가지고 놀았다. 교토타워와 난젠지, 다이모지산과 헤이안 신궁을 작은 나무 조각으로 재현한 것이다. 하치베묘진은 나무 조각을 엉망진창으로 조합해서 작은 교토를 만들며 놀았다.

"줄곧 여기에 계셨어요? 심심하지 않습니까?"

고와다가 묻자 하치베묘진은 "나는 지루한 거 싫다."고 대답했다.

"하지만 귀찮은 건 더 싫다."

"네에. 마음은 이해합니다."

"하지만 요이야마의 밤은 단연코 다망하지."

"……단연코 한가해 보이는데요."

"무슨 소리냐! 이제부터 몹시 바빠질 거다."

하치베묘진은 벌떡 일어나 얼굴을 부루퉁하게 부풀렸다.

"그 벽에 있는 창문을 봐. 묻혀 버렸지만."

고와다는 뒤쪽 벽을 보았다. 쌓아 올린 잡동사니 틈을 찾아내 고개를 처박자 그곳에는 유리창이 있었고, 아래에 담뱃가게 처마와 실외기, 술집 간판이 보였다. 상당히 멀리까지 온 것 같았지만 자신은 아직 야나기코지에 있었다.

"그 창문으로 쓰레기를 버리자. 그 창문 밑이 야나기코지랑 이어지는 건 요이야마 때뿐이니까 슬슬 서둘러야 해……. 쓰레기를 버리는 건 몹시 귀찮아."

"이렇게 쌓아 놓는 게 잘못이에요. 음, 부지런히 애쓰셔야겠네요."

"무슨 말을 하는 거야, 남 일처럼. 전부 네놈이 할 일이다."

"……내가? 어째서?"

"너는 멋대로 '하치베묘진의 사자'라고 말하고 다니지? 다

알고 있어. 사자라는 건 돕는다는 뜻이야. 그래서 방안이 떠올랐지. 그렇지, 이 녀석에게 치우게 하자. 다른 놈은 이런 곳까지 올 일이 없으니까 고맙게 여겨라!"

고와다가 어리벙벙하고 있자 하치베묘진은 관록 있는 배를 둥둥 두드리고 "어서어서! 빈둥댈 시간은 없다!"고 했다. 그러더니 힘든 일을 마친 듯한 얼굴을 하고 이부자리에 누웠다.

"아, 걱정하지 마. 나는 여기서 제대로 감독하고 있을 테니까."

고와다는 하치베묘진의 네모난 찹쌀떡 같은 얼굴을 바라보았다.

잠시 뒤 하치베묘진은 말없이 찻잔을 내려놓고 주위에 있는 쓰레기를 밀어냈다. 그러고는 벌렁 누워 팔베개를 했다. 그대로 꿈쩍하지 않았다.

하치베묘진은 기다리다 지쳤다.

"폼포코 가면! 이봐, 폼포코 가면!"

"뭡니까?"

"게으름 피우지 말고 빨리 일을 시작하는 편이 좋지 않아?"

고와다는 한마디, "싫어."라고 대답했다.

···

    온다 선배와 모모키는 시조가라스마 대교차점의 동북쪽, 교토 미쓰이 빌딩 아래에서 둘이 빙수 하나를 아삭아삭 나눠 먹으며 그 대단한 외벽을 올려다보았다.

    "교차점!"

    온다 선배가 돌아보며 가리키고 확인하자 모모키도 "교차점!" 하고 말했다. 두 사람은 빙수 그릇을 쓰레기통에 버린 뒤 손을 잡고 대교차점 한가운데로 갔다.

    "이 교차점 한가운데에서 사흘 밤낮 드러누워 있으면 덴구가 될 수 있대."

    "또 거짓말!"

    "거짓말이 아니야. 학창 시절 선배 중에 덴구 제자로 들어간 사람이 있었다고."

    가라스마 거리와 시조 거리가 교차하는 중심점에 서서 그들은 주위를 둘러보았다.

    북동쪽 교토 미쓰이 빌딩, 북서쪽의 어반넷 시조가라스마 빌딩, 남서쪽 시조가라스마 빌딩, 동남쪽 교토 다이야 빌딩이 하늘을 떠받치는 기둥처럼 서 있다. 동서남북 어느 쪽을 향해도 드넓은 빌딩가 사이를 관광객들이 오가고, 노점 전구 불빛이 밤 밑바닥을 빛낸다. 동쪽에는 언월도 호코, 서쪽에는 함곡 호코와 달 호코가 번쩍이고, 엄청난 군중이 뒤얽힌 가운데 기온 음악이 울려 퍼졌다.

온다 선배는 발돋움을 하고 교차점 동쪽을 보며 다이마루 백화점 앞을 가리켰다.

"저게 언월도 호코."

시커먼 사람들 사이로 신비한 새처럼 야마호코가 떠올라 있었다. 지붕에서 줄줄이 이어진 몇십 개의 제등이 빛났다. 연주자들은 난간에 엉덩이를 걸치고 축제 음악을 연주했다. 지붕에서 수직으로 뻗은 소나무 꼭대기에 언월도가 은빛으로 빛난다.

모모키도 마찬가지로 발돋움하고 교차점 서쪽을 보았다.

시조가라스마 교차점 중심에서 점대칭이 되듯이 그쪽에도 커다란 야마호코가 있고 지붕에 세운 소나무 꼭대기에 초승달이 빛났다.

"저게 달 호코."

모모키가 말했다.

지금, 요이야마는 끝을 향하고 토요일의 막을 내리려 하고 있다. 충실한 토요일의 전체가 그 모습을 드러내고 있다.

"고와다도 저 부근에 있는 거 아냐?"

온다 선배가 말했다.

"그러면 재미있겠다."

"……이제 아홉 시가 넘었네. 조금 이르군. 무간 국수를 살
피러 갈까."

"그러자, 그러자."

그리고 온다 선배와 모모키는 야마호코를 구경하면서 걸
어갔다. 관광객들은 서서히 집으로 돌아가기 시작해 노점이
늘어선 좁은 골목도 걷기 편해졌다. 노점 중에는 이미 다 팔
고 가게를 닫기 시작한 곳도 많다. 식어 가는 철판 안에서 수
건을 목에 두른 청년이 전구를 멍하니 올려다보고 있었다.

이윽고 그들은 국숫집 롯카쿠 앞까지 왔다.

포럼 너머는 어둡다.

"쓰다 선배는 어쩌고 있을까?"

온다 선배가 출입문을 살며시 열었다. 쥐 죽은 듯이 고요
할 줄 알았더니 "후루룩후루룩!" 큰 뱀이 다다미를 기는 듯한
음산한 소리가 들렸다. 안쪽으로 발을 디뎠다. 국수와의 전투
를 마치고 벌렁 누워 지천으로 널브러진 사람들이 기분 나쁘
게 어른거리는 사방등 불빛에 드러났다. 텅 빈 소쿠리가 흩
어져 있고 빈 소화제 봉지가 수없이 버려져 있었다.

방으로 들어가자 안쪽 벽에 비친 커다란 그림자가 꼼짝도

하지 않았다. 요괴 같은 께름칙함에 모모키가 "힉!" 하고 작은 비명을 질렀다. 그 그림자의 정체는 홀로 등을 구부리고 소쿠리에 한가득 쌓여 있는 국수에 맞선 쓰다였다. 요이야마의 소란과는 상관없는 국수 지옥이 아직 그곳에 존재한다는 사실에 온다 선배와 모모키는 경악했다.

두 사람은 한동안 마른침을 삼키고 지켜보았다.

이내 온다 선배가 쉰 목소리로 "선배." 하고 불렀다.

쓰다는 움찔하며 국수를 그러넣던 손을 쉬었다. 돌아본 그 얼굴은 처참했다.

"어이쿠, 온다인가."

"……아직도 하고 있어요?"

"아니, 이제 다 쓰러졌어. 거기 앉아."

쓰다는 그렇게 말하고 다시 국수를 향하며 "내가 수행했던 신슈 마을에서도 무간 국수 마지막에는 이런 모습이었지." 하고 덧붙였다.

• • •

그때 무로마치 거리 어느 건물에 있는 폼포코 가면 비밀 기지에서는 고토 소장이 잠들어 있었다. 눈가에는 눈물방울이 빛나고 영광스러운 꿈의 여운이 입가에 감돌았다. 그 눈꺼풀 안쪽에는 종이 눈꽃과 환호성으로 둘러싸인 시조가라스마 교차점 정경이 펼쳐지고 있었다.

아무런 전조도 없이 소장은 번쩍 눈을 떴다.

먼저 그의 눈에 깜빡거리는 형광등이 들어왔다. 대단히 쓸쓸한 광경이다. 화려한 행렬은 어디로 사라진 것일까. 꿈과 현실의 차이에 어리둥절한 소장은 형광등을 바라보았다. 지금은 언제인가, 자신은 어디에 있는가.

"뭔가를 놓치고 있어."

그런 확신이 샘솟았다.

다음 순간, 소장의 머릿속에 모든 상황이 되살아났다.

"너무 잤어!"

벌떡 일어나니 얇은 이부자리 위였다. 망토도 가면도 가발도 몸에 지니지 않았다. 어느새 벗은 걸까. 비밀기지에는 에어컨 소리가 쓸쓸히 울리고 멀리 축제 음악이 들렸다. 고와다의 모습은 보이지 않는다. "어째서 깨우지 않은 거지!"라는 분노가 들끓음과 동시에 "왜냐하면 잠들지 않을 테니까!"라고 당당히 단언한 자신의 목소리가 들렸다.

소장은 저도 모르게 민머리를 끌어안았다.

"이럴 수가…… 수치스럽다……."

시계를 보니 벌써 오후 아홉 시 반이 지났다.

"뭘 하는 거야! 토요일이 끝나겠어!"

소장은 이부자리에서 뛰쳐나와 세면대에서 얼굴을 씻고 민머리를 닦았다. 폼포코 가면으로 변신하려 했지만 조금 전까지 꿰매던 망토가 보이지 않는다. 소장은 민머리를 정신없이 문지르면서 '고와다 군이 가지고 간 걸까?' 하고 생각했다. 설마 무단으로 폼포코 가면 2호가 된 건가? 그런 건 용서 못 해!

"큰일 났다. 고민할 시간은 없어!"

소장은 서랍장에서 예비 망토와 가발을 꺼내고 상에 있는 가면을 집어 들었다.

비밀기지에서 뛰쳐나와 건물 바깥으로 나오자 요이야마의 불빛과 열기가 소장을 감싸 숨이 막힐 뻔했다. 꿈에서 깨어 다시 꿈속으로 뛰어든 것 같았다.

관광객들이 폼포코 가면 모습을 보고 멈추어 선다.

"폼포코 가면이다!"

황금빛으로 빛나는 무로마치 거리에서 놀란 목소리가 퍼진다.

혹시 영광스러운 꿈이 아직 계속되고 있는 걸까. 푸른 하늘 아래를 야마호코가 나아가고, 폼포코 가면의 공적을 칭송하는 행진. 거리를 뒤흔드는 갈채. 어마어마하게 모인 사람들을 향해 "다 덤벼라!"라고 외쳤을 때의 등줄기가 떨릴 만한 희열. 세상이 자신의 편이다!

그러나 꿈과 잇닿아 계속되는 줄 알았던 일상은 "잡아라!"라는 목소리로 산산이 부서졌다.

...

온다 선배와 쓰다는 국수 소쿠리를 끼고 십 년 전 밤의 일을 이야기했다.

"그로부터 십 년."이라고 쓰다가 운을 뗐다.

"교토를 나갈 때 나는 이제 틀렸다고 생각했어."

"나도 그랬어요. 쓰다 선배는 이제 틀렸구나."

"소인은 한가하면 나쁜 짓을 한다. 지금은 달라졌어. ……나는 이제 단연코 폼포코 가면 편이야. 그만큼 훌륭한 사람은 없어. 부디 무사했으면 좋겠어."

온다 선배와 모모키는 어리둥절해서 얼굴을 마주 보았다.

온다 선배는 머뭇머뭇 말했다.

"……한 가지 물어도 되나요? 점심때 소동은 뭐였어요? 폼포코 가면을 잡으려고 했죠?"

"사정이 좀 있었어."

"오늘은 시모가모 유스이장에서도 소동이 있었어요."

모모키가 말하자 쓰다는 쓴웃음을 짓고 "압니다."라고 대답했다. 그러더니 젓가락에 늘어뜨린 국수를 응시하며 바깥의 떠들썩함에 귀를 기울였다.

"신슈에서 신세를 졌던 스님은 말했어. 내가 국수를 먹는 것인지 국수가 나를 먹는 것인지. 국수와 인간의 대립이 융합하는 지점에서 너는 세속적인 가치에 지배당한 세계를 뛰어넘어 무한한 세계와 닿는다. 그것으로 자기를 개혁할 수 있다."

쓰다는 자신을 설득하듯이 말했다.

그때 모모키가 바깥의 소리를 유심히 듣더니 "어쩐지 시끄럽지 않아?"라고 말하고 무릎을 꿇은 채 일어났다.

온다 선배도 젓가락을 내려놓고 귀를 기울였다. 요야이마의 떠들썩함과는 이질적인 소란이 가까워진다. 쓰다도 미심쩍은 표정을 지었다. 온다 선배가 "뭐지?" 하고 중얼거린 순간 "도망쳤다!"라는 커다란 외침이 길거리에 울려 퍼지고, 다음 순간 국숫집 문이 열리며 검은 망토를 두른 괴인이 굴러 들어왔다. 이어서 들어오려 한 추격자들은 국숫집 내부에 겹겹이 쌓인 국수의 희생자들에 압도당해 문 앞에 서서 왁자지

껄 떠들었다.

폼포코 가면은 방바닥을 기다시피 해서 도망쳤다.

"놀라게 해서 미안하다. 쫓기고 있어서……."

폼포코 가면은 쓰다의 얼굴을 보고 깜짝 놀랐다. 그는 "자네였나." 하고 절망한 것처럼 말했다.

쓰다는 모모키의 귓가에 얼굴을 대고 "광 뒤쪽에 담이 있어요."라고 나직한 목소리로 속삭였다.

"폼포코 가면을 도와 그곳으로 도망치세요."

모모키는 "이쪽으로 오세요."라고 폼포코 가면에게 속삭이고는 그를 데리고 복도를 달렸다.

쓰다는 온다 선배에게 눈짓하고 두 사람은 서서히 일어났다. 쓰다는 추격자들 앞을 가로막아 우뚝 서고 온다 선배는 툇마루에 있던 소화기를 손에 들고 안전핀을 뽑았다.

온다 선배는 소화기를 겨누면서 중얼거렸다.

"정말이지 대단한 토요일이로군."

활짝 열린 국숫집 문으로는 잇따라 추격자가 들어왔다. 이윽고 북적이는 사람들을 헤치고서 고급 양복을 입고 안경을 낀 남자가 쓱 나타났다.

안경을 낀 남자는 손을 들고 소란스러운 사람들을 조용히 시키더니 "우리는 덴구브란 유통기구 사람인데." 하고 알랑거리는 목소리로 말했다.

"댁들도 덴구브란 정도는 마시겠지? 안 마시나?"

"마시고말고."

쓰다가 말했다.

"그거 잘됐군. 이용해 줘서 고맙다."라고 말하는 남자의 안경이 사방등 불빛에 반사되어 기분 나쁘게 빛났다.

"솔직히 말하면 우리는 굉장히 초조하다. 폼포코 가면을 넘겨주시지."

쓰다와 온다 선배는 한마디, "싫어."라고 대답했다.

• • •

폼포코 가면은 체포되어 5대 곁으로 호송되었을 터였다. 그러나 폼포코 가면이 시조가라스마 교차점에 다시 나타났다.

그는 진짜인가? 아니면 가짜인가?

'포획했던 폼포코 가면이 다시 출현했다.'는 전령의 보고는 시조가라스마 일대를 뒤흔들었고 "드디어 문제가 해결되었다."며 요이야마 소란에 들떴던 사람들을 도로 불러 모았다.

덴구브란 유통기구의 전령이 무더위를 견디지 못해 양복을 말아 옆구리에 끼고 불빛이 꺼진 니시키 시장의 아케이드를 우당탕 달려갔다. 사이좋게 손잡고 걷는 유카타 차림의 남녀를 떠밀고, 생선가게 앞에 쌓인 폐스티로폼을 걷어차고, 데라마치 거리와 신쿄고쿠 상점가를 한걸음에 가로질러, 숨을 헐떡이면서 야나기코지 히비키의 문을 열었다. 술집을 넘치도록 가득 메운 취객들을 헤치고 전령이 전한 나쁜 소식은 토요구락부 말석에서 졸던 5대의 얼굴을 백지장으로 만들었다.

5대는 토요구락부의 면면에게 "실례하겠습니다."라고 고개를 숙이고 자리를 나왔다. 그는 전령을 끌고 가다시피 해서 술집 구석으로 데려가 "무조건 잡아!"라고 명령했다.

"그럼 우리가 잡은 폼포코 가면은 누구죠?"

"그딴 거 알 게 뭐야!"

그때 5대는 카운터에서 태평하게 하이볼을 마시는 우라모토 탐정을 발견했다. 5대는 전령과 취객 여러 명을 떠밀치고 우라모토 탐정에게 덤벼들었다.

"이런 곳에서 뭐하는 거지?"

"일을 마친 만족감에 젖어 있죠."

5대는 그렇게 말한 우라모토 탐정의 멱살을 잡고 세차게 흔들었다.

"조금 전 폼포코 가면은 가짜인가?"

"무슨 말씀을 하십니까. 그럴 리가 없습니다."

"어떻게 알지?"

"폼포코 가면 모습을 하고 있었잖아요……. 가면에 망토에……."

우라모토 탐정은 말이 안 통할 정도로 혀가 꼬여 횡설수설했다.

"아무리 봐도 그자는 폼포코 가면이었죠."

"에잇, 그만 됐다!"

5대는 우라모토 탐정을 떠밀었다. 우라모토 탐정은 의자에서 굴러떨어져 "다음에 또 이용해 주십시오." 하고 말했다.

5대는 토요구락부로 돌아갔지만 동요하는 모습을 미처 숨기지 못했다.

제1석의 노인이 추궁하자 5대는 모든 것을 자백했다.

"그렇다면…… 조금 전 일요구락부로 보낸 폼포코 가면은 가짜인가?"

노인의 목소리에 구락부 회원들은 공황 상태에 빠져 "아니, 하지만 시조가라스마에 나타난 폼포코 가면이 오히려 가짜일 가능성도……." "아니, 하지만 주의하고 또 주의했는데……." "아니, 하지만……." "꼬꼬댁!" 그렇게 저마다 난리였다. 노인이 손바닥을 펼치고 테이블을 치자 거대한 나무 상이 튀어 올라 술잔과 요리가 흩뿌려졌다.

"도로 불러! 지금 당장!"

노인의 호통이 울려 퍼지고 당황한 무희가 훤히 드러난 다리도 신경 쓰지 않고 일요구락부로 달려가자 그곳에서도 역시 같은 소동이 되풀이되었다. 그리고 일요구락부에서 월요구락부로, 월요구락부에서 화요구락부로, 화급한 보고가 나선계단을 올라가듯이 전해졌다.

그 보고 너머에 있는 붉은 연회실에서는 대환력(두 번째 환갑)을 맞은 세 노인이 기다리고, 곁방에서는 빨간 유카타를 입은 여자아이들이 기다리고, 황야 같은 어두운 다다미방을 지난 곳의 '너구리 야마'에서는 지금 일어나고 있는 소동 따위 알지 못한다는 얼굴로 게으름뱅이 두 거장이 대치하고 있었다.

• • •

고와다는 드러누워서 "쓰레기 버리는 정도는 스스로 해요. 산타클로스도 일 년에 한 번은 일한다고요."라고 말했다.

하치베묘진도 드러누운 채 되받아친다.

"산타클로스는 상상의 산물이잖아?"

"당신도 별반 다르지 않아요."

"나를 모욕하지 마! 나는 감독한다고 했잖아."

그렇게 외친 순간 하치베묘진은 콧물을 흘렸고 공작과 기린이 새겨진 태피스트리로 닦았다.

"감독하는 것도 훌륭한 일이지?"

"하지만 일하는 건 저예요. 그런 귀찮은 일을 할 수 있겠어요?"

"그렇게 힘들지 않다니까. 저 창문으로 버리기만 하면 된다. 누구든 할 수 있다. 그다지 수고롭지 않아."

"그러면 스스로 하세요."

하치베묘진은 배를 밑으로 깔고 버둥버둥 몸을 흔들었다.

"네놈이 그런 소리를 하는 건 이상해! 네놈은 하치베묘진의 사자라니까! 네놈 입으로 말했잖아! 얌전히 명령을 따라!"

"싫어."

"게으름뱅이 녀석."

"게으름뱅이 녀석."

"빨리하지 않으면 요이야마가 끝나잖아. 쓰레기를 버릴 수도 없어져. 너도 돌아갈 수 없다."

양쪽 다 바닥에 널브러져서 눈싸움을 계속했다.

이윽고 하치베묘진은 갑옷 무사인형에 달린 가짜 검을 꺼내 고와다를 쿡쿡 찔렀다. 고와다는 망가진 빨간 우산을 꺼내 하치베묘진의 탄력 있는 배를 쿡쿡 찔렀다. 그러자 하치베묘진은 배를 잡고 웃으면서 "아하하하!" 구르고 "간지러워 엉!" 하고 외쳤다. 하치베묘진은 한바탕 자지러지게 웃은 뒤 눈가의 눈물을 닦았다.

"아아, 간지러웠어!"

"무슨 말을 해도 나는 싫습니다."

"좋아, 알았어. 거기에 작은 서랍이 있지? 돈이 조금 들어 있어. 오래된 돈이지만, 알지? 그런 편이 가게에서 비싸게 팔리기도 한다며? 전부 줄 테니 일해다오."

"싫습니다."

"인간은 돈을 위해서라면 뭐든 하지 않나? 우리랑 다르게."

"저는 인간이기에 앞서 게으름뱅이입니다."

"……질까 보냐. 반드시 너는 일하게 될 거야. 나는 신이다. 일하게끔 하겠다."

하치베묘진은 잇따라 보수를 제시했다. 주먹밥 백년치, 달마 오뚝이 칠천 개, 도자기 너구리 쉰 개, 복고양이 일만 개, 비단잉어 삼백 마리, 교토 일대에 있는 모든 공중목욕탕 연간 이용권, 꼬리털을 풍성하게 해 주기, 등 털을 풍성하게 해 주기, 팔 털을 풍성하게 해주기……. 그러나 어떤 말을 해도 고와다는 대답하지 않았다. 불상처럼 눈을 반만 뜨고 가만히 누워 있었다.

끝내 하치베묘진 쪽이 나가떨어졌다.

"이상하다! 네놈은 폼포코 가면이지? 모두에게 친절한 괴인이라면 나에게도 친절해야지! 신이니까 친절하게 대해 다오!"

"폼포코 가면은 세계 제일의 게으름뱅이가 됐어요."

"그런 폼포코 가면은 아무런 도움도 되지 않아."

"아무런 도움도 되지 않죠."

드디어 고와다는 실눈을 떴다.

"애초에 저는 폼포코 가면이라는 역할을 강요받아 귀찮은 상황이었어요. 정의의 사도가 모두를 구해야 한다니, 대체 누가 정했어요?"

"그건…… 하지만…… 나는 그런 결정은 하지 않았다."

"신으로서 그런 무책임한 자세는 별로군요."

"하지만 나는…… 작은 신인걸. 나는 너구리라고."

하치베묘진은 태피스트리로 콧물을 닦고 한참 생각에 잠기더니 이내 "그렇다면." 하고 말했다.

"폼포코 가면 따위 관둬 버려. 귀찮지?"

"누군가 뒤를 이어 주면 좋겠는데요."

"방금 멋진 생각이 떠올랐다. 누가 뭐래도 나는 신이니까 당연하지만 말이야. 내가 신탁을 내려 모두를 폼포코 가면으로 만드는 거야, 어때? 그러면 네놈은 나를 도와줄래?"

"당신이 그런 일을 할 수 있어요?"

고와다가 의심스러운 듯이 묻자 하치베묘진은 화를 내며 몸을 부풀리고 배두렁이와 똑같이 새빨개졌다.

"나를 모욕하지 말라고 했지! 분명히 말했지!"

"모욕하는 건 아닙니다."

"너는 이곳에 오게 됐지? 그건 내가 불렀기 때문이지?"

"글쎄요?"

"아직도 모르겠어? 네가 여기에 온 건 내가 신탁을 내렸기 때문이다. '폼포코 가면을 불러와!'라고 분명히 종이에 써서 아래 여자아이에게 건넸어. 그 너머가 어떤 구조인지 나는 모르지만 분명히 내가 명령한 대로 된단 말이야!"

"오호라." 고와다가 중얼거렸다.

"그렇게 된 거였군."

"좋아, 알았다. 이렇게 됐으니 모두를 폼포코 가면으로 만들어 주마."라며 하치베묘진은 못을 박았다.

"약속했다. 신탁을 내리면 쓰레기를 버리는 거다."

"좋죠. 해 보세요."

"네놈은 나를 더욱 뜨겁게, 뜨겁게 공경해!"

하치베묘진은 밤낮없이 깔아놓은 이부자리 밑에서 구깃구깃한 습자지를 꺼냈다. 엎드려서 연필 끝을 할짝할짝 핥고 "뭐라고 쓰면 되지. 신탁 쓰는 건 귀찮아서 난 싫어." 같은 소리를 투덜거리며 깨작깨작 문장을 써 나갔다. 곧이어 완성된 종이를 둥글게 말아서 봉하고 큰일을 마친 것처럼 이부자리에 벌렁 누워 헉헉거렸다. 이마에 땀방울이 떠올랐다.

"자, 이것을 아래에 있는 여자아이에게 건네고 와."

고와다는 신탁을 받아들고 계단을 내려갔다.

미닫이문을 열자 어두운 다다미방에 빨간 유카타를 입은 여자아이가 서 있다. 고와다가 하치베묘진의 신탁을 건네려 하자, 여자아이는 생긋 미소 짓고 한 장으로 접은 종이를 건넸다. "하치베묘진에게 건네주면 되지?" 하고 고와다가 묻자 여자아이는 고개를 끄덕였다.

"그럼 대신에 이걸 부탁해. 반드시 모두에게 전하도록."

고와다는 하치베묘진의 신탁을 여자아이에게 전하고 미닫이문을 닫았다. 계단을 오르면서 종이를 펼치니 '아룁니다. 그 폼포코 가면은 폼포코 가면이 아닐 가능성 있음.'이라고 적혀 있었다.

고와다는 그 종이를 찢어 주머니에 넣었다.

계단을 오르면서 '그럼 소장님이 눈을 뜬 건가?'라고 생각했다.

• • •

버리기 위해서는 쓸모 있는 것과 쓸모없는 것을 나눠야 한다. 그러나 필자는 여기서 화들짝 놀란다. 진실로 쓸모 있는 것, 진실로 쓸모없는 것이란 무엇인가. 시간의 흐름은 쓸모 있는 것을 쓸모없는 것으로 만들고, 쓸모없는 것을 쓸모 있게 만든다. 물건의 본질을 가리려면 시간이 걸린다. 하지만 그러기 위해서는 장기 보관하기 위한 공간이 필요하다. 공간을 확보하기 위해서는 버려야 한다. 제자리걸음이다. 버리고 싶지만 버릴 수 없다. 그렇게 고민하고 괴로워하던 끝에 우리 내면의 게으름뱅이가 속삭인다.

"내일 하자."

고와다가 쓰레기를 모아 정리하는 동안 하치베묘진은 이부자리에 앉아 있었다. 고와다가 버리려고 하는 물건에 일일이 애착을 드러내며 "그건 남겨 둬!" "뭘 모르는구먼!" 하고 시끄럽게 잔소리했다.

"콧물로 질척질척한 그것은 버릴 겁니까?"

고와다가 물으면 하치베묘진은 겁을 내며 태피스트리를 끌어당겼다.

"이건 괜찮아. 아직 쓸 수 있으니까!"

"상당히 처참한 상태인데요."

"됐어. 이게 있으면 왠지 안심되잖아? 그것만으로도 쓸모가 있어."

"네에. 뭐, 그건 일리 있네요."

"그렇지?"

하치베묘진은 기쁜 표정이었다.

"무사 갑옷도 역시 언젠가 쓸지도 모르겠군. 성인의 세상에는 버릴 것이 없다고 하잖아?"

"으음, 하지만 이 상태면 별로 깨끗해지지 않겠는데요."

"깨끗해질 거야! 약한 소리 하지 마!"

"이대로는 엔트로피가 증가하기만 할 거예요."

"엔트로피? 엔트로피가 뭐야. 무서운 놈이야?"

고와다가 서랍장을 열자 대량의 달마 오뚝이가 굴러 나왔다. 데굴데굴 소리를 내며 바닥 위를 구른다.

"이 녀석들은요?"

고와다가 묻자 "물론 남긴다. 무슨 소리를 하는 거야."라고 하치베묘진은 대답했다.

"다들 크기가 달라. 하나라도 빠지면 의미가 없어진다."

고와다는 달마 오뚝이를 하나하나 모아 서랍장에 넣었다.

"쓰레기를 버린 뒤로 얼마나 지났어요?"

"십 년? 이십 년? 기억할 리가 있나."

"그때는 스스로 했어요?"

"글쎄다?"

하치베묘진은 밤낮없이 깔아 놓은 이부자리에서 뒹굴거리면서 생각했다. 푸딩 같은 엉덩이가 천장을 향하고 꼬리털은 복슬복슬했다.

"생각났어. 그때는 여자아이가 도왔어."

"어차피 억지를 부려서 돕게 했겠죠."

"아니야! 멋대로 헤매다가 들어온 거야. 부탁도 하지 않았는데!"

"어떻게 헤매면 이런 곳으로 들어오죠?"

"알 게 뭐야. 하지만 너구리를 잘 아는 아이여서 나는 감복했다."

"너구리를 잘 아는 여자아이? 그건 신기하네요."

"신기하지? 꼬리도 만지게 해 줬지. 꽤 즐거웠지만 아버지를 만나고 싶다며 돌아가 버렸다. 쓸쓸했어. 조금 더 놀고 싶었다."

그런 대화를 나누면서 고와다는 너구리 야마의 방대한 혼돈에서 잘라낸 작은 혼돈을 정리했다. 혼돈에서 혼돈을 제외해도 남은 것은 혼돈이라는 사실은 말할 필요도 없다. 고와다는 사방을 둘러보고 "조금도 달라지지 않았어."라며 질린 목소리로 말했다. 그러나 하치베묘진은 이부자리 위에서 생글생글 웃으며 "그렇지 않아. 넓어졌다."고 기뻐했다. 고와다는 창문을 열고 작은 혼돈을 밀어냈다. 야나기코지 골목 위에 잡동사니가 흩어지는 소리가 들렸다.

"이걸로 저는 이만 가 보겠습니다."

고와다가 돌아가려 하자 하치베묘진은 이부자리에서 일어났다.

"벌써 돌아가? 조금 더 빈둥대다 가. 허락한다. 과자도 허락한다."

"요이야마가 끝나면 나갈 수 없다고 했죠? 나갈 수 없어지면 곤란해요."

"쳇, 기억하고 있었나. 영리한 녀석! ……뭘 꾸물거려. 냉큼 돌아가."

"그럼 안녕히."

고와다는 망토 자락을 펄럭이며 계단을 내려갔다. 다 내려가고 나서 올려다보니 하치베묘진이 이부자리에서 엎드린 채 기어 나와 내다보고 있다. "왜 풀이 죽었어요?"라고 묻자 "풀이 죽지 않았다. 그저 다들 돌아가 버리는구나 했을 뿐."이라고 대답했다.

"사실은 그런 곳에 있기 싫죠? 나와요."

"싫어. 귀찮으니까. 그리고 여기에는 뭐든 있어."

하치베묘진은 떡 같은 볼을 히죽이며 일그러뜨렸다.

"너 같은 게으름뱅이에게는 당황했지만 그래도 도움이 됐다. 칭찬해 주마."

그러더니 하치베묘진의 얼굴이 안으로 들어갔다.

고와다가 미닫이를 열었지만 빨간 유카타 소녀들의 모습이 보이지 않았다. 곁방에도 빨간 소파가 놓여 있을 뿐 노인들의 모습은 보이지 않는다. 귀를 기울여도 아무 소리도 들리지 않는다. 건물을 뒤흔들던 큰 웃음소리도 뚝 그쳤다. 복도를 지나 계단을 내려가는 동안 연회실을 여기저기 들여다보았지만 어느 연회실도 마구 어질러 놓은 채 사람만 자취를 감춘 모습이었다. 조금 전까지 그곳에 많은 사람이 있었는지 온기와 덴구브란의 안개가 감돌았다. 마치 무언가 무시무시한 보고를 받고 손님들이 허둥지둥 도망친 것 같았다.

그때 전화가 걸려 왔다. 온다 선배였다.

"고와다! 기운차게 데이트를 즐기고 있니?"

"온다 선배. 저는 딱히 데이트하는 게 아니에요."

"알겠다, 알겠어."

"선배는 지금 어디세요?"

"그게 말이지. 지금 엄청난 소동이 났어. 폼포코 가면을 또 우리 손으로 구했지. 치열한 싸움이었다."

모모키가 "허풍 떨고 있어!"라며 웃는 목소리가 들렸다.

"무간 국수가게가 또 엉망이 되어서 지금 대청소를 하고 있어. 아이고, 힘들다, 힘들어. 어째서 요이야마에 이런 청소를 해야 하는 거야."

"무슨 일이 있었어요?"

"우리의 공적 이야기는 나중에 하지. 얼른 청소를 마치고 요이야마의 마무리를 구경하러 가야 해. 너도 올래? 시조가라스마로. 우리의 무용담을 듣고 싶지 않니?"

"폼포코 가면을 쫓던 나쁜 놈들은 어떻게 됐어요?"

"그건 몰라. 아마도 아직 쫓고 있겠지. 쓰다 선배에게 사정은 살짝 들었는데, 아무튼 여러 녀석들이 쫓고 있나 봐. 세상이 어떻게 된 건지."

"폼포코 가면은 붙잡히지 않았군요?"

"무사히 도망쳐 주기를 기도할 따름이야."

곁방으로 이어지는 미닫이문을 연 순간 고와다는 말문이

막혔다. 전화 너머로 온다 선배가 "왜 그래?" 하고 의아한 목소리로 물었지만 고와다는 대답할 수가 없었다. 눈앞의 연회실 바닥은 도중까지밖에 없고, 그 너머 벽이 나팔 모양으로 펼쳐져 점포 유리문과 아케이트 지붕으로 바뀌고 그 너머는 데라마치 거리 상점가로 변해 있었기 때문이다.

인기척 없는 상점가에는 스피커에서 흐르는 축제 음악이 들렸다.

•••

고와다는 데라마치 거리를 걸었다.

고와다조차 이건 이상하다 싶었다.

애초에 야나기코지에 있는 술집 연회실 절반이 절단되어 상점가로 이어져 있다는 자체가 이상하다.

"큰일 났다!"

고와다는 "푸후." 하고 숨을 내뱉었다.

"내가 취한 듯하네. 그것도 상당히 지독하게!"

도중에 되돌아가려 했지만 지난 적 없는 하나미코지 거리가 나타나 한층 더 혼란스러웠다. 이제 되돌아가는 것도 뜻대로 되지 않는다. 자신이 걸음을 떼면 누군가 블록 놀이를 하듯이 거리를 다시 만드는 것 같았다. 이 세계에서 동서남북은 전혀 도움이 되지 않는다. 어느새 북쪽이 남쪽이 되고 남쪽이 서쪽이 되고 서쪽이 동쪽이 된다.

혼란스러운 세계에서도 요이야마는 계속되고 있는 모양이었다. 축제 음악은 끊임없이 들리고 찬란하게 빛나는 야마호코가 길 여기저기에서 보이다 말다 한다.

이윽고 교차점에 다다랐다.

고와다는 실눈을 뜨고 신호에 붙어 있는 표지판을 보았다. '시조시조'라고 적혀 있다. '시조와 시조의 교차점이라니 무슨 말이야?'라며 고와다는 고개를 갸웃했다. 교차점에 면한 네거리 모퉁이는 전부 스마트카페였다. 인기척 없는 가게 안에서 눈부신 빛이 길 위로 새어 나왔다.

자포자기해서 곧장 걸어가자 시조 거리는 뚝 끊기고 시조대교가 나타났다. 시조대교를 건너가는 도중에 대교가 점점 오므라들어 결국에는 좁은 골목이 되었다. 고와다는 퍼뜩 정신을 차리고 주변을 둘러보았다.

"그래, 그렇게 된 거군. 너구리 녀석."

그곳은 야나기코지였다.

길바닥에서 쑥쑥 털이 난다. 갑자기 바닥이 일렁이더니 벨트컨베이어처럼 앞쪽으로 움직였다. 야나기코지 앞쪽이 밤하

늘을 향해 올라가고 실외기와 포렴과 홈통까지 함께 휘말려
뒤집어진 모습으로 치솟는다. 골목 양쪽에 나란히 처마를 붙
이고 있던 요릿집과 담뱃가게가 솟아오르며 모습이 뒤틀려
서 고와다 머리 위를 덮쳤다. 기온 축제 음악이 들리고 불빛
이 밝자 고와다는 너구리 야마 안에 있고 눈앞에는 익숙하고
더러운 이부자리가 깔려 있었다.

"어서 와."

하치베묘진이 말했다.

하치베묘진은 겉모습이 바뀌었다. 통통하게 배가 나와 있
기는 마찬가지지만 얼굴에는 깊은 주름이 지고 몸 여기저기
거친 털로 뒤덮였다.

"갑자기 나이를 먹었군요."

"다가가면 젊어지고 멀어지면 나이를 먹는다."

"뚱뚱하기는 마찬가지인데요."

갑자기 하치베묘진이 "차라도 마실래?"라면서 데굴데굴
굴러와서 고와다의 망토에 매달렸다.

"됐습니다."

고와다가 거절했지만 하치베묘진은 "괜찮아, 괜찮아."라며
떼쓰는 아이처럼 잡아끈다.

"너구리 신과 속고 속이기를 할 때가 아니에요. 월요일에

는 출근이라고요. 곧 토요일이 끝납니다. 쉬는 날이 이제 하루밖에 없단 말이죠."

"사양할 필요 없어. 내년 요이야마까지 빈둥대다가 가."

"잠깐만! 망토를 잡아끌지 마요!"

고와다와 너구리 신이 달라붙어 실랑이 벌이고 있을 때, 소란반자가 밟혀서 부서지는 커다란 소리가 들리고 오렌지색 사람이 떨어졌다. 그 사람은 노린 것처럼 하치베묘진 위로 떨어졌다. 털북숭이 신은 "꺅!" 하고 비명을 질렀다. 한편, 그 인물은 털북숭이 신 옆구리 살에 통 하고 튕겨 훌륭하게 착지했다. 티셔츠 옷자락을 매만지면서 돌아본 이는 다마가와였다.

"폼포코 가면!" 하고 그녀가 외쳤다.

"······이 아니었지, 고와다 씨!"

"다마가와 씨, 왜 이런 곳에 있어?"

"나도 몰라요."

뜬금없는 재회에 당황하는 두 사람을 흘긋 보고 하치베묘진은 "아프다아!"라며 끙끙대면서 데굴데굴 굴렀다. 이윽고 분노로 털을 부들거리며 일어나 다마가와를 노려보았다. 그 순간 신은 "어이쿠!" 하고 놀라서 소리치더니 싱글벙글 웃었다.

"너는······ 그때 그!"

"어라, 하치베 씨. 기억하세요?"

"알다마다. 희미하게 어릴 적 얼굴이 남아 있다."

"오랜만이에요. 그럼 안녕히."라고 그녀는 무정하게 말했다.

"고와다 씨. 그럼 어서 돌아가요!"

하치베묘진은 울상이 되었다.

"기다려 줘. 조금 더 있다 가도 되잖아. 모처럼 오랜만에 놀러 왔는데……."

하치베묘진이 그녀에게 달려들려 하자 다마가와는 주머니에서 물림쇠 지갑을 꺼내 던졌다. 늙은 너구리는 "그 수법에 걸릴까보냐!"라고 말하자마자 손쉽게 그 수에 걸려들었다. 물림쇠 지갑을 주워들고 "흐음."하고 말하면서 딱 벌리는 순간 상황은 종료되었다. 물림쇠를 열고, 물림쇠를 열고……. 완전히 매료되었다.

다마가와는 잡동사니를 헤치고 벽 일부를 발로 찼다.

벽이 무너지며 구멍이 뚫렸다.

"그 물림쇠 지갑은 드릴게요. 안녕!"

구멍 속으로 뛰어드는 그녀에 뒤이어 고와다도 구멍으로 뛰어들었다.

등 뒤에서 하치베묘진의 "이봐아!"라는 애절한 목소리가 들렸다.

다마가와가 인도하는 대로 고와다는 어둠 속을 나아갔다.

"전에도 이랬던 것 같아."

"그러네요. 꽤 오래된 일 같지만."

이윽고 그녀가 천장에 있는 둥그런 뚜껑을 열자 그곳은 신마치 거리였다. 북관음 야마가 번쩍이는 일대는 누구 한 사람 지나는 이가 없다. 검은 비단 같은 밤하늘에는 달도 별도 없다.

다마가와는 길거리에서 몸에 붙은 먼지를 털어 냈다. 폭신폭신한 털 뭉치가 굴러간다.

다마가와는 고와다의 차림을 빤히 쳐다보고 "고와다 씨. 결국 폼포코 가면이 되어 버렸군요."라고 말했다.

"그렇게 싫어했으면서……."

"흐름에 몸을 맡긴 거지."

고와다가 폼포코 가면을 쫓던 이는 5대도 아니고, 토요구락부도 아니고, 그 위로 이어지는 여러 구락부도 아니고, 하치베묘진이었다는 이야기를 하자 다마가와는 그 엄청난 모험을 단 한마디 "어이없어!"라는 말로 정리했다.

"우라모토 탐정이 빨리 이익을 확보한 게 정답이었어요."

"그거 잘했군."

"아무튼 돌아가야 해요."

다마가와는 데이신 병원 앞에서 북쪽을 향해 자신감 가득하게 걸었다. 고와다는 허둥지둥 따라가서 "다마가와 씨, 어디로 가려고?" 하고 팔을 붙잡았다.

"이쪽으로 곧장 가면 시조가라스마가 나와요."

"아니지, 시조가라스마로 가려면 반대잖아?"

"방향치로군요!"라며 다마가와가 웃었다.

"이쪽이에요."

다마가와는 민가와 잡거빌딩이 늘어선 좁은 골목을 가벼운 발걸음으로 걸어갔다.

문득 고와다는 지진 같은 흔들림을 느꼈다.

다마가와를 불러 세우려고 고개를 들자, 열차 선로 합류 지점에서 진행 방향이 바뀌듯 그녀가 걸어가는 곳부터 앞쪽 신마치 거리가 어마어마한 소리를 내며 왼쪽으로 어긋나는 모습이 보였다. 가로등이 깜빡거리고 전봇대가 흔들리고 전선이 허공에 날린다. 양쪽으로 늘어선 빌딩과 민가가 절단 나고 그 단면이 눈앞을 왼쪽으로 미끄러져 갔다. 곧이어 오른쪽에서 미끄러져 온 데라마치 거리의 아케이드 불빛이 비추고, 선로와 선로가 딱 물리듯이 신마치 거리는 데라마치 거리와 맞물렸다. 거리의 변화는 그것만으로 끝나지 않았다. 아케이드 앞은 벌써 다른 선로로 바뀌기 시작했고, 아케이드를 덮은 천장이 무너지고 땅울림이 공기를 흔들었다.

다마가와가 향하는 방향으로 거리는 모습을 바꾸었다. 땅이 울리고 잇따라 선로가 바뀌고 기온 축제 음악이 울려 퍼지며 통로는 다마가와가 나아가는 방향으로 뻗어 나갔다.

다마가와가 돌아보며 손짓했다.

"뭐하는 거예요. 이쪽이에요."

"대단하군."

"똑바로 가고 있을 뿐이에요."

이내 그들은 작은 건물과 건물 사이에 낀 좁은 골목으로 들어갔다.

골목을 빠져 나오자 시원한 바람이 부는 곳이 나왔다.

가모강 야외 테라스가 오른쪽에 커브를 그리며 계단 형태로 층층이 아래쪽을 향해 이어졌다. 무수하게 이어지는 야외 테라스에는 인기척이 없고, 그저 제등 불빛만 밝았다. 빛나는 스커트처럼 보이는 야외 테라스 바깥쪽에는 밤거리가 펼쳐졌다.

"고와다 씨, 보세요."

다마가와가 돌아보며 위를 가리켰다.

고와다는 질려서 한숨을 쉬었다.

그곳에는 '건축물 잡탕 성'이라 불러야 할 듯한 건물들이 우뚝 치솟아 있었다.

교토 우편국 같은 건물, 교토 문화 박물관 같은 건물, 빨간 벽돌에 하얀 돌로 장식한 메이지풍 건축물이 있는가 하면, 그곳에 본토초 가부렌조 극장의 갈색 벽이 난립하고, 그 위에는 교토 시청의 첨탑이 쑥쑥 자라났다. 게아게 수력발전소의 거대한 수로관이 벽면을 지나고 교토역 건물의 번쩍번쩍한 대계단(총 171단, 높이 35미터에 이르는 교토역사의 명물 계단)이 여기저기 보이다 말다 하고, 도카사이칸(교토의 북경요리 전문점)과 레스토랑 기쿠스이 위에 교토 미나미좌 극장이 자리 잡고 있고, 다이마루 백화점과 다카시마야 백화점 사이를 난젠지 수로각이 거대한 아치를 만들며 이었다. 건물 안에서 반짝반짝 빛나며 흘러가는 것은 에이잔 전차였다.

거대한 건조물의 성 위에는 쪽매붙임을 한 것처럼 늘어서 있는 신사와 절이 보이고, 그 사당 위에는 본 적도 없는 형태의 산이 우뚝 솟아 있고 빨간 도리이 행렬이 종횡무진으로 뻗었다. 그러다 산 정상의 광채를 띤 거대한 탑 부분에서 뚝 끊겼다. 교토타워와 대학 시계탑이 뒤죽박죽 뒤얽힌 탑으로, 정점에는 도지 사찰의 오층탑이 하늘을 찌르며 치솟아 있다.

"저쪽이에요."

다마가와는 오층탑을 가리키며 말했다.

• • •

사원 미궁을 빠져나가 산비탈로 이어지는 센본도리이를 걸을 무렵에는 고와다의 체력은 바닥이 나기 직전이었다.

"어째서 이런 언덕을…… 나는…… 게으름뱅이인데……."

"고와다 씨, 한심해요."

"……잘도 걷는군. 오늘 종일 돌아다녔지?"

다마가와는 되돌아와서 비틀거리는 고와다 등을 밀었다.

"어릴 적에는 달려서 올라갔어요."

"아이들은 무모하지."

"요이야마에 놀라갔다가 아빠를 잃어버렸다고요. 하지만 무사히 시조가라스마까지 돌아갔어요."

"하치베묘진에게 잡히지 않아 다행이야."라며 고와다는 헐떡였다.

"만약 잡혔다면 지금도 거기서 치우고 있었을 거야."

"……음, 저는 우라모토 탐정 사무소에서 똑같은 일을 하고 있는데요."

도리이 행렬은 끝나고 그들은 교토타워 지하 공중목욕탕 앞 도로로 나왔다. 이발소 옆을 지나 낡은 계단을 기듯이 올라가자 이윽고 돌층계로 바뀌고 옥상으로 나왔다. 시원한 밤바람이 볼을 어루만졌다.

눈앞에는 도지 사찰의 오층탑이 우뚝 서 있다. 하늘에는 별 하나 없이 캄캄했다. 눈 아래 미궁에서 전해지는 희미한 불빛이 누각의 서까래와 난간을 드러내고 지붕 끝에 매달린 풍경을 희미하게 빛냈다.

다마가와가 문을 열었다.

안으로 들어가자 싸늘한 공기와 습한 나무 냄새가 고와다를 감쌌다. 넓이는 초등학교 교실만 할까. 맞은편 오른쪽에 이 층으로 통하는 나무 계단이 있었다.

방 한가운데에 듬직하게 놓인 커다란 달마 오뚝이를 보고 고와다는 흠칫 놀랐다. 높이가 고와다의 두 배는 족히 될 법하다. 달마 오뚝이 양쪽 옆에는 '너구리 야마'라고 적힌 축제용 제등이 놓여 있었다. 흔들리는 빛이 커다란 달마 오뚝이의 빨간 피부를 젖은 것처럼 보이게 했다. 달마 오뚝이의 양쪽 눈은 까맣고 둥글게 칠해져 있고, 거대한 검은콩처럼 번들거렸다.

"이쪽이에요."

다마가와가 말했다.

고와다와 다가와가 계단을 서둘러 올라가기 시작한 순간 커다란 달마 오뚝이가 부들부들 흔들리고 빨간 털이 쑥쑥 자라났다. "그 계단은 올라가지 않는 편이 좋다."라며 달마 오뚝이가 말했다.

고와다는 계단에서 말했다.

"너 하치베묘진이로군?"

털북숭이 달마 오뚝이는 치렁치렁 달린 털을 흔들고 거대한 한쪽 눈을 감아 윙크했다.

"당연히 나지. 그 계단은 올라가지 마. 그런 계단에 올라가 봤자 아무데도 갈 수 없어."

"그러니까 이 앞이 정답이란 소리예요."

다마가와가 말했다.

"아, 쓸데없는 소리 하지 마!"

털북숭이 달마 오뚝이는 쇳소리를 질렀다.

고와다는 "오호라. 정답이었군!" 하며 고개를 끄덕였다.

이 층으로 올라가자 그 방 한가운데에도 털북숭이 달마 오뚝이가 진을 치고 "지금이라면 되돌아갈 수 있어! 늦지 않았어!"라며 격하게 말했다. 다마가와는 메롱을 하고 계단을 올라간다. 삼 층, 사 층으로 나아가면서 방 한가운데에 있는 털북숭이 달마 오뚝이는 점점 작아졌다. 오 층까지 올라가서 만난 털북숭이 달마 오뚝이는 애처로울 정도로 자그마했다. 어린애가 가지고 노는 공에 털이 난 듯한 물건이 데구루루 바닥을 굴렀다.

털 뭉치는 "어차피 갈 거지."라며 투덜투덜한다.

"마음대로 해!"

"외로우면 이런 곳에서 나오면 되잖아요."

고와다의 말에 털 뭉치는 화난 듯이 털을 바싹 곤두세웠고 "귀찮단 말이야!"라는 목소리가 들렸다.

다마가와와 고와다가 나온 곳은 기와로 된 야마호코 지붕이었다.

경사가 급한 지붕에 차가운 밤바람이 윙윙 분다. 고와다의 망토가 바람에 나부꼈다. 다마가와는 도마뱀붙이처럼 지붕을 기어오른다. 고와다도 마지못해 뒤따랐다. 한 번 발이 미끄러지면 거꾸로 추락할 것이다. 고와다가 우물쭈물 나아가는 사이에 다마가와는 벌써 지붕 정상에 도착해 칠흑 같은 하늘을 찌르는 상륜을 끌어안았다.

그녀는 목을 뻗고 오층탑 주변을 노려보더니 갑자기 "어라앗!" 하고 얼빠진 소리를 질렀다.

고와다는 헐레벌떡 다마가와의 발치에 도달했다.

"왜 그래?"

"슬슬 시조가라스마여야 하는데…… 막다른 곳이에요."

다마가와는 등을 돌리고 희미하게 빛나는 거대한 상류을 올려다보았다.

고와다는 지붕 정상에 걸터앉아 한숨을 돌리고 밑을 보았다.

미궁처럼 변한 원형 교토가 펼쳐졌다. 탑이 우뚝 솟은 산에는 후시미 이나리 신사의 센본도리이가 모세혈관처럼 둘러싸 숲속의 나무를 빨간 빛으로 비추었다. 원형 산기슭을 둘러싸듯이 쪽매붙임 같은 사원 미궁이 펼쳐지고, 그 너머에는 건축물들의 성이 있다. 그것들을 둘러싸고 누에 치는 선반처럼 무수하게 늘어선 야외 테라스가 하얗게 빛나고 그 바깥쪽에 가로등이 가득하다. 도시를 거대한 강이 둘러싸고, 수없이 많은 다리 건너편은 칠흑의 털로 뒤덮인 듯한 꿈틀대는 어둠 속에 가라앉아 있었다.

"아직 여기는 너구리 야마 안인 모양이야."라며 고와다는 검은 망토를 펄럭이면서 말했다.

"어쩔래, 주말 탐정?"

다마가와는 울컥해서 고와다를 노려보았다.

"언제까지 그 차림으로 있을 작정이에요?"

"나는 이미 은퇴했으니까. 이건 주인에게 돌려 줄 거야."

"고와다 씨가 은퇴했다면 새로운 폼포코 가면은 누군가요?"

• • •

'폼포코 가면'은 누구에게 계승되었는가.

폼포코 가면은 고와다에서 하치베묘진에게 계승되었다.

하치베묘진은 신탁을 고하여 모든 사람들에게 폼포코 가면을 계승했다. 신탁을 받은 빨간 유카타의 여자아이가 연회실을 달려가 세 노인에게 전하자, 노인들은 연기를 내뿜으며 우물우물거렸고, 붉게 변한 담배를 보고 들어온 시중꾼은 그들의 뜻을 이해하여 곁방에 전했다. 연회실에서 연회실로, 연회에서 연회로. 신탁이 전해질 때마다 웃음소리로 시끌벅적하던 연회실이 고요해지더니, 그 뒤 다시 웃음이 와르르 터져 나왔다. 그 웃음소리는 끊이지 않고 커져만 갔다. 수요구락부에서 화요구락부로, 화요구락부에서 월요구락부로, 도화선을 타고 가는 불처럼 빠르게 아래로 이어지는 박장대소가 요이야마의 밤에 나선을 그렸다. 마침내 술집 히비키의 연회실에서 심각한 침묵에 싸여 있던 토요구락부로 소식이 전해지자 눈을 감고 있던 노인이 일어났다.

"서둘러. 폼포코 가면의 가면을 준비해라."

그 말에 일동이 떨었다.

5대는 당황했다.

"하지만, 하지만 폼포코 가면을 포획하라는 이야기는……."

"우둔한 놈!" 하며 노인이 크게 호통쳤다.

"너희가 폼포코 가면이다."

"아니, 하지만, 그건 너무나……."

"준비해라! 준비해! 거스르면 철퇴를 내릴 줄 알거라!"

이리하여 5대에게 명령받은 덴구브란 유통기구의 전령은 눈을 희번덕거리며 조금 전과 마찬가지로 양복을 둥글게 말아 옆구리에 끼고 취객들을 헤치고서는 술집 히비키에서 뛰쳐나와 야나기코지를 벗어나 데라마치 거리와 신쿄고구 상점가를 한걸음에 가로질러 불이 꺼진 니시키 시장 아케이드를 우당탕 달렸다. 시조가라스마 일대에는 덴구브란 유통기구뿐만 아니라 온갖 추격자들이 폼포코 가면을 대대적으로 수색하고 있을 것이다. 그들에게 모든 것이 뒤바뀌었다는 사실을 알려야 한다.

전령은 너구리 가면을 주머니에서 꺼내 썼다.

사람들이 니시키 시장을 지나다가 달려가는 남자 모습을 보고 "폼포코 가면이다."라고 서로 속닥였다. "아니야, 저건

코스프레야."라는 목소리도 들렸다. 그는 젖은 길바닥에 엉덩방아를 찧은 유카타 차림의 여성을 돕고서 "안녕하세요, 폼포코 가면입니다."라고 말하고 조금 전 발로 찼던 생선가게 스티로폼 상자를 치우는 등의 선행을 베풀면서 휴대전화를 계속 걸어 사방팔방으로 연락했다.

그렇게 전령은 전령을 낳는다. 전령들은 교토의 모든 골목으로 달리고 또 달려 그 소식은 불길처럼 퍼졌다. 담뱃가게 앞에서 긴급회의가 열리고 교토 시청과 상공회의소 전화가 끊임없이 울리며, 상점가에서 상점가로 소식이 전해졌다. 이 소식으로 모든 목욕탕, 모든 헌책방, 모든 이발소, 모든 카페, 모든 정식집이 '폼포코 가면 추적'을 포기하고 잇따라 태도를 바꾸었다. 그 자리에서 인쇄된 너구리 가면이 손에서 손으로 전달되었다. 소년탐정단원들이, 대학신문부가, 우류산을 내려와 신장 개업한 라면가게 주인이, 사회인 닌자 서클이, 총포 도검류 관련법을 위반한 부부가 폼포코 가면으로 변신했다. 규방조사단과 대일본침전당도 폼포코 가면으로 변신하고 마지막으로 국숫집 롯카쿠에서 쓰다와 그 제자들이 소식을 전해 들었다.

하치베묘진의 신탁은 요이야마의 빛으로 가득한 바둑판의 색을 뒤바꿨다.

•••

　그런 알림이 도시에 퍼지고 있는 것도 모르고 소장은 비틀비틀 걷고 있었다.

　소장은 폼포코 가면을 벗고 가발을 망토로 싸서 끌어안고 있었다. 지금의 그는 조깅하다가 요이야마에서 헤매고 있는 중년 남자로 보일 것이다. 그가 폼포코 가면일 때는 길 가는 사람들이 뜨거운 시선을 보냈다. 그러나 그가 그 본인일 때, 길 가는 사람들은 눈을 맞추려 하지 않는다. 자신의 모습이 지극히 위험해 보인다는 것은 스스로 잘 알고 있었다.

　"이 무슨 굴욕인가……."

　터벅터벅 걸어가는 그의 옆으로 폼포코 가면을 쫓는 듯한 남자들이 "이쪽인가? 저쪽인가?"라고 서로 큰 소리로 말하면서 지나가는 모습을 힘없이 지켜보는 수밖에 없었다.

　소장은 시조 거리를 걸어간다.

　시조가라스마 교차점이 가까워진다.

　나란히 늘어선 시조 거리 빌딩 사이를 오가는 관광객들의 머리가 시커멓다. 인산인해 가운데로 야마호코가 신비하게 빛나는 성처럼 떠 있었다. 맞은편 오른쪽에는 달 호코가 우뚝 서 있고, 왼쪽에는 함곡 호코가 우뚝 서 있고, 교차점을 끼고 맞은편에는 언월도 호코가 우뚝 서 있다. 소장은 달 호코의 지붕을 올려다보면서 지나갔다. 지붕 위에는 소나무를 세우고 뾰족한 막대 끝에는 초승달이 빛났다.

소장은 사람들에게 떠밀려 시조가라스마에 갔다.

이 장소를 우리는 경의를 담아 시조가라스마 대교차점이라 부르기로 한다.

오후 열한 시가 다 되어 요이야마는 끝을 맞이하려 한다. 교차점 남쪽에 세운 경찰 차량 주변에서는 경찰들이 분주하게 말을 주고받고 교통 통제를 해제할 준비를 시작했다. 대교차점에 들어선 순간 갑자기 광활해진 하늘을 올려다보았을 때, 동쪽 다이마루 백화점 앞에 있는 언월도 호코에서 기온 축제 음악이 울려 퍼졌다. 북쪽을 보니 오이케 거리까지 노점 행렬이 이어졌지만 빌딩가 사이를 하얗게 메우던 연기도 옅어졌다.

소장은 교차점 한가운데에 서서 탁류처럼 오가는 사람들을 둘러보았다.

"이 사람들은 누구도 나를 모른다."

그 영광스러운 꿈과는 이렇게나 차이가 난다. 소중히 키워 온 폼포코 가면은 정체 모를 패거리에게 쫓기는 신세가 되었고 자신은 끝내 절개를 굽히고 옷을 벗어 던졌다.

등줄기가 떨릴 듯한 환희는? 땅이 울리던 갈채는? 모두 어디로 갔는가.

소장은 이를 갈며 언월도 호코 꼭대기를 보았다. 번뜩이며 빛나는 은빛 언월도가 하늘을 찌르며 서 있다. 저 언월도로 망할 놈들을 쓰러뜨릴 수 있다면! 이 몸은 폼포코 가면이다!

더 이상 도망치는 건 사양하겠노라 소장은 생각했다.

"나는 폼포코 가면이다."

그렇게 중얼거렸다.

교차점 한가운데에서 가발을 덮고 망토를 두르고 가면을 썼다. 구경꾼들이 깜짝 놀라 교차점 한가운데에 갑자기 나타난 폼포코 가면을 둘러쌌다.

"다 덤벼라!"

폼포코 가면은 외쳤다.

"이봐들, 왜 그러지? 폼포코 가면은 여기에 있다! 잡으려면 잡으러 와!"

그때 소장은 달 호코 방향에서 자신과 마찬가지로 너구리 가면을 쓴 패거리가 우르르 나타난 것을 보았다. 갑자기 등 뒤에서 우렁찬 외침이 들려 돌아보니 다이마루 백화점 방향에서도 마찬가지로 너구리 가면을 쓴 놈들이 달려온다. 북쪽에서도 남쪽에서도 폼포코 가면들이 셀 수 없이 나타났다.

"뭐야?"

소장은 어리둥절했다.

폼포코 가면 무리가 시조가라스마 대교차점으로 흘러들었다. 그들은 양손을 쳐들고 언어를 이루지 못한 소리를 질렀다. 덴구브란의 향기가 물씬 풍겼다. 대교차점이 가득 메워지면서 그들의 열광은 더욱 뜨거워졌다. 열광의 도가니 속에서 우두커니 서 있는 사람은 소장 하나였다. 대체 무슨 일이 일어났는지 짐작도 가지 않는다.

갑자기 소장은 폭발한 것처럼 "아니야! 아니야!"라고 쉰 목소리로 외치며 열광하는 군중에게 저항했다.

"폼포코 가면은 나야! 나야!"

그러나 그의 목소리에 귀를 기울이는 이는 아무도 없었다. 마침내 주변에 모인 폼포코 가면들의 입에서 폼포코 가면의 명대사가 잇따라 튀어나왔다. 그 목소리들은 서로 뒤섞여 땅밑바닥에서 울려 퍼지는 거대한 웃음소리처럼 대교차점을 뒤흔들었다.

"자, 이 오른손을 잡아라!"

"곤경에 처한 사람을 돕는 것이!"

"이 몸의 일이 아니었던가!"

열기와 환호성이 소장을 푹 둘러쌌다.

시조 거리와 가라스마 거리의 빌딩가 불빛이 이상하게 번뜩였다. 언월도 호코 꼭대기에 달린 언월도가 은빛으로 빛나고 달 호코 꼭대기에 달린 초승달이 금빛으로 빛나 눈을 찌를 듯하다. 온몸의 관절이 삐걱거리고 목과 어깨는 석고로 굳힌 것처럼 뭉치고 머리는 밧줄로 칭칭 조이는 것 같다. 정신이 아득해진다.

혹시 나는 지금 이 순간에 죽은 걸까. 이건 죽는 순간 내가 보는 환영이 아닐까. 폼포코 가면은 나만의 것이었다. 세계가 폼포코 가면으로 둔갑하다니 말도 안 된다.

눈이 핑글핑글 돈다. 숨을 쉴 수 없다.

소장은 크게 앓는 소리를 했다.

"큰일 났어! 누가 좀 도와줘! 나는 곤경에 빠졌어!"

대교차점 한가운데에서 홀로 구제를 요청하며 하늘을 향해 오른손을 뻗었다.

• • •

고와다는 오층탑 지붕에서 하늘을 올려다보았다.

다마가와가 상륜을 잡고 몸을 흔들면서 중얼거렸다.

"벌써 요이야마는 끝나 버렸으려나……."

고와다는 아무 말도 하지 않았다. 검은 망토를 두르고 듬직하게 책상다리를 하고 앉은 채 움직이지 않는다. 고와다는 마치 커다란 바위가 되어 버린 것 같았다. 그는 지칠 대로 지친 것일까. 이제 꼼짝할 기운도 없는 것일까. 아니, 그렇지 않다. 그는 그저 자기 내면의 게으름뱅이 목소리에 귀를 기울이고 있었다.

고와다는 갑자기 "어떻게든 된다."고 말했다.

다마가와의 얼굴은 부루퉁했다.

"어떻게 알아요?"

"그건 몰라. 하지만 어떻게든 되어야 하지."

"정말이지 참, 태평하다니까."

시원한 밤바람이 불어 다마가와의 머리카락을 헝클어뜨리고 고와다의 볼을 쓰다듬었다.

고와다는 땀이 배어 흐물흐물해진 너구리 가면을 썼다.

그때 다마가와가 "어머나?" 하고 소리치더니 발돋움하여 아래를 내려다보았다.

고와다도 일어났다.

미궁으로 바뀐 가장자리부터 거리 등불이 두둥실 떠돌기 시작했다. 커다란 불빛도 있고 작은 불빛도 있다. 불빛들은 맥없이 떠올라 한동안 깜빡이는가 싶더니 도시 바깥을 둘러

쌓 정체 모를 어둠에 삼켜지듯 사라졌다. 그들의 눈 아래에서 도시가 조금씩 녹는다. 몇백 개의 빨간 물체가 하늘로 훅 떠올라 검은 바람에 흘러가는 것이 보였다. 처음에는 달마 오뚝이나 사과를 허공에 던진 것처럼 보였다. 고와다가 가만히 응시하는 사이에 빨간 유카타를 입은 여자아이들임을 깨달은 순간, 그것들은 어둠에 삼켜져 사라져 버렸다.

오층탑을 비추는 빛이 점차 약해진다.

다마가와는 고와다에게 딱 붙어 팔을 붙잡았다.

그때 고와다의 귀에 희미한 기온 축제 음악이 들렸다. 고와다는 고개를 갸웃하며 귀를 기울였다. 그 음색은 하늘 저편에서 들리는 듯했다.

"아아, 그랬군."

고와다는 중얼거렸다.

그 순간 그들의 머리 위의 캄캄한 하늘에서 번쩍번쩍 은빛으로 빛나는 날카로운 것이 튀어나왔다. 고와다는 하늘을 바라보며 물었다.

"다마가와 씨, 저게 무엇 같아?"

"언월도처럼 보여요."

다음 순간 언월도가 번뜩이며 옆으로 지나갔다.

열리는 하늘 너머로 고와다가 맨 처음 본 것은 금빛으로 작게 빛나는 초승달이었다. 이내 넓어지는 균열 사이로 언월도와 초승달 끝에 이어지는 소나무가 나타나고, 이어서 지붕이 나타나고 마지막에는 휘황찬란하게 빛나는 축제용 제등이 거대한 샹들리에처럼 모습을 드러냈다. 검고 거대한 과실 껍질이 벗겨지듯이 밤하늘이 말려 올라가고 있었다.

두 사람의 머리 위에서 시조가라스마 대교차점을 둘러싼 빌딩가 불빛과 빌딩 골짜기를 빛내는 요이야마의 빛과 축제 음악이 눈사태처럼 쏟아졌다.

지금, 시조가라스마 대교차점은 그들 머리 위에 있었다.

"헤매지 않았죠?"

"그럼."

두 사람은 대교차점을 가득 메운 수많은 폼포코 가면을 보았다.

고와다는 그 폼포코 가면들 중 한 사람이 밀어닥치는 다른 폼포코 가면들에 저항하면서 홀로 이쪽을 향해 손을 뻗고 있는 것을 깨달았다.

고와다는 저도 모르게 손을 뻗었다.

이리하여 하늘은 땅에 가까워지고 시간의 흐름은 멈춘다.

．．．

시조가라스마 대교차점에 있던 소장은 하늘 한가운데에서 내려오는 폼포코 가면을 보았다.

폼포코 가면이 자신을 향해 오른손을 내민 것처럼 보였다. 마치 "이 오른손을 잡아라."라고 말하는 듯했다. 소장이 남에게 질릴 만큼 반복했으면서 자신을 향해서는 한 번도 한 적이 없는 말이다.

신기하게도 폼포코 가면 옆에는 젊은 여성이 있는 듯했다.

이윽고 폼포코 가면과 여성은 대교차점을 가득 메운 군중 속으로 내려섰다. 군중이 크게 출렁인 듯했지만 드넓은 바다에 비 한 방울 떨어진 것이나 마찬가지라 그 뒤로 아무런 변화도 없다. 그 신비한 현상은 현실에서 일어난 일인가, 아니면 혼란한 자신만이 본 것인가, 소장은 알 수 없었다. 설령 누군가 다른 사람이 깨달았더라도 이 열기에 삼켜져 흐지부지되었으리라.

한동안 소장은 멍하니 있었다.

그리고 이내 중얼거린다.

"제가 폼포코 가면이었습니다."

요이야마의 불빛 너머에 과거가 주마등처럼 떠올랐다 사

라진다. 툭하면 신고당하면서도 제 꼴을 돌보지 않고 사람들의 이해를 쟁취하여 '정의의 괴인'으로 출세한 나날. 짧은 듯 길고, 긴 듯 짧은 나날이었다. 거리에는 갖가지 사람들이 살고, 그들은 갖가지 도움을 요청했다.

그건 그렇고 오늘은 참으로 긴 토요일이었다. 바로 어제저녁 일조차 먼 옛날처럼 느껴진다. 어젯밤에는 고와다를 포함한 연구소의 젊은 직원들이 도쿄로 전근하는 자신을 위해 야외 테라스에서 송별회를 열어 주었다.

"장래 유망한 여러분."

소장은 야외 테라스에서 이야기한 고별인사를 그리운 일처럼 떠올렸다.

"저는 교토에서 삼 년을 지냈습니다. 대단히 뜻있는 나날이었습니다. 특히 젊은 여러분과의 교류는 즐거웠습니다. 저의 밤놀이에 함께해 주신 것을 이 자리를 빌려 감사할 따름입니다. 연구소에서 저는 저대로 여러분이 활약할 수 있도록 노력했습니다. 우리 회사는 두드러지게 크지는 않지만 길가의 돌멩이로 비하할 정도로 작지도 않습니다. 여러분이 활약할 수 있는 자리는 많고, 사회에 대한 책임도 있습니다. 저는 여러분이 이룬 공헌을 더욱 확대하기 위해 노력하겠다고 약속합니다. 그러니 제가 교토를 떠난 뒤에도 여러분은 육체적

정신적으로 건강을 유지하고 착실하게 매일매일 일해 주십시오. 여러분과 저의 미래를 위해 건배!"

그는 땀에 젖은 너구리 가면을 벗고 구깃구깃 뭉쳐서 주머니에 넣었다.

가발을 벗어서 앞에 있는 낯선 남자의 머리에 얹었다.

그리고 망토를 벗고 또 다른 낯선 남자에게 주었다.

"저는 폼포코 가면이었습니다."

마지막에 중얼거렸을 때, 자신의 어깨에 얹혀 있던 무거운 것이 산산이 부서지더니 시조가라스마 대교차점에서 소용돌이치는 열기에 날려 하늘로 올라가는 것이 느껴졌다.

소장의 몸은 흔들흔들 불안하게 휘청거렸다.

옆에 있던 남자가 소장의 팔을 붙잡고 받쳐 주었다.

"괜찮은가? 기절할 것 같은 얼굴이야."

남자가 물었다.

"조금 지친 모양입니다."

소장은 신음했다.

친절한 남자는 "잠깐 길을 터 줘. 아픈 사람이다."라고 외쳤다.

그 목소리를 들은 폼포코 가면들이 이쪽을 돌아보았다. 이내 그들은 조금씩 몸을 움직여 남자와 소장이 지나갈 길을 만들어 주었다. "괜찮아?" "정신 차려."라며 저마다 말한다.

"네, 실례합니다, 실례합니다."

남자는 쾌활하게 말하면서 소장의 손을 끌고 앞장서서 걸어간다. 남자 또한 너구리 가면을 썼다. 한 손에는 생맥주가 든 종이컵을 들고 아주 화려한 셔츠를 입었다.

···

소장은 시조가라스마 교차점 북동쪽에 있는 미쓰이 빌딩 앞에 주저앉았다.

한 번 사라졌던 남자는 금세 페트병에 든 차를 들고 돌아왔다. 남자는 페트병을 내밀고 "마시게."라고 말했다. 소장은 고맙다고 대답하고 돈을 치르려 했지만 남자는 받지 않았다. 노점에서 사 온 감자튀김을 먹으면서 생맥주를 마시고 "오늘은 큰일을 하나 해치웠어. 그 정도는 살 수 있어."라고 했다. 자연스럽게 상대방의 품으로 들어올 것처럼 허물없었다. 평소 소장이었으면 돈을 내겠다고 고집을 부렸을 상황이지만 지금 소장에게 고집 부릴 기력은 남아 있지 않았다.

소장은 얌전히 차를 마셨다.

그동안 수수께끼 남자는 미쓰이 빌딩 앞에서 마치 강 건너 불구경하듯이 시조가라스마에서 뿜어져 나오는 열광을 바라보았다. 흡사 큰 바위 위에 서서 눈앞에 꿈틀대는 큰 파도를 바라보는 바다 사나이 같았다.

그가 "절경이로군. 때가 무르익었어." 그렇게 말하는 소리가 들렸다.

곧이어 남자는 돌아보고 감자튀김을 내밀었다.

"먹겠어? 팔다 남은 거라 맛은 없지만."

소장은 별생각 없이 감자튀김을 입에 넣었다가 너무 맛있어서 놀랐다. 손가락을 멈추려고 했지만 유혹을 이기지 못하고 두 개, 세 개 연이어 먹었다. 남자는 잇따라 감자튀김을 빼앗아 가는 소장의 모습을 황당하게 지켜보았다. 소장은 자신이 오늘 아침부터 제대로 된 식사를 하지 않았다는 사실을 깨달았다. 기가 찬 남자는 소장에게 감자튀김을 떠밀며 "사양하지 말고 그냥 다 먹어."라고 말했다.

"아니, 그럴 수는 없습니다."

소장은 감자튀김을 입안 가득 집어넣으며 고개를 젓고 거기서 자신의 모순된 말과 행동에 웃음을 터뜨렸다.

소장은 "뭘 하는 건지."라며 감자튀김을 씹으면서 계속 웃었다.

"하루 종일 굶주리다 처음 본 사람에게 감자튀김이나 받고……."

"상당히 지친 모양이로군."

"많은 일이 있다 보니……."

"그런가. 많은 일이 있었나. 그거 고단했겠군."이라고 남자
는 중얼거리며 맥주를 마셨다.

"나라면 그렇게 지치기 전에 개구리가 되어 우물에 틀어
박히겠지."

"개구리가 되어 우물에 틀어박힌다고요? 그것도 좋죠."

"우물 안 개구리는 바다를 모르나 하늘의 높이를 안다고
하지."

남자는 웃었다.

소장은 한동안 감자튀김을 정신없이 먹다가 마침내 어쩔
줄 몰라 하며 중얼거렸다.

"……나는 이런 곳에서 뭘 하는 거지?"

"내가 보기에 아무것도 하고 있지 않아."

"맞아요. 아무것도 하고 있지 않아요. 오랜만에 있는 일이
군요."

"오늘은 축제가 열리는 날이다. 느긋하게 보내라고. 나도
유유자적하고 있어."

"큰일을 해치웠다면 기분이 좋겠죠."

"하지만 무슨 일이든 우선 의뢰가 들어오는 게 중요해. 의뢰를 얻은 시점에서 내 일은 거의 끝나지. 그 이후에는 사건의 흐름을 보고 이익을 얻으면 그만이야."

그때 남자는 불쑥 떠오른 듯이 자신의 명함을 꺼내 소장에게 건넸다. '우라모토 탐정 사무소'라고 적혀 있었다.

남자는 "혹시 무슨 일이 있다면 언제든 찾아와."라고 말했다.

"도와줄게."

"탐정……?"

"세상에서 가장 게으른 탐정이지."라며 뽐내듯이 말한 뒤 남자는 허둥지둥 덧붙였다.

"실적은 확실해. 단, 제대로 된 의뢰는 곤란해. 별난 의뢰일수록 해결 가능성이 올라가는 법이니까. 이건 비밀인데, 오늘 해치운 큰일은 '폼포코 가면의 정체를 파헤치는' 일이었지."

소장은 차를 마시는 척하며 놀란 마음을 숨겼다.

"……그래서 정체는 알았습니까?"

목소리를 낮춰 물었다.

남자는 웃으면서 고개를 가로저었다.

"그런 멋없는 남자로 보이나. 그 부분은 잘 얼버무렸지. 게

다가⋯⋯."

남자는 폼포코 가면으로 넘쳐나는 교차점을 둘러보았다.

"이렇게 되었으니 누가 폼포코 가면인지, 그런 건 이제 아무래도 좋지 않은가⋯⋯. 어이쿠, 저건?"

별안간 남자가 일어났다. 너구리 가면을 벗고 오른손을 높이 들었다.

"우리 사무실 직원이야."

소장도 일어나 남자가 가리키는 방향을 보았다.

그렇게 소장은 대교차점을 가득 메운 폼포코 가면들 너머에 서 있는 고와다를 발견했다. 고와다는 돌돌 만 검은 망토 같은 물건을 안아 들고 땀에 젖은 얼굴로 하늘을 올려다보고 있었다. 옆에 있는 젊은 여성이 발돋움해 손을 흔들었다. 고와다는 완전히 엉뚱한 방향을 향해 타조 알이라도 삼킬 듯한 커다란 하품을 하고 있었다.

• • •

천지가 뒤바뀌고 고와다는 시조가라스마 대교차점에 내려섰다.

고와다와 다마가와가 이 세계로 귀환했을 때, 주변은 열광하는 폼포코 가면으로 가득 차 있었다. 모든 것이 덴구브란의 만취가 낳은 꿈처럼 느껴진다. 그러나 고와다는 평소대로 계곡에서 차갑게 식힌 지장보살처럼 침착했다. 내면의 게으름뱅이는 하품을 하고 이성인은 생각하기를 멈추고, 야성인은 완전히 지쳤다.

한동안 폼포코 가면 무리에 치이고 있는데 다마가와가 "고와다 씨, 고와다 씨." 하고 귓가에서 속삭였다.

"저기에 탐정이랑 소장님이 있어요."

그쪽을 바라보니 폼포코 가면을 쓴 수많은 사람 너머 미쓰이 빌딩 밑에 화려한 셔츠를 입은 우라모토 탐정이 손을 흔들었다. 그 옆에는 초췌한 얼굴을 한 소장이 뻣뻣하게 서서 페트병에 든 차를 마시고 있었다. 다마가와가 "죄송합니다!"라며 폼포코 가면들을 헤치고 길을 만들었고 그 뒤를 고와다는 휘청휘청 따라갔다.

우라모토 탐정이 "여어, 수고했어!"라며 다마가와를 향해 외쳤다.

"어땠어?"

"뭐라고 해야 할지……."

다마가와는 여기에 이르기까지의 경위를 설명하려 했지만 잉어처럼 입을 뻐끔거릴 뿐 말이 나오지 않는 듯하다. 끝내 설명을 포기하고 "지쳤어요."라고만 말했다.

우라모토 탐정은 "그래, 힘들었겠군." 하고 고개를 끄덕였다.

다마가와는 등 뒤에서 환호성을 지르는 폼포코 가면들을 가리켰다.

"……이건 어떻게 된 일이죠? 탐정은 어떻게 된 일인지 아세요?"

"때가 무르익은 건 알지. 이유는 몰라."

"그리고 어째서 소장님이랑 함께 계세요?"

그 물음에 우라모토 탐정은 놀란 표정을 지었다. 자신 옆에 서 있는 대머리 남자를 보고 "이 사람이 소장이야?"라고 되물었다. 소장은 말없이 파리한 얼굴을 하고 고와다를 바라보다가 불쑥 "고와다 군, 모험을 했습니까?"라며 새된 목소리로 물었다.

"소소한 모험이었지만요."

"소소한 모험을 비웃는 자는 소소한 모험에 운다고 하지요."

고와다는 소장에게 둥글게 말아 들고 있던 검은 망토를 보여 주었다.

"소장님, 도쿄로 전근하면 폼포코 가면 코스프레라도 할래요? 여기에 한 벌 있는데요."

"아니, 고와다 군. 나한테는 필요하지 않습니다."

"저도 필요 없는데요."

그러자 "그렇다면 검은 망토는 이 몸이 받아가지."라는 목소리가 들렸다. 목소리가 들려온 쪽을 보니 너구리 가면을 쓴 남녀가 서 있었다. 고와다는 "드릴게요, 온다 선배." 하고 대답했다.

"들켰어."

모모키가 말했다.

"들켰네."

온다 선배가 말했다.

온다 선배는 "요이야마가 끝나는 걸 구경하러 왔더니 이 상태야."라고 말했다.

"너무 즐거워 보이니까 뒤섞여 봤지. 아아, 재밌었어."

그러더니 온다 선배는 너구리 가면을 벗고서 고와다에게 속닥였다.

"뭐야. 역시 왔잖아. 이 파렴치한 녀석."

· · ·

"곧 교통 통제가 해제됩니다."

확성기 목소리가 반복해서 들린다.

"저희는 고조 경찰서입니다. 곧 교통이 재개됩니다. 교차점 안으로 들어가지 마십시오."

"보행자와 폼포코 가면 분들은 신속하게 인도로 이동해 주십시오."

하늘색 제복을 입고 허리에 경찰봉을 단 경찰관들이 들뜬 관광객들을 먼지 쓸어내듯이 대교차점 바깥으로 쫓아낸다. 열심히 직무를 수행하는 경찰관들 사이로 빨간 제등을 줄줄이 든 달 호코 보존회가 피리와 북소리를 내면서 천천히 지나갔다.

폼포코 가면들의 열광은 썰물처럼 잦아들었다.

이윽고 경찰관들이 한층 크게 호루라기를 불고 교통 통제가 해제되었다.

차량이 오가기 시작하자 고와다의 눈앞에 있는 시조가라스마 교차점은 순식간에 일상의 모습으로 돌아갔다. 요이야마의 밤에만 부상했던 신비한 섬이 다시금 해수면 아래로 잠긴 것 같았다. 요이야마의 흔적인 쓰레기가 더운 바람에 날려 굴러간다. 편의점은 사재기 소동 후처럼 텅 비었고, 에어컨도 멈춰 버린 무더운 가게 안에서는 아르바이트 점원이 녹초가 되어 고개를 떨구었고, 큰길과 골목을 가득 메운 노점은 철수를 시작하고, 야마호코를 빛내던 축제 제등의 불빛도

414

마침내 꺼졌다.

고와다는 온다 선배와 나란히 교차점 모퉁이에 서서 오가는 차를 바라보았다.

"허전하구나."라며 온다 선배가 말했다.

"축제가 끝나면 어쩐지 마음이 허전해져. ……하지만 나는 이 허전함이 좋아. 축제 뒤의 허전함이 있기 때문에 축제인 거니까."

그들의 눈앞을 검고 거대한 리무진이 북쪽을 향해 지나갔다. 창문은 열려 있고 하와이풍 노래가 들렸다. 너구리 가면을 쓴 남자가 창문으로 얼굴을 내밀고 끝나 가는 요이야마를 지긋이 바라본다. 덴구브란의 달콤한 향기가 고와다의 코끝을 스쳤다.

고와다는 돌아보았다.

소장은 색안경 안쪽의 눈을 가늘게 뜨며 막을 내리는 축제를 바라보았다. 우라모토 탐정은 모모키에게 명함을 건네고 "세계 제일의 게으름뱅이 탐정입니다."라고 자기소개를 했다. 다마가와는 목에 수건을 걸치고 빌딩 아래에 주저앉아 푹 퍼져 있었다. 그녀의 두 어깨에 얹혀 있는 허무하고 충실한 토요일의 모습이 눈에 선했다.

다마가와는 "이제 진력났어요."라고 말했다.

"오늘 아침이 아주 아주 옛날 일 같아. 이부자리에 누우면 한순간에 잠들 자신이 있어요."

"다마가와 양, 내일은 쉬어도 돼."

"하지만 사무실도 치워야 하고……."

"부탁이니까 쉬어. 한 번이라도 고용주의 말을 순순히 들어주지 않겠나?"

문득 온다 선배가 손을 들고 "잠깐만." 하고 말했다. 고와다와 다마가와에게 눈짓한다.

"지금, 갑자기 내 머리에 멋진 아이디어가 번뜩였어. 들어줄래?"

"들려줘, 들려줘."

모모키가 말했다.

"내일, 넷이서 야마호코 행진을 보러 가자."

"정말로, 진짜, 멋진 생각을 했구나!"

모모키가 기뻐했다.

고와다는 싫다며 도리질 쳤다.

"내일은 기숙사에서 놈팡이처럼 지내기로 했어요. 누가 뭐라 해도."

"고와다, 한심한 소리 하지 마. 인간으로서 부끄럽지 않아?"

"저는 인간이기에 앞서 게으름뱅이입니다."

416

    •••

    온다 선배와 모모키는 주말을 충실히 보내야 하는 중요함을 설명하고 "너구리 같은 평화 속에서 졸다가 이끼 낀 지장보살처럼 되어서는 안 된다."라고 주장했다.

    "멍청하게 넋 놓고 있다가는 눈 깜짝할 사이에 월요일이 온단 말이다."라며 온다 선배는 겁먹은 듯이 몸을 떨었다.

    "월요일이 오면 우리는 분초를 아끼며 일해야 해. 해야 할 일이 산더미다. 너도 그렇지? 언제까지고 신입입니다, 하는 얼굴을 할 수 있을 것 같아? 설령 내가 허락해도 하느님은 용서하지 않겠지. ……물론 그건 월요일부터 시작될 이야기지만."

    "그렇기에 주말을 만끽해야 하는 거야."

    모모키는 말했다.

    그러자 소장이 "워워." 하며 두 사람을 가로막았다.

    "두 사람 다 조금 진정하십시오. 분명히 맞는 말입니다. 언젠가 반드시 월요일이 옵니다. 그러나……."

    소장은 고와다를 흘끔 보았지만 우리의 주인공은 세상만사가 자신과 상관없는 일인 양 시치미를 뗀 얼굴로 하품을 했다. 너무나 훌륭한 하품이었기에 소장은 자신도 모르게 하품을 했다. 하품이란 전염된다. 하품은 내면의 게으름뱅이들이 지르는 포효다.

"그러나 내일은 일요일입니다, 여러분."

소장은 그렇게 말하고 눈가에 괸 눈물을 훔쳤다.

"질릴 만큼 빈둥거리세요."

• • •

이리하여 거룩한 게으름뱅이의 충실한 토요일은 끝났다.

일요일이 시작된다.

에필로그

일요일의 남자

독자 여러분.

이야기는 거의 끝이 났다. 마지막으로 일요일에 생긴 일에 대해 간단히 이야기하겠다.

• • •

고와다는 기숙사의 자기 방에서 늘어지게 잤다.

전날 밤에 요이야마에서 녹초가 되어 귀가해 몽롱한 의식으로 엉덩이를 흔들며 샤워하고, 이부자리에 벌렁 누워 '장래에 아내가 생기면 하고 싶은 일 목록'을 손에 들었지만 내면의 게으름뱅이들이 일제히 봉기해 그를 굴복시켰다. 고와다는 그 유익한 목록을 한 줄도 읽지 못하고 잠에 빠졌다.

그 뒤로 계속 잠에 취해 있다 보니 날이 밝았다. "일요일을 확장해 주겠다."며 무시무시하게 에너지 충만한 온다 선배가 몇 번이나 전화했지만 고와다는 눈도 뜨지 않고, 이끼에 파묻힌 지장보살처럼 계속 잤다.

여름 태양이 천공의 궤도를 돌고 교토 시내에 기온 축제 야마호코 행진이 대강 끝난 무렵에야 간신히 눈을 떴다. 뇌를 맑은 물에 첨벙첨벙 씻은 것처럼 기분이 상쾌했다. 크게 기지개를 켜고 창문으로 바깥을 내다 보자 강렬한 여름 햇살이 내리쬈다. 하늘은 눈이 따가울 정도로 푸르렀다. 방문을 열고 복도를 들여다보았지만 기숙사는 휑하니 아무도 없었다. 일요일 한낮의 나른한 공기가 감돌 뿐이었다.

"온다 선배는 기온 축제를 보러 갔나?"

샤워하고 이를 닦고 치즈 찐빵을 우유와 함께 우적우적 먹었을 때, 고와다는 야나기코지에 버린 하치베묘진의 잡동사니를 떠올렸다. 인근 주민들에게는 민폐일 것이다. 하치베묘진이 제멋대로 군 탓이기는 해도 자신이 한몫 거든 것이 마음에 걸렸다.

"살짝 상황을 살피러 가자."

고와다는 기숙사를 나섰다.

긴테쓰 전철을 타고 시내로 가서 환승한 뒤 시조가라스마 역에서 지상으로 나오자 아직 거리에는 기온 축제 야마호코 행진의 흥분이 남아 있었다. 이글이글 내리쬐는 오후의 햇볕 아래 각각의 자리로 돌아간 야마호코를 보러 돌아다니는 관광객도 많다. 시조 거리 길가에서는 어젯밤 요이야마의 잔해인 쓰레기를 주워 모으는 사람들을 발견했다. 그들은 모두 폼포코 가면을 쓰고 있었다.

고와다는 멈추어 서서 고개를 갸웃했다.

"세상은 수수께끼로 가득하군."

야나기코지로 가 보니 고와다가 힘을 다해 불법 투기했던 하치베묘진의 잡동사니는 깨끗이 치워져 있었다. 시원해 보이는 담뱃가게 안에서 라무네를 마시던 할머니의 말로는 아침에 폼포코 가면들이 우르르 몰려오더니 깨끗하게 치웠다고 한다.

"사람들이 친절하기도 하지."

할머니가 그렇게 말했을 때 담뱃가게 안쪽에서 통탕통탕 경쾌하게 계단을 내려오는 소리가 들리고 다마가와가 안에서 얼굴을 내밀었다.

"할머니, 이제 철수할게요. 신세 많았습니다."

할머니는 음료수를 마시며 돌아보았다.

"아유, 벌써? 더 잠복해도 되는데."

"하지만 이제 감시할 대상이 없는걸요."

그때 다마가와는 담뱃가게 앞에 멍하게 서 있는 고와다를 발견했다.

"어! 고와다 씨잖아요."

"여, 다마가와 씨. 안녕."

"뭐하는 거예요. 오늘은 놈팡이처럼 지내는 거 아니었어요?"

"무위도식하고 있고말고."라고 고와다는 말했다.

"할 일은 하나도 없어."

그 말을 듣고 다마가와는 키득키득 웃었다.

• • •

고와다와 다마가와는 하치베묘진을 참배한 뒤 탐정 사무소로 갔다. 다마가와가 폼포코 가면 사건의 달마 오뚝이를 주겠다고 했기 때문이다.

"5대가 찾으러 올 일은 없으니까요."

"뭐, 그렇겠지."

"그리고 우라모토 탐정에게 줄 수도 없잖아요?"

니시키 시장을 걸어갈 때 수많은 폼포코 가면과 지나쳤다. 그들은 '도움이 필요한 아이는 없나?'라고 묻듯이 두리번거렸다. "자네들 도움이 필요하지 않아? 무슨 난처한 일 없어? 상담해줄게!" 하고 말을 걸어서 고와다와 다마가와는 "필요 없어요."라고 대답했다.

무로마치 거리 롯카쿠아가루 에보시야초에 있는 탐정 사무소는 어두웠다. 어이없게도 우라모토 탐정은 화려한 셔츠를 입고 가슴을 풀어헤친 채 오후 두 시가 다 된 지금도 간이침대에서 정신없이 자고 있었다. 블라인드 틈으로 비추는 빛이 침대에 줄무늬 그림자를 드리웠다. 베개 옆에는 빈 덴구브란 병이 굴러다녔다.

"나는 이곳에 질서를 만들기 위해 온 거야."

다마가와는 그렇게 중얼거렸다. 그녀는 블라인드를 걷고 창문을 열고 탈취 스프레이를 뿌리고 우라모토 탐정을 침대에서 밀어 떨어뜨렸다.

그리고 나서 일어난 일련의 일들은 혼돈에 대응하는 질서의 싸움이었다. 그녀가 쓰레기를 싹 치우고 청소기를 돌리는 동안 우라모토 탐정은 간이침대 위로 피난하고 고와다는 응접용 소파 위로 피난했다. 종횡무진 날뛰는 질서의 여신 앞에서 두 사람은 무력했다. 그들은 작은 외딴 섬에서 사는 쓸쓸한 주민처럼 서로에게 외쳤다.

"우라모토 씨도 힘드시겠네요."

고와다가 말했다.

우라모토 탐정은 책상다리를 하고 앉아 파이프담배의 연기를 뻐끔뻐끔 불었다.

"음, 이것도 필요악이로군."

"말은 잘하네. 탐정도 치워 버릴 거예요!"

다마가와가 말했다.

한차례 청소를 마치고 우라모토 탐정 사무소가 최소한의 기능을 되찾았을 무렵, 다마가와는 무로마치 거리에 면한 창문을 열더니 갑자기 창문으로 몸을 내밀고 "이봐요." 하고 외쳤다.

"안녕하세요. 덥죠!"

다마가와는 길에 있는 사람에게 손을 흔들었다.

"차라도 한잔하고 가실래요? 고물이지만 에어컨도 돌아가고 있어요."

몇 분 뒤 온다 선배와 모모키가 계단을 올라와 탐정 사무소를 방문했다. 모모키는 커다란 여름 모자를 썼고 온다 선배는 젖은 수건을 목에 둘렀다. 사무실로 들어온 온다 선배는 "야아, 여기는 매우 시원하네요!"라고 말한 뒤 고와다의 모습을 보고 경악한 듯이 외쳤다.

"고와다가 이곳에 있어!"

"물론 저는 여기에 있어요."

고와다가 말했다.

고와다는 자기 집인 것처럼 거리낌 없이 냉동실에서 하드를 꺼내는 참이었다.

"그렇게 불렀는데! 이런 곳에서 태평하게!"

"고와다 씨도 기온 축제를 구경하러 왔어?"

모모키의 물음에 고와다는 하드를 아작아작 씹으면서 "아뇨." 하고 대답했다.

"아무것도 구경하지 않았어요."

"아깝네."

"정말로 너는 게으름뱅이로구나."

온다 선배와 모모키는 이른 아침부터 교토 거리를 산책하고 야마호코 행진을 구경하고 돌아가는 길이었다. 각자 자리로 돌아간 야마호코를 바라보면서 선물 같은 것을 사며 돌아다니다 무로마치 거리를 지나는데 탐정 사무소 창문으로 다마가와가 몸을 내밀었다고 한다. 이 두 사람에게서 '충실한 일요일을 약속받은 인간'의 오라 같은 것이 감돌지 않는가.

"깜짝 놀랐어. 거리가 온통 폼포코 가면이라서."

"맞아, 그렇다니까. 희귀하고 자시고도 없다니까."

다마가와는 냉장고에서 차가운 라무네를 꺼내 모두에게 대접했다. 그리고 달마 오뚝이를 가져왔다. 달마 오뚝이 등에는 '폼포코 가면 사건'이라 적힌 종이가 붙어 있다.

"이게 뭐야?"

고개를 갸웃하는 온다 선배에게 다마가와는 달마 오뚝이의 의미를 설명했다.

"사건이 해결됐으니 한쪽 눈도 마저 그릴 거예요."

우라모토 탐정이 책상에서 붓펜을 가져와 달마 오뚝이 눈을 까맣게 그려 넣었다. 한쪽 눈이 더 커서 달마 오뚝이는 몹시 서툰 윙크를 하는 것처럼 보였다.

고와다는 오뚝이를 안고 싱글싱글 웃다가 "그러고 보니 온다 선배." 하고 물었다.

"어제는 미처 못 물었는데, '폼포코 가면을 구했다.'니 무슨 일이 있었던 거예요?"

"오오, 들을래? 이게 장대한 이야기인데."

"모험이야, 모험."

온다 선배의 '폼포코 가면을 구한 전말'이 시작되려던 바로 그때, 누군가 사무실 문을 쾅쾅 두드렸다. 그들은 입을 다물고 얼굴을 마주 보았다. 우라모토 탐정은 없는 척하려고 "조용히."라며 모두에게 눈짓했다. 그러나 다마가와가 "무슨 소리를 하는 거예요!"라며 일어났다.

다마가와는 문을 열고 "어머나!" 하고 말했다.

탐정 사무소를 찾은 사람은 소장이었다.

소장은 "여러분, 모여 계시는군요."이라며 새된 목소리로 말했다.

"이건 무슨 모임입니까?"

"아니, 딱히 아무것도 아니에요. 늘어져 있을 뿐이에요."라고 고와다는 대답했다.

"그렇습니까. 그거 다행입니다."

"무슨 일이십니까?"

우라모토 탐정이 물었다.

"어제 명함을 받았죠. 상담하고 싶은 일이 하나 있어서……."

소장의 말을 듣자마자 다마가와가 눈을 빛냈다.

"어서 오세요. 잘 오셨어요! 이쪽으로 오시죠."

다마가와는 사무실 안을 분주하게 돌아다니며 '탐정업 신고 증명서'의 먼지를 털어 다시 장식하고 작은 상자에서 새로운 달마 오뚝이를 꺼내고, 파일꽂이에서 조사 위임 계약서와 중요 사항 확인서를 꺼냈다. 그러고는 소장에게 "앉으세요."라며 소파를 권하고 차를 따랐다. 다마가와는 고와다를 포함한 제삼자들에게 나가 있으라고 하려 했지만 소장은 상관없다고 했다.

소장은 소파에 앉아 탐정 사무소 안을 둘러보았다. 외국인처럼 높은 코를 킁킁거리며 덴구브란 향기를 맡았다.

"남자의 비밀기지 같은 모양새로군요."

"안색이 좋아졌군." 하고 우라모토 탐성은 말했다.

"어제 당신은 말도 못했지."

"기타시라카와 라듐 온천에 다녀왔습니다."

"어쩐지 개운해 보이더라니."

소장은 다마가와가 끓인 차를 마시고 우라모토 탐정 쪽으로 몸을 내밀었다. "당신이 세계 제일의 게으름뱅이 탐정이라고요?"라며 재차 확인했다. 탐정은 "맞습니다."라고 당당하게 대답했다.

"……그리고 이상한 문제를 잘 해결한다면서요?"

"기묘한 의뢰만 오니까……. 의뢰는 하늘에서 내려오고 땅에서 샘솟지……."

"좋아요. 경험은 풍부한 거로군요."

소장은 고개를 끄덕이고 놀랄 만한 의뢰를 꺼냈는데…….

그것은 또 다른 이야기이다.

● ● ●

여기서 필자는 이야기를 모두 마쳤다.

해야 할 이야기에서 '끝'은 무엇보다 중요하다. 필자는 그리 믿고 있다. 우리의 충실한 하루는 막을 내릴 때 그 모습을 드러낸다. 그리고 반짝반짝한 새로운 하루로 시간의 바통을 넘긴다. 끝나지 않으면 시작도 없다. 헤어짐이 없으면 다시 만날 일도 없다.

독자 여러분, 이별의 시간이다. 또 만날 날까지 안녕히.

일찍이 교토 거리에 괴인이 나타났다. 괴인은 벌레 먹은 구제고등학교 망토를 몸에 두르고 멋지고 귀여운 너구리 가면을 썼었다. 그 이름을 '폼포코 가면'이라 한다.

옛날 옛적.

그렇지만 대단히 옛날은 아니다.

작가 후기

이 소설은 소설이다. 실재하는 지명과 축제가 등장하지만 '현실' 이야기는 아니다. 하치베묘진은 교토시 주오구의 야나기코지에 모신 너구리 신이다. 그러나 이 소설에서 그려진 모습은 전부 내가 날조한 것이다. 마음대로 그린 점에 대해 이 자리를 빌려 하치베묘진 님께 사죄하고 싶다. 꼭 납셔 주셔야 했습니다. 나무아미타불.

단련을 한다고 해서 소설이 재미있어지리라는 보장은 없다. 노력만으로는 어떻게 할 수 없는 높이에 두둥실 떠 있는 점이 소설의 성가시고도 멋진 부분이다.

《거룩한 게으름뱅이의 모험》은 2009년 유 월부터 〈아사히 신문〉 석간에서 연재를 시작해 2010년 이 월에 종료했다. 나는 첫 신문 연재에 발 벗고 나서서 애를 쓰며, 한 회 한 회 즐거운 읽을거리로 만들고자 노력했으나 전체적으로 보니 '잘못 지은 집'이 되어 버렸다.

연재 종료 후 떠오르는 온갖 타개책을 모색한 끝에 새로운 장편을 통째로 한 편 쓰는 수밖에 없다고 각오를 굳혔고, 반년 넘게 집필해 완성했다.

따라서 이 새로운 《거룩한 게으름뱅이의 모험》은 〈아사히신문〉에 연재된 소설과는 제목과 주요 등장인물은 같지만 전혀 다른 소설이다. 연재한 형태로 책이 나오기를 기다린 독자에게는 그 점을 사죄하고 싶다.

여담이지만 이 작품은 요이야마를 소재로 삼은 졸저 《요이야마 만화경》과 너구리를 소재로 한 《유정천 가족》과 여러모로 연결된다. 어떤 연결고리가 있는지 찾아보는 것도 하나의 즐거움이 되지 않을까. 물론 그러한 연결고리를 모르더라도 이 소설을 읽는 데 아무런 지장은 없을 것이다.

후지모토 마사루 씨의 존재를 빼고 《거룩한 게으름뱅이의 모험》을 논할 수 없다.

이 작품을 〈아사히신문〉에서 연재할 때 나에게 후지모토 씨는 문자 그대로 '전우' 같았다. 거의 아무것도 결정되지 않은 상태에서 시작했기 때문에 나는 쓰면서 생각하고, 후지모토 씨도 그리면서 생각했다. 내가 그런 상황으로 내몰리게 된 것은 나 자신의 어리석음 탓이지만, 후지모토 씨에게는 재난이었을 것이다. 각각의 인물 캐릭터 등 삽화에서 이미지를 키워나갔으니 이 작품과 후지모토 씨의 삽화를 떼어 놓을 수 없다. 후지모토 씨의 도움 덕에 계속 헤매면서도 끝까지 연재를 마칠 수 있었다.

후지모토 씨에게 삽화를 부탁해 놓고는 아슬아슬한 줄타기에 말려들게 한 것이 줄곧 미안했다. 후지모토 씨는 "이제 넌더리가 난다."라고 하실지도 모르지만, 언젠가 만반의 준비를 하고 다시 함께 일하고 싶었다.

이 자리를 빌려 다시 한 번 감사를 전하며, 명복을 빈다.

이 후기는 칠 월 초에 쓰고 있으니, 앞으로 이 주쯤 지나면 기온 축제의 요이야마다.

교토 도심에 있는 내 비밀 작업실은 이 작품에서 그린 듯이 밤 축제의 불빛에 삼켜지고는 한다.

그런 연유로 올해도 나는 요이야마 밤을 보낼 것이다. 그렇다고 내가 '요이야마의 달인'인 것은 아니다. 우라모토 탐정처럼 사무실에서 빈둥대며 기온 축제 음악에 귀를 기울이고, 내키면 다마가와처럼 정처 없이 거리를 헤맬 따름이다.

모리미 도미히코

교토 시내, 에이잔 전차, 기온 축제와 그 전야제인 요이야마, 너구리, 덴구, 덴구브란—또는 가짜 덴키브란— 등.《거룩한 게으름뱅이의 모험》에는 모리미 도미히코의 세계를 사랑하는 사람이라면 듣기만 해도 반가울 소재가 듬뿍 담겨 있다. 어쩌면 몇몇 단서로 중복되어 나오는 인물을 찾은 독자도 있을지 모르겠다.

처음 이 세계를 접한 독자라면 놀랍고도 몽환적이고, 게으르지만 정신없이 유쾌한 교토의 밤과 너구리와 덴구브란의 맛이 궁금해지지 않았을까.

나 역시 작업하는 내내 훌쩍 교토로 떠나고 싶은 마음을 억누르기가 어려웠다.

'이상한 녀석이 많다더라.'라는 말에 교토대학에 진학했다는 모리미 도미히코는 교토와 너구리, 너구리인지 사람인지 모를 게으른 괴짜를 사랑한다. 모리미가 소설의 배경으로 자주 그리는 교토는 천 년도 전에 중국 장안을 본떠 바둑판 모양으로 길을 낸 계획도시이다.

지금도 교토 시내는 가로세로 반듯하게 길이 나 있고, 길마다 이름이 붙어 있는 덕에 거리 이름만 기억하면 길을 찾기가 무척 수월한 도시다. 소설에서 온다 선배와 모모키가 언급한 '아네산롯카쿠 다코니시키'는 바로 이 길 이름을 외우기 쉽게 만든 동요의 구절이다.

하지만 편리한 바둑판 모양의 길이라도 다마가와 같은 완벽한 길치에게는 어느 순간 한 장소만 빙글빙글 돌게 되는 악몽 같은 길이 되기도 한다. 유감스럽게도 다마가와처럼 길을 헤매는 순간이 나한테도 왕왕 찾아온다.

어쩌면 덴구나 너구리의 장난일지도 모르겠다. 덴구는 교토시 외곽 북산에 많이 산다는 요괴로, 특히 북서쪽 구라마산의 구라마덴구가 유명하다. 인간의 모습을 하고 새의 날개가 있으며 신통력을 쓸 줄 아는, 인간에게는 다소 고약한 존재다. 너구리는 덴구의 수하인데 그들은 둔갑술에 능해 어떤 너구리는 인간 모습으로 둔갑하여 교토 시내 곳곳에서 사람과 어울려 살고 있다고 한다.

우라모토 탐정이 밝히기 꺼려했지만 덴구브란—가짜 덴키브란—의 제조와 유통에도 너구리들이 관여하고 있다. 이 이

야기는 모리미 도미히코의 또다른 작품 《유정천 가족》에서
자세히 소개한다.

교토는 오래된 역사에 걸맞게 전국적으로 유명한 전통 축
제도 많은데, 그중 가장 유명하고 모리미 도미히코의 작품에
단골처럼 등장하는 축제가 여름의 기온 축제이다. 일본의 축
제는 본디 신사의 제례로, 기온 축제 역시 역병을 퍼뜨리는
신을 달래기 위한 제사에서 발전한 것이라고 한다.

일본 3대 축제 중 하나인 기온 축제는 교토의 야사카 신
사의 제례로, 7월 한 달간 이어지는 대규모 축제다.

그렇다고 7월 내내 떠들썩한 것은 아니고 전반부는 제례
와 기온 축제의 하이라이트인 야마호코(장식 수레) 행진을
위한 준비 기간이다. 수레는 꼭대기를 어떻게 장식하느냐에
따라 야마(산)와 호코(창)라 불리는데 축제 기간이 아닐 때
는 각 구역 야마호코 보존회에서 관리한다. 각 동네를 대표
하는 이 수레는 그 지역의 자존심이라고 해도 과언이 아니
다. 수레의 이름은 중국의 고사며 과거 높은 관직에 있던 인
물, 일월성신 등에서 유래했다.

야마호코 행진 직전 수레를 꾸미는 기간이 전야제에 해당
하는 요이야마다. 이날 밤거리에는 노점상이 나오고 일대 거

리의 차량이 통제된다. 우리의 게으름뱅이들이 모험을 떠난 요이야마는 가장 떠들썩하게 축제를 즐길 수 있는 날이다.

준비를 마친 야마호코들은 음악과 함께 이튿날 오전에 정해진 코스로 퍼레이드를 한다. 화려했던 야마호코의 순례가 끝나면 사람들은 다시 일상으로 돌아간다.

내가 처음 교토 땅에 내려섰을 때 교토역 앞 가라스마 거리는 차도 사람도 없이 적막했다.

아쉽게도 요이야마 교통 통제 때문은 아니다. 초겨울이었고 밤이라기에는 밝고 새벽이라기에는 아직 어두운 시각이었던 탓이다.

전날 밤 도쿄역에서 야간버스를 타고 밤새 달려 새벽에 교토역에 도착하는 여정이었다. 아직 버스도 다니지 않았고, 경비를 아끼려고 야간버스를 탄 대학생이 비싼 택시를 탈 리도 만무했다. 충동적으로 당일치기 여행 삼아 교토에 간 거라 짐을 맡길 숙소도 없었다. 애초에 맡길 짐도 없었지만.

정처 없이 텅 빈 교토의 골목을 돌아다녔다. 얼마나 오래되었는지 짐작하지 못할 목조 이층집이 늘어선 거리를 걷는 것이 마냥 신기했다. 곳곳에 큰 사찰과 신사 그리고 골목에는 이름 모를 사당이 있는 이 도시라면 인간으로 둔갑한 너구리가 살고 있다고 해도 이상하지 않을 것 같았다.

그때 내 모습은 고토 소장이 어느 날 새벽 거리를 헤매던 때의 모습과 별반 다르지 않았을 것이다. 만약 나도 야나기 코지에 다다랐다면 살이 통통하게 오른 너구리를 만났을지도 모를 일이다.

언젠가, 그렇지만 대단히 먼 미래는 아닌 어느 날 야나기 코지의 너구리들을 만나러 교토에 다시 가고 싶다.

추지나

옮긴이 추지나

대학에서 일본지역학을 전공했다. 출판 편집자로 일하다 지금은 일본 문학 전문 번역가로 활동
하고 있다. 옮긴 작품으로는 오노 후유미의 '십이국기' 시리즈, 《잔예》, 《귀담백경》, 《시귀》, 《흑사
의 섬》, 미야베 미유키의 《지하도의 비》, 오카모토 기도의 《한시치 체포록》, 나쓰키 시즈코의 《W
의 비극》, 《그리고 누군가 없어졌다》 등이 있다.

거룩한 聖なる
게으름뱅이의
怠け者の冒険 모험

1판 1쇄 발행 2018년 6월 29일
1판 2쇄 발행 2018년 7월 27일

지은이 모리미 도미히코
옮긴이 추지나

발행인 양원석 **본부장** 김순미
편집장 김건희 **책임편집** 주리아
디자인 RHK 디자인팀 박진영, 김미선
해외저작권 황지현 **제작** 문태일
영업마케팅 최창규, 김용환, 양정길, 정주호, 이은혜, 신우섭,
　　　　　　유가형, 임도진, 김양석, 우정아, 정문희

펴낸 곳 ㈜알에이치코리아
주소 서울시 금천구 가산디지털2로 53, 20층 (가산동, 한라시그마밸리)
편집문의 02-6443-8904 **구입문의** 02-6443-8838 **홈페이지** http://rhk.co.kr
등록 2004년 1월 15일 제2-3726호

ISBN 978-89-255-6374-9 (03830)